U0036608

飄香金飯苑 2

凝弦 著

目錄

第二十六章　百口莫辯

那人腳步虛浮，含糊地自言自語著。他走了幾步，似有所感，一轉頭，目光便落在莫綺身上。

下一刻，他大步走了過來。

「阿娘！」知蕓頓時大驚失色。

莫綺臉上掠過一絲驚恐，本能地往後退了一步。

「怎麼，不認識妳郎君了？」李洪輕蔑一笑，上下打量著她。「離了我，妳的日子過得不錯嘛，聽說還去了長樂坊的學堂做事？」

莫綺冷淡道：「我在何處與你無關，我們已經和離。」

「妳還好意思同我提這件事？」李洪神色陰沈。「妳的腿骨是怎麼斷的，妳心裡清楚！」

莫綺面色一白，嘴唇顫抖。「此話何意？若不是你，我怎會——」

「是嗎？」李洪上前一把捏住莫綺的下巴。「妳敢賭咒發誓此事不是妳存心設計？」

「你放開我阿娘！」知蕓拚命掰他的手，哭得聲嘶力竭。

李洪蒲扇般的巴掌一掃，便將女兒狠狠打倒在地。

見狀，姜菀連忙叫周堯跟宋宣出來，兩人合力制住李洪，迫使他放開莫綺。

她過去扶起哭泣的知蕓，又攙住莫綺，對李洪怒目而視道：「李叔為何不能放過莫姨？難道想再害她摔斷一條腿嗎？」

「沒想到妳的苦肉計騙過這麼多人。」李洪嗤笑。「綺娘，妳以為和離就能徹底不見我了嗎？休想！」

「你要做什麼？」莫綺顫聲問道。

李洪笑道：「妳這般畏懼做什麼？蕓兒是我的女兒，難道我不能常來看她？」

他看著幾乎站不住的莫綺冷笑，轉而看向姜菀。「聽說綺娘能謀得這門差事，都是多虧姜娘子啊。」

姜菀從容道：「莫姨是靠自己的本事得到學堂的差事。」

「是嗎？」李洪語氣變得陰冷。「姜娘子何必謙虛？連和離之事都有妳一份功勞，怪不得妳能在永安坊這樣的地方開食肆，生意還做得風生水起，果真有本事。」

「和離是我與你之間的事，你不必胡亂攀扯別人。」莫綺上前一步擋在姜菀面前。「你若是無事，就請走吧。」

李洪似乎想說什麼，然而他牙關忽然發顫，一句話也沒說出口。他的額頭冒出豆大的汗珠，面色也變得赤紅，看起來像是喝醉了酒。

姜菀離得近，卻未在他身上聞到任何酒味。她大感不解，暗自仔細觀察起來。

只見李洪伸手按住太陽穴，痛苦地呻吟了幾聲，腳下踉蹌。他艱難地從懷中取出一個小瓷瓶，拔出瓶塞嗅了嗅，片刻後，他臉部的潮紅褪去，眼底也恢復了清明。

李洪閉了閉眼，似是緩了過來。他冷嗤道：「總有一天妳會後悔的，到時可別哭著求我！」

他又對姜菀說道：「姜娘子，咱們兩家多年鄰居，妳竟不念舊情，想方設法挑唆莫氏與我和離。」

李洪露出意味不明的笑。「不過，雖然妳做出這般無德的事，我卻不會同妳一個小娘子計較，我便祝妳的生意越做越好吧。」

說罷，他狠狠瞪了莫綺一眼，袖子一甩離開了。

待李洪走遠，莫綺才脫力般地癱軟了身子，幸好姜菀與知蕓一人一邊牢牢扶住了她。

「莫姨，您還好嗎？」姜菀望著她蒼白的臉色。

「為何……為何他還是不肯放過我？」莫綺的聲音輕輕顫抖。

「莫姨，或許他只是逞一時口舌之快。他若是有什麼歹念，您儘管去報官，自有衙門處置他。」姜菀努力安慰她。

「終究是我連累了妳。」莫綺對李洪的話頗為在意。「李洪此人性情暴戾，我真不知他會做出什麼事來，妳要當心。」

「放心，我不是獨自一人，他能把我們怎麼樣？」姜菀故作輕鬆地一笑。「莫姨不必擔心我。天色不早了，讓小堯送妳們回去吧。」

莫綺母女離開後，思菱站在姜菀身側，低聲道：「小娘子，李洪那話讓我有些害怕。他怕是記恨小娘子，覺得您破壞了他的家庭。」

「不知悔悟。」姜菀評價道。

思菱遲疑道：「若是他意圖對小娘子不利——」

「這世道豈是他想怎樣就怎樣的？」姜菀心中雖也有些打鼓，但仍然寬慰思菱，也為自己打氣。「我們萬事小心便好。」

第二日，姜菀正在房內用浸了溫水的手巾輕輕擦拭頭髮。

她剛綰好髮髻，便聽見房外傳來思菱急促的喊聲。「小娘子，外頭來了幾個人，說是縣學的！」

姜菀疑惑道：「縣學的人怎會來這裡？」

她匆忙趕了過去，卻見來人一身青色官服，面色嚴肅，雙手負在身後，身旁還跟著幾個隨從模樣的人。

兩人目光相接，姜菀頓時愣住了。「是你？」

對方唇角揚起一抹極疏離的笑。「姜娘子，又見面了。」

姜菀淡淡道：「原來徐郎君在縣學高就，不知今日前來所為何事？」

來人正是徐望。他今日穿了身官服，顯然是為公事來的。

姜菀忽然想起來，前些日子秦姝嫻曾偶然提過，說是縣學新來了一位主管學子事務的教諭，是個飽讀詩書、文質彬彬的郎君，年歲不大，出身不俗，為人十分端方沈穩，沒想到是他。

徐望開門見山道：「姜娘子，前幾日是否有一位秦娘子在妳店中用過飯食？她的閨名是『姝嫻』。」

「是。」姜菀心中浮起一絲不祥的預感，卻仍如實回答。

徐望淡然道：「既是如此，恐怕得煩勞姜娘子同我走一趟了。」

「不知有何問題？」姜菀問道。

徐望道：「秦娘子昨晚突感不適，之後暈厥，郎中診脈後說此症有些怪異，應當與她近日飲食有關。這幾日她除了縣學飯堂，便只在妳這裡用過飯食，事關縣學學子的安危，姜娘子既然有嫌疑，少不得要接受調查了。這是例行公事，還請姜娘子諒解。」

一旁的思菱忍不住道：「秦娘子只不過在我們家食肆吃了一餐，其餘時間都在縣學飯堂用飯，難道區區一餐就有這麼大的威力？不是飯堂的嫌疑最大嗎？」

姜菀輕輕扯了扯思菱的袖子，朝她搖頭。

徐望也不惱。「小娘子說得不錯，但縣學上下百餘人，並無第二人出現不適，莫非那裡的飯食只對秦娘子一人有影響？」

如此一來，還真是自己的嫌疑最大。姜菀自然問心無愧，只是此事確實令人匪夷所思，她道：「我願意前去證明自己的清白，煩勞您帶路了。」

徐望頷首道：「姜娘子請。」

「小娘子！」思菱一把抓住她的衣袖，語氣急切。「我同您一起去！」

徐望沈聲道：「不可，無關人等不可隨意出入縣學。」

「妳放心，我去去就回。沒做過的事情，誰也不能往我身上潑髒水。」姜菀反握住她的手。「妳留在店裡看顧生意，別出什麼岔子。」

思菱見徐望的神色逐漸變得不耐，擔心惹惱他，只好鬆開手。

姜菀改了稱呼，對徐望道：「徐教諭，我有一事相求。」

徐望點頭道：「姜娘子但說無妨。」

「秦娘子當時吃過的食物已無法檢查，但為了證明我的清白，我希望能帶上那日的食單以及記錄每樣菜品原料的冊子，供縣學的人核查是否有問題。」

「姜娘子想得周到。」徐望同意了。

姜菀拿好了東西，才同徐望一道離開。

眼看幾人的身影消失在視線範圍內，思菱憂心忡忡，在原地來回踱了幾步，一轉頭卻看見了兩個熟悉的人。

「剛才還看見姜娘子在門前同人說話，這會兒就出去了？」荀遐環顧四周道。

思菱猶豫了一下，沒說出實情，只勉強擠出笑容。「我家小娘子臨時有些急事出門一趟，兩位將軍請進吧。」

荀遐不疑有他，抬步便往食肆裡走。沈澹的目光落向遠處，不由得微微蹙眉。

縣學離姜記食肆不遠，不久後便到了。

這不是姜菀第一次來這裡，然而此時此刻的心境卻與往常截然不同。她深吸一口氣，穩定心神，邊走邊安慰自己，食肆所有飯菜都沒問題，她不必懼怕。

徐望的眼尾餘光掃了姜菀幾眼，見她神色如常，並無半分驚惶，心底不禁有幾分詫異。

縣學座落在一處很僻靜的園子裡，面積極大，幾人一路走到最深處的院落裡。

姜菀剛踏進屋子，便看見在場有不少人。一個約莫四十歲上下的女子，看起來像是郎中，正在寫藥方；她身邊站的幾人應當都是縣學的官員，正低聲商議著。

「大人，您回來了。」那幾人一看見徐望，紛紛頷首示意。

徐望點頭，見女醫在寫藥方，便未打擾，而是轉向另外一人道：「誠之，如何？」

名喚誠之的人是個青年人，他恭敬道：「大人，方才黎女醫把過脈，說秦娘子已經甦醒，只是身子尚弱，暫時無法下地行走，須臥床靜養。」

黎女醫寫完方子，這才開口道：「秦娘子脈象暫穩，待她服完這幾帖藥再看看。」

「秦娘子此症到底因何而起？」徐望問道。

「根據秦娘子所說，她這幾日唸書之餘並未有任何不適，只是胃口不佳，可在她催動內息、施展拳腳後，就突然出現神思倦怠、頭暈目眩的症狀。起初秦娘子以為自己是練武過久才會疲憊，然而她停下來後，卻有了氣息紊亂、經脈逆行之感，並伴有手足無力痠軟的情形，之後便暈厥。」

黎女醫說到這裡，略微停頓片刻，續道：「我翻閱了醫書古籍後，發覺書上記載，有種奇異的草製成的藥物，能使人出現類似的情況。」

徐望問道：「是何物？」

黎女醫回道：「有一種異域特有的草藥，名喚『含幽草』，具有一定毒性，能治療一些罕見的痼疾。無恙者服用，不會有任何感覺，最多覺得脾胃不適；然而一旦服用者調動內息時，便會產生劇烈的反應。只是此物多年來不曾在我朝流通，若秦娘子的症狀真是因此而起，那麼來源為何？」

徐望的目光轉向姜菀，說道：「這位是姜記食肆的店主，秦娘子曾在她的店裡用過一頓晚食，黎女醫若是有什麼問題，可以直接問她。」

姜菀從懷中取出食單遞給黎女醫，道：「這是那日秦娘子吃過的菜品，請過目，也可以與秦娘子當面核對。」

黎女醫看了一遍，道：「從單子上看不出問題，我需要知道妳製作菜品時用過的所有原料。」

姜菀又另取了一本冊子出來。從姜記食肆重新開張的第一日起，她便把所有菜餚、點心的原料跟用量都記了下來。過去只是覺得能用來當作參考，沒想到有派上這般用場的一天。

黎女醫面色嚴肅，一言不發地翻看著冊子，片刻後道：「從這本冊子上來看，沒有任何異常，但……何人能證明，妳確實是按照記錄的內容做的呢？」

姜菀道：「我從未聽說過那草藥的名字，更沒見過。況且，即便我見過並有法子拿到這種草藥，又怎會把它用在飯菜裡？它不是調味料吧？」

最後一句是對著黎女醫問的。

黎女醫點頭道：「確實不是。含幽草可入藥、可治病，卻沒有調味的作用，且氣味濃烈腥辣，難以掩蓋。」

姜菀繼續道：「我既是開食肆的，自然不會做出自砸招牌的事。若我明知此物有毒，又怎會將它用在飯菜中？我家中有數口人，全仰仗食肆的生意過活，這麼做豈不是自斷生路？」

她頓了頓，又道：「我與秦娘子無冤無仇，根本沒理由害她，盼大人明察。」

徐望沈默了一會兒，向黎女醫道：「除了含幽草之外，是否還有其他材料也會產生此種情形？譬如食物相剋。」

「若秦娘子用的飯菜確實如姜娘子記錄的這樣，那便不會。」

事情有些棘手……徐望沈吟半晌後，道：「等秦娘子略好一些，我再當面問她一些問題，看能否找出線索。」

姜菀正想著自己是不是可以暫時離開這裡，卻聽徐望道：「姜娘子，如今妳的嫌疑尚未完全洗刷，短時間內不可離開縣學。」

她愣住了，看向他道：「徐教諭的意思是要把我幽禁於此？」

「姜娘子言重了，只是請妳在此暫住幾日，待我們查清真相，自會送妳歸家。」

「既無證據證明秦娘子的病症與我有關，為何要用此種方式對待我？」姜菀眉頭緊蹙。

「姜娘子不必擔心，我會派人收拾好客房，一應飲食起居都會安排妥當，妳只管安心住下便是。」徐望道：「我並不欲為難妳，還望妳理解。」

姜菀反問道：「倘若你們一直查不出真相呢？」

徐望道：「姜娘子是不信任我們嗎？假以時日，我們會讓真相浮出水面的，但在此之前，妳必須留在這裡。」

姜菀忍了忍，終究扭頭往外走，然而那叫誠之的人卻立刻上前堵住了她的去路。

「姜娘子，望妳理解。」徐望還是這句話。

「無憑無據，為何要剝奪我的人身自由？」姜菀怒問。

徐望對她口中的「人身自由」一詞感到不解，但仍耐心解釋。「事出有因，還請姜娘子不要為難我。我身為縣學教諭，這麼做也是安學子們的心。」

姜菀道：「我可以賭咒發誓，我家食肆售賣的所有飯菜沒有任何問題，秦娘子的症狀也與我無關。」

她忽然有種無力感，對方明明沒有證據，自己卻只能靠這種話來反駁。

「姜娘子，這只是妳的一面之詞，再無第二人能證明。」徐望並不把這種話放在心上。

「我家中幾人都可以——」

姜菀下意識脫口而出，卻被徐望打斷。「自家人的話，怎能作數？除非妳能找到外人為妳證明。話說回來，黎女醫也說了，尋常人服用那草藥並無任何反應，只有武人才會有症狀。」

徐望說罷，轉頭吩咐道：「誠之，你留在這裡，我與黎女醫去探望秦娘子，去去就回。」

轉眼間，房內就剩下姜菀與那個面色不善的青年。

她還在回想徐望的話。武人……姜菀紛亂的思緒霍然理清了。那日與秦姝嫻一道來食肆的，正是荀遐與沈澹，這兩位不就是武人嗎？

姜菀急切地對那青年道：「我……我可以找到人證明。」

薛誠之——薛致明顯不相信。「何人？」

姜菀略一猶豫，說道：「驍雲衛的荀遐將軍。當日他與秦娘子食用了同樣的飯食和點心。」

此話一出，薛致便毫不掩飾地笑出了聲。「荀將軍是何等身分跟地位，他會為了妳一介平民出面作證？」

姜菀面色平靜道：「他與秦娘子熟識，於情於理都會過問。」

薛致哼笑道：「荀將軍公務繁忙，我們豈能用這點小事打擾他？況且他既與秦娘子熟識，自然會站在她那一邊，可不會向著妳。」

「正因為如此，他的話才更加可信，而且荀將軍可不會是非不分，他若得知此事，一定願意出來說明的。」姜菀沈聲道。

「勸妳別作夢了，安生待著，等我們大人查出結果再說。」

薛致話音剛落，門外便快步走來一人，道：「薛郎君，有位貴客來訪，說是要見徐教諭。」

「誰？」薛致隨口問道。

「那位將軍姓沈，單名一個澹字。」

「沈將軍撥冗來此，亭舟有失遠迎。」徐望理了理衣袖，自門階上緩步走下來，一眼便看見一身深衣的男人正負手立於樹下。

徐望剛剛去看過了秦姝嫺的狀況。眼下她神智清醒，只是精神短了些，需要在床上歇息。他心中正充滿一團又一團的迷霧，便接到薛致的稟報，說是沈澹來到此處。

沈澹眼神微沈，聞聲道：「徐教諭客氣。」

「沈將軍難得來此，請隨我入內坐下，用一盞茶吧。」徐望說著，向室內比了個手勢。

沈澹淡聲道：「不必，今日我只為一事而來。聽聞秦娘子身體有恙，縣學正在全力調查，並將姜娘子帶至縣學詢問。」

徐望頷首道：「正是。」

「當日秦娘子與我及行遠一道用膳，我們三人食用的飯菜一樣，因此姜娘子所做飯食無任何問題，秦娘子的症狀與她無關。」

第二十七章　疑點重重

「原來沈將軍是來為姜娘子作保的。」徐望的神色帶著探究。「茲事體大，沈將軍如此肯定姜娘子是無辜的？若證據不足，怕是會誤事。」

沈澹顯然先了解過狀況。「如黎女醫所說，秦娘子疑似接觸的那味草藥，在她調用內息練武後毒性才會發作。我與行遠身為武人，日日都會操練，卻未出現類似症狀，這便是證據。莫非徐教諭覺得我說的話不夠分量？」

徐望微低下了頭。「不敢。既然沈將軍發話了，那麼姜娘子的嫌疑便可洗清。」

「既是如此，是否該放她離開了？」

徐望暗忖，這位姜娘子還真有幾分本事，能勞動堂堂禁軍統領親自上門為她澄清。他掩去眼底的情緒，微微一笑道：「那是自然，我這就前去告知姜娘子。」

房間內，姜菀焦躁不安，不知自己要被關在這裡到何時，一旁的薛致倒是怡然自得，徐吹著茶盞中的茶水。

姜菀努力回想前些日子的事，盼能從中找出線索。思緒回到前來應徵縣學飯堂廚子的那一日，她閉上眼睛慢慢思索，總覺得自己似乎遺忘了什麼細節。

想著想著頭都痛了，姜菀索性站起身走到門前，往遠處看過去。

薛致放下茶盞道：「姜娘子，我勸妳最好別寄希望荀將軍來為妳作證。」

姜蒄古怪地看了他一眼道：「剛才來的不是沈將軍嗎？」

薛致彷彿聽見了什麼天大的笑話。「沈將軍？妳不會以為他是為妳而來的吧？他來縣學自然是為了公事，以他的身分，怎會插手妳的事情？」

姜蒄眸光微閃，問道：「他的身分？」

「妳不知道？他身為禁軍——」

薛致未說出口的話被徐望的腳步聲打斷。

徐望幾步踏進屋內，道：「姜娘子，有人為妳作保，已經證明了妳的清白，妳可以離開了。」

薛致訝異道：「證人是誰？」

徐望道：「剛剛你不是聽到了？」

「沈將軍？可他怎麼會——」薛致瞪大了眼睛，忍不住看向姜蒄。

姜蒄完全不看薛致，只向徐望道：「既如此，徐教諭是否也承認此事與我無關？」

徐望未正面回答。「姜娘子，此事我自會查個水落石出，請妳放心。」

姜蒄見他不欲多說，轉身便往外走。

徐望沈默了一下，便隨她一道走出去。「今日對姜娘子多有唐突，還望諒解。」

兩人剛走出了院落，姜蒄便看見前方站著一個人。那人身形挺拔、腰束玉帶，正是沈澹。

被扣在陌生的縣學盤問，終於看到熟悉的人，姜菀不禁深吸一口氣，快步上前對他說道：「多謝沈將軍為我作證。」

沈澹上下打量著姜菀，見她雖然臉色不佳，但並不像被威逼或脅迫的樣子，這才微微鬆了口氣道：「姜娘子言重了。」

他看向徐望。「若徐教諭無別的事，我便同姜娘子先行離開。」

徐望道：「沈將軍請便。」

姜菀走了幾步後，忽然轉身道：「徐教諭，秦娘子如何了？」

徐望沒料到她會問起秦姝嫻，略頓了頓才道：「她精神尚可，只是人有些虛弱。」

姜菀道：「我忽然想起一樁事，不知徐教諭是否願意聽我一言。」

徐望看了沈澹一眼，道：「姜娘子但說無妨。」

「那日秦娘子只點了一道素麵，當時我疑惑為何她胃口不佳。秦娘子說，她那幾日曾有過胃痛、胸悶的症狀，且吃任何飯食都覺得膩味。」

見徐望不語，姜菀又道：「徐教諭若不信，可以親自去問秦娘子，看看是否是我的一面之詞。」

徐望若有所思道：「既如此，兩位便隨我一道去見秦娘子吧，有任何疑惑，可以當面說清。」

沈澹與姜菀跟在徐望身後前進，最終停在一處院落外。

秦姝嫻正由旁人攙扶著在廊下緩慢行走，她察覺了動靜，抬頭看過來，神色亮了亮。

「秦娘子，妳覺得怎麼樣？」徐望問道。

秦姝嫻回道：「還可以。黎女醫說我可以適當起身透透氣，要是一直悶在屋裡的話，頭只會更暈。」

說著，她朝姜菀一笑。「姜娘子。」

往日那個總是精神煥發的小娘子如今卻這般虛弱，姜菀輕嘆一聲，上前握了握她的手。

「徐教諭，黎女醫都告訴我了，我相信姜娘子，她斷不會做出害人之事。」秦姝嫻的聲音雖輕，態度卻很堅定。

徐望神情微妙。「秦娘子為何這般信任她？」

秦姝嫻道：「我與姜娘子相識已久，自認了解她的人品德行。」

這樣全然的信任讓姜菀心中不禁一暖，她抿了抿唇，一時說不出話來。

徐望又道：「剛剛姜娘子說妳數日前便出現了一些異常的症狀，確有此事？」

秦姝嫻點點頭道：「沒錯。算起來，新師傅來到縣學飯堂以後，我便開始偶有胃痛、暈眩、胸悶等不適。」

「妳確定嗎？」徐望緊接著問道。

秦姝嫻輕撫胸口，咳了幾聲，一時沒答話。

姜菀靈光一現，對身旁的沈澹說道：「沈將軍當日也在場，確有其事吧？」

她見沈澹沒作聲，似乎在走神，下意識便抓住沈澹的衣袖搖了搖，試圖引起他的注意。

沈澹原本在想別的事，身邊的人卻冷不防靠了過來，他不由得微愣。

兩人離得極近，她身上的淺淡幽香鑽入鼻間，他一低眸便看見那隻素白的手輕輕攀著自己深色的衣袖微微晃了晃，流露出一股親近與信任。他難得怔了半晌，忽然覺得耳根處升起一股異樣的熱度。

沈澹略微定了定神，道：「確實。秦娘子曾說過，縣學飯堂的膳食起初吃起來尚可口，時日一長便覺得口味過重，令人煩膩。」

秦姝嫻緩過來了，開口道：「過去縣學的午食雖寡淡，卻從未令我不適。然而自從那位新師傅來了以後，情況便與從前不大一樣了。」

徐望斂眉道：「除妳之外，旁人是否也有同樣感受？」

秦姝嫻道：「我問過趙家兄妹倆，他們說食物甫一入口會齒頰留香，但隨著香味漸漸散去，喉嚨裡便會湧上一股膩味。我們私底下還開過玩笑，說新師傅莫不是在飯菜裡撒了香粉，否則怎會如此香氣撲鼻？」

姜菀聽到「香粉」兩字，忽然想起那成分不明、名叫「潛香」的異域調味料，陳讓身上也有那味道。

黎女醫說過，那名叫「含幽草」的草藥是異域傳進來的，不知這兩物是否有關聯？

她猶豫了一下，才道：「前些日子，我家食肆的人前去西市採買物品時，曾遇過一家攤子售賣一種名叫『潛香』的調味料。店主說是異域傳進來的，最適合用在飯菜中，能讓每一道菜都十分可口。當日他們看到陳讓去買『潛香』，昔日縣學飯堂廚子選拔時，我也曾在陳讓身上聞過那味道。」
「潛香？」徐望重複著這個名字。「若真如姜娘子所說，我便去查一查陳讓的底細，看他是不是真的在使用此物。」
秦姝嫻隨口道：「他聽到風聲，必定會做好萬全準備，不讓人找出破綻。」
沈澹淡淡道：「若要查，便不可打草驚蛇，須得徐徐圖之。」
徐望目光一凝，道：「是，正好趁此機會將縣學飯堂徹底清查一番。」
他看向姜菀。「姜娘子是否知曉那售賣『潛香』的攤子在何處，我好派人買一些回來研究。」
姜菀回憶了一下，說出大概的位置，末了又道：「既然說到這裡，我也不欲隱瞞。那日我家食肆的小二一時好奇便買了一包回來，因我覺得此物來路不明，便未使用。徐教諭若是需要，我可以提供。」
徐望露出訝異的神色，他深深看著姜菀道：「姜娘子真乃坦誠之人。」
姜菀神色自若道：「我既問心無愧，自然會如實相告。」
徐望頷首道：「有勞姜娘子了。待我安排好縣學一應事宜，便會派人前去聯繫妳。」
事情說定以後，姜菀跟沈澹便離開了。
兩人一路往縣學外走，一時之間默默無言。
秋風颳在臉頰上有種乾燥的涼意，姜菀低頭看著自己玉白色的鞋尖掩在微微拂動的裙角下，一步又一步，踩在零星落葉上，發出輕微的響聲。

路上經過一處獨立的院落，應當是學子聽課的地方。姜菀側頭看過去，隱約看見垂地的竹簾後是寬敞的裡間，一道道人影端坐在書案後，上首坐著的是夫子，他一手執著書卷，一手握著毛筆。

沈澹不曾留意，逕自向前行走。

此時，裡間傳來一道不大卻有力道的聲音。「此平莒也，其言不肯何？辭取向也。」

他的步伐猛然頓住，垂在身側的手微微握緊，不敢朝聲音的來處看過去。

「沈將軍？」姜菀察覺到他的異樣，見他眼底掠過一絲黯然。

她轉而看向屋內，意識到這位夫子大概就是顧元直，也就是沈澹的老師。

據荀遐所說，這師生兩人有著難以釋懷的過往，以至於如今僅隔著一扇門，沈澹卻未過去拜見。

沈澹低眸，嗓音有些啞。「無事，我們走吧。」

姜菀沈默了一下，輕聲道：「是顧老夫子嗎？」

沈澹苦澀一笑。「是，多年未見老師，我卻不敢踏入一步……罷了，我們走吧。」

望著他緩步離去的背影，姜菀輕輕嘆了口氣。

走出縣學，剛剛凝滯的氣氛稍微舒緩了些。姜菀這才想起從剛剛就放在心頭的問題。

「沈將軍怎會知道我在縣學？」

沈澹側頭說道：「我跟行遠去食肆時，恰好看見妳與徐望一道離開，後來又見妳的侍女滿臉憂色，我就多問了一句，方得知緣故。」

姜菀頷首道：「多謝沈將軍仗義執言。」

兩人快走到姜記食肆門口時，晚風送來了酥香味，姜菀眉眼彎了彎，道：「是孜然小排骨的香味，沈將軍要不要去嚐一嚐？」

暮色中，她淺淡的笑容被夕陽的光暈映得格外明亮，細碎的餘暉落進眼底，漾起柔和的光華。

沈澹被那微笑晃了神，不由自主地點了點頭。

兩人走進食肆，姜菀尚未說話，思菱便撲上來道：「小娘子，您終於回來了！」其他三人原本各自忙碌，聞聲便急急地走了過來，神情激動。

思菱眼眶泛紅，握著姜菀的雙手，急切道：「縣學那邊沒為難小娘子吧？」

姜菀笑著搖頭道：「沒有，我好端端地回來了。」

宋鳶不禁憤憤不平道：「縣學真是不講道理，怎能這般誣衊小娘子——」

「阿姊，別亂說，還有外人在呢。」宋宣連忙碰了碰宋鳶的手，示意她謹言慎行。

被歸為「外人」的沈澹輕輕扯了扯唇角，姜菀連忙道：「宣哥兒莫這麼說，若不是沈將軍，只怕我此刻還被困在縣學無法離開。」

宋宣訕訕道：「原來如此，是我出言不妥。」

姜菀轉移話題道：「沈將軍請稍待，我去倒碗薑棗茶為您暖暖身子。」

片刻後，姜菀端著一份剛炸好的小排骨跟一壺薑棗茶走了過來。「沈將軍先簡單用些點心，再點晚食吧。」

說著，姜菀提起銀壺，倒了一碗冒著熱氣的薑棗茶，她將碗輕放在沈澹面前，道：「方才在外面吹了冷風，沈將軍應當凍著了——」

在她說話的同時，沈澹伸手過來欲端起碗，而姜菀尚未收回手，她的手背便貼上了沈澹的掌心。

一冷一熱，她冰涼的手背，猶如觸到一團熱火。

這突如其來的接觸讓兩個人都愣了愣，沈澹收回手，微微一笑道：「我是武人，姜娘子不必擔憂我受凍。」

那熱度彷彿還留在手上，姜菀不好意思地笑了笑。「是我忘了。」

沈澹雙手捧著碗，沈吟半晌後道：「販售那種調味料的攤子，店主生得何種模樣？」

姜菀道：「我只去過一次，那時不見店主，只有一個小郎君顧攤叫賣。他極力向我們推銷那調味料，說是異域傳進來的寶貝，但我沒買。後來我店內其他人去西市時，見那小郎君正因賣不出去東西而被店主責罵，她一時心軟，便買了一包回來。」

沈澹目光沈沈道：「姜娘子可否將布包取來讓我瞧瞧？」

待姜菀取出那尚未拆開的布包遞給沈澹後，他便觀察起來。

布包用最尋常的布料織成，外表看起來平凡無奇，亦無異常。他湊近一聞，濃郁的氣味撲鼻而來，雖然確實很香，味道卻透著一絲詭異。

沈澹將布包拿在手裡掂了掂，說道：「我總覺得此事非比尋常，還請姜娘子保管好此物，必要時交給徐教諭。」

姜菀見他神色嚴肅，不由得懸起一顆心。「沈將軍的意思是，這其中另有玄機？」

沈澹點點頭，沈聲道：「京城郊外碼頭近日有不少異邦商販的貨船出入，西市的貨物流通較從前頻繁，當中不乏諸多草藥，我猜這調味料與那些草藥脫不了干係。若只是普通調味的香料也就罷了，就怕這其中有異邦的陰謀。」

這話說得姜菀越發心神不寧，臉色不由得暗了下去。

沈澹見狀，意識到眼前的小娘子並未經歷過太多複雜的事，自己這番話怕是會讓她不安，便道：「姜娘子不必憂心，這只是我的猜測，妳只管安心做生意便好。」

說話間，沈澹點好的晚食送了上來，姜菀起身道：「不打擾沈將軍了，我先去忙。」

說了這麼久的話，姜菀有些餓了。

廚房裡，宋宣剛炸好一盤孜然小排骨，她便用竹籤戳了幾塊放進口中。小排骨上撒了孜然粉跟辣椒末，咬起來酥脆香嫩、嘎吱作響。

等姜菀填飽了肚子，宋宣才小心翼翼道：「師父，方才我說的話是不是得罪了沈將軍？」

姜菀寬慰道：「沈將軍不是斤斤計較的人。再說了，你是無心的，他不會跟你這個孩子計較。」

宋宣這才放鬆下來。

過了一會兒，荀遐氣喘吁吁地進了食肆，大步走向沈澹，擔憂道：「將軍，三娘究竟得了什麼病？」

沈澹輕嘆一聲，看向他道：「你知道了？」

荀遐點頭。

他今日原本同沈澹一道來食肆用餐，結果才剛進門就接到緊急公務，不得不離開。等他忙完公務出宮，原本打算回府，誰知在半路上遇到秦府的人，這才得知秦姝嫻在縣學病倒的事。

荀遐心急如焚，恨不得插翅飛進縣學探望秦姝嫻，然而縣學管理嚴格，外人不得隨意出入，他在縣學門外徘徊許久，最後怏怏離去。回程路過食肆時，發現沈澹尚未離開，當下便衝進來。

沈澹示意他先坐下，才緩聲道：「我去縣學看過了，秦娘子的病因還沒完全確定，她有些虛弱，不過精神還不錯。」

「不能確定？」荀遐的神色更加焦急了。「難道是什麼疑難雜症？」

沈澹簡單說明秦姝嫻的狀況，荀遐聽得連連皺眉。「這症狀確實有些奇怪，連黎女醫也拿不定主意？」

黎女醫出身醫學世家，繼承了祖父與父親的一手好醫術，曾在宮中為後宮女眷診治，聲名遠播。

沈澹接著說起姜菀被抓去的經過，荀遐愕然道：「只因縣學沒其他人有這種症狀，所以他們就懷疑是姜娘子做的菜導致的？姜娘子沒理由做出這種事，何況那日我們也吃了同樣的飯菜，並無異樣啊。」

沈澹道：「我也是這麼說的。」

荀遐剛要點頭，忽然間意識到什麼，說道：「將軍今日去縣學了？」

他這過於遲鈍的反應讓沈澹無奈地撫額。「否則我怎會了解這些內情？」

「所以，我們剛到時，那位叫思菱的小娘子說姜娘子有事出門，其實是被縣學的人帶走了？」荀遐的思路瞬間通暢了起來。

沈澹說道：「是，來帶走她的正是徐望。」

「那將軍親自去縣學，就是為了證明姜娘子的清白？」荀遐問道。

沈澹沒說話，默認了。

「這對姜娘子來說真是無妄之災……」荀遐嘆道，隨即一臉費解。「如此說來，問題出在縣學內部？可那俞家酒樓的廚子便是以此謀生，為何要做這種自斷後路的事？」

沈澹淡聲道：「或許這並非他的本意。」

「將軍的意思是……他別有用心？」

沈澹低聲說了幾句話，荀遐的臉色驀地嚴肅起來。「若真如將軍所猜測的，那麼此事就不單單只關係到縣學了。」

「靜觀其變。」沈澹道。

第二十八章　別有居心

兩人沈默了片刻後，荀遐道：「好在後日縣學休課，到時我便能去探望三娘。」

他想起了什麼，又道：「原來三娘說的新教諭便是徐望。說起來，他倒也不辜負徐尚書的期望，年紀輕輕便步入仕途。將軍，您去縣學為姜娘子作證時，便是與他正面交鋒的吧？」

沈澹頷首。

「末將與徐望平日沒什麼交集，不知他是不是跟徐尚書一樣偏執倔強？」荀遐問道。

「徐亭舟溫和有禮，但一言一行都極為謹慎，甚至暗藏機鋒，不似外表那般柔和。」沈澹道：「不過他似乎沒有其父固執。」

「能尋找下落不明的胞妹將近三十年，毫不放棄，此事非常人所能做到。」荀遐感嘆道。

兩人正說著話，姜菀就將菜品端了上來。

荀遐看到她便關心道：「姜娘子，妳還好嗎？」

姜菀笑道：「荀將軍放心，我無事，沈將軍已經向縣學證明我的清白。」

待她離開後，荀遐便忍不住向沈澹道：「將軍，您去縣學，有沒有見到——」

他沒將那個稱謂說出口，只悄悄覷著沈澹的神情。

沈澹垂眸盯著茶盞中輕微搖晃的茶水，慢慢道：「不曾見到，但我隔著一道院牆聽見了老師的聲音。」

「將軍真的不打算去見顧老夫子嗎？」

沈澹眉頭輕蹙，一時之間不知如何回答。

荀遐只得安慰道：「顧老夫子會理解將軍的。」

沈澹默然無言，抬手飲盡茶盞中的茶水，覺得滋味苦澀無比。

接下來幾日，食肆依舊照常營業，然而姜菀很快就發現生意較從前差了許多，就連晚食尖峰期，店內也只有寥寥數人。

姜菀心頭狐疑，心想莫非是那日縣學的人來此被大家看到，誤以為自己的店出了問題？可仔細一想，徐望來時，外面的路人並不多，他們的陣仗也不大啊……

思菱跟宋鳶出門打聽了一下，回來時神情無措。

「究竟出了什麼事？」姜菀問道。

思菱咬牙道：「小娘子，周圍的人全說縣學的學子吃了姜記食肆做的飯食後中毒病倒了，沒人敢再來。」

姜菀緊緊蹙眉。「此事發生在縣學內，並未公諸於眾，是怎麼傳得人盡皆知的？」

「縣學……會不會是陳讓？」思菱氣得臉蛋發紅。「他處處同咱們過不去，便乘機大肆抹黑小娘子跟食肆的名聲！」

姜菀只覺得思緒繁雜，猶如一團亂麻。

在選拔一事上，陳讓是優勝者，既然他已經贏得在縣學飯堂的職位，又何必這樣做？除非……

姜菀想到那詭異的香料，只覺得重重疑點忽然有了些頭緒。

如今只能期盼徐望早日調查清楚事情真相，徹底還自己跟食肆清白。

食肆的生意一落千丈，這讓眾人的情緒都有些低落。商場上最重要的便是口碑，建立起好名聲需要很久，而摧毀名譽卻只需要一句模稜兩可的謠言。

姜菀有種直覺，這其中一定少不了某些人的推波助瀾，否則只憑一人，斷不可能引起這麼大的騷動。

幾家歡喜幾家愁，姜記這邊淒風苦雨，隔了條街的俞家酒樓生意卻好得很，他們推出不少賣相甚佳但價格昂貴的菜品，依然贏得不少食客青睞。

縣學那邊，徐望帶走了那包關鍵證物「潛香」後，遲遲沒調查出個結果，姜菀的心情越發焦灼，她不知道再這樣下去，自家食肆要怎麼度日。

這一天，徐望終於再度出現，對姜菀道：「姜娘子，請妳隨我去一趟縣學，針對此事，今日我會給妳一個交代。」

姜菀頷首應下。

兩人抵達縣學時，黎女醫正候在前廳。

見他們來了，黎女醫便指著案桌上鋪開來的深色粉末道：「經過比對跟查閱相關書籍，並請教其他幾位同行，基本上能確定此物是從含幽草中提煉出來的。此外，製作者顯然熟知含幽草的特性，在做香料時費了番工夫，掩蓋含幽草本身的氣味。」

「此種調味料有何特點？」徐望問道。

黎女醫道：「簡而言之，若是在食物中加入此種調味料，不需要費什麼力氣，便能讓料理變得美味可口，且會讓滋味變得更加強烈。」

姜菀道：「意思是說，一般廚子做菜時須用心琢磨油、鹽、醬、醋、糖的用量，思考如何搭配，而用了這種調味料後，便能省去這些步驟，直接讓食物擁有豐富的滋味？」

黎女醫點頭道：「正是如此。從這個角度來說，『潛香』頗有用處，但由於其原料有一定的毒性，因此不是每個人都適合食用。含幽草雖能入藥治療疾病，但是若使用不當，時間久了，會傷及心脈跟骨骼。只怕天盛這麼多年來仍暗藏禍心，設法將一些百害而無一利的毒物傳進來，禍害我朝人民。」

徐望說道：「調查『潛香』一事，多虧黎女醫了。此事我已告知衙門，他們會向上稟報，嚴格檢查每一樣從碼頭運來的番邦貨物。」

黎女醫離開以後，姜菀向徐望道：「徐教諭，此物究竟是被何人放進縣學學子的飲食中？」

「今日請姜娘子來，正是為了此事。」徐望垂眸看著那粉末。「我已派人去西市將那位售賣潛香的店主帶了過來，為了方便問話，還請姜娘子暫避。」

姜菀依言退到內室屏風後。隔著一道珠簾，只聽見徐望擊了擊手掌，很快便傳來腳步聲，有人把那店主帶了進來。

靜默了片刻，姜菀就聽見徐望問道：「馮五，你的攤子平日都賣些什麼？」

一道粗啞的聲音恭敬道：「回大人的話，草民賣的都是些可以加在食物中調味的香料。」

徐望淡淡道：「那麼，這『潛香』你是何時開始售賣的？」

馮五似乎呆了呆，接著才戰戰兢兢道：「大人，草民不知『潛香』是何物。」

徐望不作聲，聽動靜，大概有人是將那包粉末呈給馮五看，只聽馮五道：「這……草民不曾見過此物。」

馮五的意思是……不認帳？姜菀不禁好奇起來，想看看徐望會怎麼審。

只聽徐望猛拍案桌，提高音量道：「縣學飯堂的陳師傅已親口承認從你那邊買來此物，你卻說不曾見過？若你再這般滿口謊言，莫怪本官不客氣了。」

好一招無中生有。姜菀靜靜等著馮五的反應。

馮五大概是被嚇到了，顫抖著說道：「草民……他……」

想來是沒受過如此嚴厲的質問，很快的，馮五一股腦兒地全說了。「此物是自雲安城外一位異域行商那裡買來的，他說這是一種專門用在食物中的調味料，原料產於天盛。」

徐望問道：「原料有哪些？」

馮五結結巴巴道：「大人恕罪，草民實在不知。草民只是聽那位行商說這是稀罕物，可以賣出好價錢，才一時衝動買了許多。」

這話聽起來不似作偽。

過了片刻，徐望才問道：「你買了多少？賣了多少？」

馮五道：「當時我從那行商手裡買了三十包，一共賣出七包。」

「這七包分別賣給哪些人？」

「回大人的話，其中六包是那陳師傅買的，還有一包是一位年輕小娘子買的。」

「所言屬實？」

馮五保證道：「草民不敢欺瞞大人！大人可以派人去草民家裡核查剩下的數量。」

徐望的指節一下下輕扣著桌面。「他為何獨獨在你那邊買這些東西？你們是否早已熟識？」

馮五忙道：「大人，草民與陳師傅只是……只是點頭之交，並無多深厚的交情。」

徐望不置可否，向一旁的薛致道：「誠之，你先帶他下去。」

待馮五離開以後，徐望又吩咐另一人道：「帶陳讓過來。」

姜菀聚精會神，聽著陳讓的腳步聲由遠及近，隨後道：「徐教諭。」

徐望一改嚴肅的態度，語氣溫和道：「陳師傅，前些日子秦娘子身體不適，此事你知曉吧？」

陳讓立刻用低沈的語氣道：「我知道，只是不知秦娘子究竟因何染病？」

徐望嘆道：「禍根在飲食上，秦娘子是誤食了一種香料，才會產生不適。」

雖然隔著屏風，姜菀依然能感覺到陳讓的呼吸似乎停了一瞬。

片刻後，陳讓乾笑著說道：「不知是……是什麼香料？」

徐望緩緩道：「是一種來自異域的調味料，名為『潛香』。此物的原料具有一定的毒性，碰巧秦娘子食用後又練功運氣，才會導致毒性發作，因而病倒。」

陳讓努力讓自己的語調平穩。「不知秦娘子在何處食用了此物？」

徐望道：「秦娘子喜愛外出，是在外面的蕭記食肆用餐時接觸到的。」

陳讓下意識脫口而出。「不是姜記嗎？」

聞言，姜菀已經確定謠言便是陳讓傳出去的。

徐望恍若未覺，淡淡道：「一時口誤，確實是姜記食肆，原來陳師傅對此事頗為了解。」

陳讓自知失言了，尷尬一笑道：「徐教諭，我只是……只是隨口一說。」

徐望僅是淡淡一笑，便將此事揭了過去。「據姜記食肆的店主說，『潛香』是她從西市一處專門售賣香料的攤子買來的，也不知這東西究竟是何來頭，竟暗含毒性。」

陳讓的語氣有些緊張。「不知是哪家攤子？」

徐望緩緩道：「店主姓馮，我已與那位店主當面核對過，他說賣出了不少包，來買的人也很多，記不清哪些人曾買過。西市魚龍混雜，有各種來歷不明的東西，我只希望此物別再繼續流通，否則會出大亂子。我已向衙門稟報，想來他們會取締售賣此物的鋪子。」

陳讓有些魂不守舍地「嗯」了一聲。

「話說回來，陳師傅應當沒買過此物吧？」徐望道。

「自然……自然沒有。」陳讓慌忙道。

徐望微微一笑道：「不說此事了。陳師傅，今日找你來其實是有另一樁事。縣學每月都會撥給各廚子一定數目的銀錢，用來採買食物跟調味料，不知這個月陳師傅剩下多少銀錢？是否還夠用？」

陳讓回道：「這……我記不太清楚了，可否容我回去翻看一下記帳手冊？」

徐望道：「請便。待我忙完手頭的事情，便去同各位師傅核對帳目。」

姜菀聽見陳讓離開的聲音，又等了一會兒，就聽見徐望道：「姜娘子，請出來吧。」她自屏風後方走出來，向門外望去，蹙眉道：「徐教諭，此事究竟是不是陳讓做的？」

徐望沒作聲，只向候在一旁的薛致道：「誠之，你去看緊陳讓的住處。」待薛致領命而去，徐望才向姜菀道：「姜娘子請稍待片刻。」

姜菀坐下後，徐望便命人奉上茶跟點心，然而姜菀毫無胃口，只盼著事情真相能早點水落石出。

徐望偏頭一看，就見姜菀俏臉緊繃、唇角緊抿。分明是個十七、八歲的小娘子，卻有這般嚴肅的時候。

他不由得想起她將自己那個頑劣的表弟耍得團團轉時，那股大膽的狠勁，與今日的她可說是判若兩人。

想到這裡，徐望忍不住開口打破沈默。「冒昧請問一句，姜娘子是家中長女嗎？」

姜菀轉過頭來，顯然沒想到他會問出這樣涉及隱私的問題，但她仍如實答道：「我在家中排行第二，只是長姊年幼夭折，因此我姑且算是長女吧。」

徐望低聲道：「原來如此。我只是覺得，姜娘子似乎在管教孩童方面很有心得。」

提及此事，姜菀的表情有些微妙。她不可避免地想起了虞磐那個熊孩子，便敷衍道：「徐教諭應當亦是如此。」

徐望無奈一笑，沒有作聲。

不知道等了多久，姜菀覺得手邊的茶盞已不再溫熱。她深吸了一口氣，就見門外走來兩道人影，其中一人正牢牢押著另一人。

薛致帶著一臉狼狽的陳讓進門，他一使力，陳讓便如一只麵粉袋般摔在地上。

徐望淡淡看向陳讓道：「這是怎麼了？」

陳讓灰頭土臉，正要開口解釋，一抬頭卻見姜菀正看著自己，他的臉上瞬間掠過惱恨與狼狽，咬牙道：「妳怎麼在這裡？一定是妳！是妳害我！」

姜菀平靜道：「這話該由我對你說吧？四處散布謠言、抹黑我家食肆的罪魁禍首，便是你吧？」

此話一出，徐望拿著茶盞的手輕微頓了頓。

見狀，薛致道：「大人，剛才屬下按您的吩咐暗中潛入陳讓的居所，果然見他回房後翻箱倒櫃，揣著些東西鬼鬼祟祟溜了出來，正打算從縣學小門出去，把那些東西全扔了。」

薛致攤開手掌，上面是幾個布包，散發著奇異的香味。

他繼續道：「屬下截獲他手中這些東西後，交給黎女醫跟馮五，並與姜娘子呈上的粉末加以比對，確認這些正是『潛香』，馮五也承認了，陳讓正是從他那邊買的。屬下還在陳讓平常待的後廚櫥櫃裡發現一些拆開後的香料，其中的粉末亦是此物。」

陳讓從薛致的話語中捕捉到某項訊息，忙不迭對徐望道：「徐教諭，我確實買了此物，但我並不知道它的危害，只以為是尋常的調味料。」

說著，他看向姜菀，恨恨道：「二娘子，妳別以為自己有多無辜！妳買來此物，不也是為了生意著想嗎？」

姜菀微微冷笑。「我的人買下此物，是出於惻隱之心與好奇，從未使用過。這般來歷不明的東西，我怎會輕易用在飲食中？」

她指著自己呈給徐望的粉末道：「你大可以拿這包『潛香』去秤秤，看我有沒有用一丁點。」

陳讓臉上的血色漸漸褪去。「妳真的沒用過？那秦娘子——」

「秦娘子之疾正是拜你所賜啊，陳師傅。」薛致不屑道。

陳讓這才反應了過來，原來剛剛徐望的話全是誆他的，為的就是讓他放鬆警戒，好打他個措手不及。

他心一涼，喃喃道：「我只是想把飯菜做得更可口，難道錯了嗎？我並不是蓄意害她！」

姜菀冷聲道：「陳讓，從前我阿爹是怎麼教你的？『凡是飯食菜品的烹飪，均要仔細考量油、鹽、醬、醋、糖的用量，萬不可大意，或試圖走捷徑，須靠自己的努力一步步掌握』。」

那些本不屬於她的過往，此刻猶如走馬燈一般在腦海中字字呈現。

姜菀又道：「看來你是真的忘了初學藝時立下的誓言。枉費我阿爹曾對你傾囊相授，最後你卻背信忘義、不顧師恩。」

陳讓被她這樣當面斥責，頓時惱羞成怒道：「二娘子還是一如既往地伶牙俐齒。我就不信妳能堅守住，寧願付出百倍的辛勞，也不走一次捷徑！」

姜菀態度堅決道：「我當然能。陳讓，不要試圖用你的心思來揣測我。」

徐望頗為意外，他沒想到姜菀與陳讓還有這麼一段糾葛，看來陳讓此人堪稱忘恩負義、德行盡失，真不知當初是怎麼把他聘進縣學飯堂的。

薛致接著道：「此外，屬下還發現陳讓試圖偽造帳簿的行為。」

事已至此，陳讓卻還在垂死掙扎。「大人，這一切都事出有因，可否容草民解釋？」

薛致喝斥道：「什麼叫事出有因？是你動了歪心思，日日準備午食時都用『潛香』，省下不少用來採買尋常調味料的錢，然後全部裝進自己口袋裡。」

陳讓拚命搖頭道：「此事並非草民本意，其實是……其實是……」

姜菀正在猜陳讓還能編出什麼藉口，下一刻便聽他道：「這一切都是盧掌櫃指使的！」

徐望挑眉道：「盧掌櫃？」

陳讓道：「便是俞家酒樓的掌櫃，盧滕。」

這齣戲著實精彩。姜菀想到那句「大水沖了龍王廟，自家人打自家人」，沒想到陳讓竟拉俞家下水，可真是辜負俞家當初「拉他一把」的恩情啊。

陳讓又道：「盧掌櫃一心想擴大俞家酒樓的生意，命草民設法進入縣學，又說只要能得到縣學這樁生意，無論草民用什麼辦法都可以。」

徐望道：「然後呢？」

「然後……然後他就暗示草民去找那位店主買那調味料在選拔中使用。」陳讓喊道：「草民記得他與那店主是熟識！他們一定是串通好的，草民也是身不由己啊，大人！」

「那在帳簿上動手腳，是你一人所為，還是受他指使的？」徐望問道。

陳讓避開了徐望的目光，卻被薛致一把按住，掰正他的頭，逼他直視徐望。「還不快說?!」

第二十九章 無妄之災

「大人饒命，此事確是草民一人所為，但草民也是被逼……」

徐望不想聽陳讓辯解。「證據確鑿。陳讓，從今日起，你被縣學解雇了。至於其他事，本官無權處置，只能把你交給衙門了。」

陳讓拚命叩頭道：「大人，草民知錯了，求您不要將草民交給衙門！」

姜菀幾步走到他面前，低頭看著他道：「陳讓，我只要你一句話。這些日子四處散布流言，說秦娘子是因我家食肆而中毒的人，是不是你？若是你，你還欠我們家一句道歉。」

陳讓不服氣地道：「這謠言的源頭可不是我，我也是聽旁人說起的！」

姜菀冷笑道：「事到如今你還在狡辯？那你倒是說說看，究竟是誰說的？」

只見陳讓脫口而出道：「是聽徐教諭說的！若不是親耳聽見他說的話，我又怎敢輕易——」

他話未說完，就被薛致按倒在地堵住了嘴。

然而姜菀已聽清楚關鍵字，她轉頭看向徐望，見他神色略不自然，便問道：「徐教諭，他說的是真的嗎？」

徐望喉頭一窒，遲疑了一下後方道：「姜娘子，我是為了盡快查出真相，不得不出此下策。」

「徐教諭一句謠言，便使我家名聲受挫、生意蕭條，不知要花多久的時間才能恢復。」

姜菀雙手緊握。「我不信以您的見識跟才智，想不出更周全的法子。」

法子自然是有，只是遠不如這一招迅速有效。徐望在此事上急於求成，便不在意會不會對他人產生影響。

「過去聽沈、荀兩位將軍誇讚徐教諭家風嚴謹、為人仁德，我竟真的信了。」姜菀道：「徐教諭當然不理解小小平民經營生意有多艱難，更不知商譽有如瓷器，輕輕一摔便會粉碎，再難復原。」

「姜娘子，望妳能理解我的難處。」徐望緩聲道。

「理解難道不該是互相的？徐教諭又何曾理解我的難處？」姜菀只覺得臉上一陣陣發熱，委屈、憤怒湧上心頭。「我今日來時，看見縣學前廳懸掛著一幅字，寫著『能近取譬，可謂仁之方也已』，可在我看來，徐教諭的所作所為卻跟推己及人毫無關係。」

徐望自小便被父親徐蒼嚴格要求，唸書進學無一不勤謹，也不做任何有違仁義道德的事情。散布謠言時，他心底也曾有過一絲猶豫，但還是被想查清真相的急迫所驅使。他認為這個做法即使有那麼一點不妥，但整體來說是有益的。

然而姜菀的一番話卻讓他低下頭去，不敢看她眼底的憤恨與失望。生平第一次，他感受到了慚愧。

薛致忍不住插嘴。「姜娘子，大人是為了大局著想，才不得已放出流言，若非如此，陳讓也不會這麼快招認，妳該明理一些。」

「自始至終，此事對我來說都是無妄之災。」姜菀道：「我從未做過任何損人利己的事，到頭來卻背負了這樣的名聲，薛郎君還希望我怎樣『明理』？」

她深吸了一口氣，冷道：「我勢單力薄，不敢奢求什麼，只有一個請求，希望徐教諭能還我清白。」

徐望抬起頭，嚴肅道：「我答應妳。」

姜菀不再多言，轉身往外走去。

等她走遠了，薛致正想抱怨幾句，卻見徐望神色惘然，不由得道：「大人，您怎麼了？」

徐望苦笑。「姜娘子的話真是讓我慚愧。此事確實是我不對，我不該把她牽扯進來，讓她受到連累。」

薛致正要替他抱不平，卻聽見屋外傳來一道聲音。「亭舟，那位小娘子說得一點沒錯，你已鑄成大錯！」

徐望神色一凜，起身迎了出去，垂首道：「老師。」

被喚作老師的是一位未滿五十歲、鬢髮卻已斑白的老者，他神色威嚴，一雙眼睛透出令人膽寒的光芒。

此刻，他面容嚴峻，看著徐望道：「亭舟，昔年我是怎麼教你的？人活於世，當心存仁義，無論何時，都不可為了達到目的而做出損害、扭曲、誣衊他人名聲之事。可今日，你卻這麼做了。」

徐望的額角冒出冷汗，慌忙躬身請罪道：「老師，是我一時失策，只想盡快查明真相。」

老者看著他，痛心地皺眉搖頭道：「那位姜娘子所言不虛，以你的能力，何愁沒有更好的法子？到底還是這繁雜塵世改變了你的性子，讓你變得急躁。」

老者沈聲道：「這是最後一次。若是你再做出此等行為，莫怪為師不念舊情。」

徐望應道：「是。」

「如今我既為縣學祭酒，那麼上下事宜須得讓我知曉，不可欺瞞。先前選拔飯堂廚子之事便可見縣學上下的疏忽，竟招了這麼一個居心叵測的人，做的還是飲食這般精細而要緊的活。」

老者捋鬚道：「此人雖交給衙門處置，但你身為縣學教諭，還是好好反思一下怎麼給眾學子一個交代吧。」

「老師教訓得是，我會妥善解決此事的。」徐望低聲道。

老者又問：「那麼廚子的人選，你打算如何處理？」

徐望道：「我想，那位姜娘子便是最佳人選。過去選拔時她便屈居第二，若不是陳讓使了手段，她應當能獲勝。再來，此次是我虧欠她，為了彌補，我想將飯堂一事交給她，如此一來也可洗清她的冤屈。」

老者道：「你想得很周到，只是有了前車之鑑，你必須對這位姜娘子的人品德行有所了解，莫再招進一個居心不良之人。」

徐望說道：「據我所知，這位姜娘子的品行應當沒問題。」

他將當初姜菀與虞磐的事情簡單說了一下，但省略了自己以小人之心度君子之腹的那番話。

老者聽罷，道：「你那表弟著實頑劣！你身為兄長，該好好教導他，引他向善才是。」

徐望慚愧道：「是。」

「小娘子，這是今日的入帳。」晚間，思菱將整理後的帳簿遞給姜菀。

姜菀仔細看了看，盈利比從前少了許多。她合上帳簿，長嘆一聲道：「我們人微言輕，只消一句謠言，便受到這麼大的影響。再這樣下去，只怕要入不敷出了。」

生活剛有起色，難道又要走下坡路了？姜菀揉著太陽穴，思考著如何扭轉如今的局面。

「小娘子，那位徐大人不是答應會證明我們的清白嗎？」宋鳶小心翼翼道。

姜菀扯了扯唇角。「以他的身分地位，若他只是說說而已，我們又有什麼辦法？」

她原以為徐望是個有君子之風、溫文爾雅的世家郎君，然而一連串的事情讓她看清了。徐望的所作所為看似無可指謫，可他的眼底卻有睥睨一切的傲氣，即便說出口的話再體貼關切，也是身居高位者對平民的「垂憐」，而非發自內心。

同樣有官職在身，荀遐與沈澹便更加平易近人。荀遐自不必說，一向最和氣，沈澹雖看似淡漠寡言，卻做到了「居上位而不驕」，對任何人都很尊重。

那日姜菀一時激憤，對徐望說了那麼一番話，回來後冷靜一想，只覺得無奈。他那樣的人，只怕不會在意一個平民百姓的話吧，何況還是一個當面揭他過錯的人？

姜菀伸手覆在帳簿上，怔怔坐在燈火下，不知明日又會是什麼光景。

第二日，荀遐跟沈澹一前一後地來了。

今日的沈澹似乎一直在思索什麼要緊的事，始終沈默不語，倒是荀遐一如既往，同姜菀說起了秦姝嫻。「三娘一直念叨著要再來妳店裡呢。」

姜菀笑了笑。「秦娘子如今可大好了？」

荀遐點頭。「她已返家休養，昨日我去探望，她基本上已經無礙，胃口也恢復了不少，很快就能正常出門走動。」

說著，他用筷子挾起一塊藕餅吃了，又喝了口豆芽排骨湯，同沈澹道：「沈將軍，這湯很鮮美，你嚐嚐。」

荀遐早已習慣人前人後轉換對沈澹的稱呼，可說是毫無破綻。

沈澹回過神，不急著喝湯，反而掃視了店內一圈，又留意到姜菀一副心事重重的模樣，他不禁眉頭微蹙。

待姜菀進入廚房，荀遐就察覺店裡格外冷清，不由得對沈澹道：「將軍，您有沒有發現這裡食客比往常少了許多？」

沈澹道：「你也發現了？」

正說著話，思菱過來給兩人的茶盞續上水，荀遐便壓低聲音道：「小娘子，店裡是不是出了什麼事？我瞧這光景與往日大不相同，姜娘子的臉色也不好。」
思菱見姜菀沒注意這邊，便嘆道：「因為縣學的事情，外頭流言紛紛，說我們家食肆做的食物害秦娘子中毒，因此這些日子生意一直不好，小娘子正發愁呢。」
「怎麼會有這種流言？」荀遐皺眉。「此事分明與姜娘子無關，她只是被例行查問，又不是罪魁禍首。」
思菱扁了扁嘴道：「還不是那個姓陳的，是他在食物中用的香粉導致秦娘子中毒，卻在外詆毀我們家小娘子，把一切罪責推到她身上。」
荀遐眉梢輕輕一動。「是那個勝了姜娘子後得以進入縣學飯堂的廚子？」
思菱點頭。
「他居然有這麼大的本事，能讓流言在坊內四起？」荀遐訝異道。
「自然不是他一人的功勞……」思菱想起姜菀的叮囑，還是忍著沒說出口，搖搖頭退了下去。
待她離開，荀遐才道：「看她的意思，此事背後似乎另有隱情？」
沈澹平靜地說道：「縣學如今的教諭是徐望，一應事務必然由他主理。」
他點到為止，荀遐卻聽懂了他的弦外之音。「將軍的意思是……此事有縣學在其中推波助瀾？」
荀遐越想越覺得有道理。「若沒有他的默許，單憑一個廚子，哪有這種本事讓應當隱密調查的事情傳得如此迅速？」

沈澹低眸，聲音低沈。「徐望行事向來求『快』。此次秦娘子之事，他定是急於解決，好給秦大人一個交代，因此用了一些手段。我想，他推動這流言，應是要藉機轉移注意力，引出真凶。」

「把罪責推到姜娘子身上，既撇清了縣學的嫌疑，又能讓真凶放鬆警戒而露出馬腳……」荀遐看著正在給客人上菜的姜菀。「可是姜娘子何其無辜，我們從未見過她這樣強顏歡笑、心事重重，姜記食肆也沒這般冷清過。這莫須有的罪名，對她的影響太大了。」

沈澹看向那前往櫃檯忙碌的少女，她正彎腰理著一沓沓厚厚的冊子。這樣的動作，讓他清楚地看見她削瘦的雙肩跟纖細的手臂。可以想見，這樣一個柔弱的小娘子要撐起一家店、養活這麼多人，該是多不容易。

他收回目光，將翻湧的情緒壓回心底。

姜菀沒想到自己會再度見到陳讓。

午後小憩起床後，她打開店門透氣，卻見陳讓正扒著門框，一見她出來，立刻擠出笑臉道：「二娘子。」

他一掃過去的趾高氣揚，滿臉討好跟乞求。

思菱聽見動靜走出來，看到陳讓，立刻狠狠翻了個白眼道：「你來做什麼？我們這裡不歡迎你！」

陳讓似乎想爭辯，但硬生生忍住了，低聲下氣道：「二娘子，從前種種是我的過錯，我今日是來請罪的，我可以向師父跟師母的牌位磕個頭嗎？」
姜菀不為所動。「你有什麼事嗎？若是無事，還請離開，不要影響我們做生意。」
「二娘子，我真的是來請罪的——」陳讓急切道。
「從前是我錯了，竟會想押著你去阿爹跟阿娘墳前請罪。」姜菀冷冷道：「他們根本不想看到你，你這樣的人，也不配向他們磕頭。」
這番指責讓陳讓面紅耳赤，可他依然沒有打退堂鼓的意思。他囁嚅了片刻，才低低道：「二娘子如今開店還順利嗎？有沒有什麼需要幫忙的地方？」
姜菀厭煩地皺了皺眉，冷聲道：「你到底想說什麼？我沒心情聽你長篇大論。」
「二娘子，我……我被縣學趕了出來，俞家酒樓也不讓我回去。坊內其他食肆聽到了風聲，亦不肯收留我，我如今實在是走投無路了。」
姜菀彷彿聽到了什麼天大的笑話。「那你來找我做什麼？難道你覺得我會收留你？」
思菱呸了一聲道：「別作白日夢了！我們拿掃帚趕你都來不及！」
說著，她真的從店裡找了把掃帚出來高舉著，說道：「你走不走？」
陳讓脖子一縮，雙手作揖道：「二娘子，過去之事我已經痛定思痛，決心悔改，求求您發發善心，救我一回，我……我一定會彌補昔日的過錯。」
姜菀靜靜看著他，忽然啟唇一笑，那笑容在秋日的陽光下顯得頗為柔和。
陳讓以為她大發慈悲，不由得跟著笑起來。「多謝——」
「陳讓，這麼久了，你忝不知恥的樣子還是一點都沒改變。」姜菀緩緩道：「你是認定我好拿捏，還是覺得我忘了過去那些事？就憑你那背信忘義的嘴臉，我還這樣客客氣氣對你說話，已經是仁至義盡了，誰知你竟這般癡心妄想，真是可笑至極！」

姜菀又道：「況且，你以為自己還能在外面逍遙自在？等著衙門把你帶走吧！」

陳讓辯解道：「我是無心之過，衙門總不能治我死罪吧？等受了刑罰後，我……我還是得找一門活計謀生……」

姜菀嗤笑一聲道：「你對自己的前景倒還挺樂觀的。不過，你找你的活計，與我何干？」

她伸手指著店外說：「你若是再不走，休怪我找人把你打走。」

說話間，周堯跟宋宣也各自提了工具在手中，對陳讓怒目而視。

陳讓臉上青白交加，卻依然不死心。「二娘子，若您肯收留我，我願意……我願意用一個有關俞家酒樓的秘密交換。此事極其隱秘且要緊，若妳知道了，就能利用這點壓倒俞家的生意，姜記食肆也能更上一層樓。」

他見姜菀沒說話，又大著膽子道：「求求二娘子聽我一言，就當是讓我向師父跟師母贖罪。」

陳讓大概是覺得這件事能讓姜菀心動，滿心歡喜地等她答應。

然而，姜菀無動於衷。「我並不想知道什麼秘密，也不想在背後動這些手腳。既然要競爭，就光明正大地來。」

「妳——」

陳讓還想說什麼，思菱手中的掃帚已經揮到他身上。「快滾！別髒了我們店門口的地！」

不等他走，不遠處就走來了兩個衙役，其中一人道：「你就是陳讓？原先俞家酒樓跟縣學飯堂的廚子？」

那衙役展開一張搜捕令，道：「你因在縣學膳食中下藥，致學子中毒病倒，且事後拒不認罪，當判杖刑，並逐出京城。隨我們走吧。」

「逐出京城？」陳讓的臉孔煞白。「兩位明鑑，我……我只是無心之過，為何要……」

「少廢話，你是在質疑我朝律法？」

那衙役懶得多說，兩人直接一左一右扣住陳讓的手臂，把人帶走了。

姜菀搖了搖頭，轉頭帶著眾人回去做事了。

接下來幾日，即使生意低迷，姜菀依舊打起精神琢磨新的點心。

一天夜裡，她夢見小時候常吃的一種東西——糖畫，醒來後便止不住心動，開始動手製作。

她準備了鍋子、銅盤跟一塊大理石板。先熬糖漿，把糖煮得黏稠再倒入盤中，用竹籤蘸取後在石板上拉出糖絲，做出各種形狀。

姜菀事先讓思菱在紙上繪製不少簡單的圖案，她再按著圖案甩動手中的糖絲，嘗試了好幾次，終於做出像樣的成品。

風乾的糖畫插在準備好的凹槽裡，那活靈活現的圖案引得不少孩子看過來，很快的，小攤車面前便圍了不少眼巴巴的孩童。

有長輩拉扯著孩子的手臂，小聲道：「少吃外頭的東西！當心——」

還有人竊竊私語——

「聽說前些日子縣學一個學子吃了不乾淨的東西後病倒了，便是在她店裡？」

「那個學子是秦府的三娘子，家世尊貴得很呢！惹了這樣的小娘子，定是吃不了兜著走，秦大人一定不會饒了她！」

雖然心裡有數，但是當面聽見這種話，還是讓姜菀很無奈。她抿了抿唇，儘量微笑著解釋道：「您誤會了，那樁事與我無關。」

「可妳都被縣學的人帶走了，還說無關？」那人振振有詞。

思菱忍不住道：「那只是平常的查問，並非定罪，真凶另有其人，是俞——」

第三十章　當街闢謠

姜菀不欲多生事端，拉了拉思菱的衣袖搖頭。她注視著那人，坦然道：「縣學已經查出真相，若此事真的因我而起，衙門早就查封食肆，又怎會容許我繼續營業？」

「是啊，難道你想質疑衙門的大人？」思菱按捺不住，反問道。

那人面色漲紅地說道：「妳——妳胡說什麼！」

雙方正僵持不下，不遠處忽然走來一個人，笑意盈盈道：「姜娘子，我許久沒來品嚐妳的手藝了，今日又有什麼新奇的點心？」

正是秦姝嫻。她悠哉地走到小攤車前面站定，低頭打量糖畫成品，豪邁地揮手道：「煩勞姜娘子每個圖案都給我打包！」

思菱恰到好處地招呼起了她。「秦娘子終於來啦？許久沒見到您了。」

秦姝嫻嘆了口氣道：「前些日子吃壞了東西，養了一陣子才好。最近在家中吃得甚是寡淡，一直心心念念著姜娘子做的點心，今日可算是能如願了。」

她一邊說，一邊看向一旁烤爐裡冒著香氣的烤番薯，吹了吹手道：「正好，烤番薯可以暖手。」

思菱與她配合得極有默契，很快便用紙袋包好烤番薯，連同幾根糖畫一起遞給她。「秦娘子慢用。」

「我再買一些帶回府上，給我阿爹跟阿娘嚐嚐，他們一直很好奇妳的手藝呢。」秦姝嫻眉眼彎彎。

姜菀心領神會，微微笑著道：「那是我的榮幸。」

說著，她親手挑了幾個最飽滿的烤番薯包好遞過去。

雖未明說，但這三人的對話處處透露著一個訊息——姜菀是清白的。若秦姝嫻真是吃了她做的飯菜才病倒，又怎會在病癒後第一時間喜孜孜地上門光臨？更不會說出秦氏夫婦好奇她的手藝這種話了。

不知是誰小聲說：「聽說縣學那個廚子其實是俞家酒樓的人。」

「我看見了，有兩個衙役押送那人走了。」

剛才有意爭辯的幾人頓時偃旗息鼓，先後離開了。剩下的人見當事人都當街闢謠了，還有什麼不放心的，立刻在秦姝嫻身後排起隊。

等客人少了些，姜菀便引著秦姝嫻入內在單雅間坐下，打量著她的臉色道：「秦娘子，妳應當已無大礙了吧？」

秦姝嫻眨了眨眼。「我這不是好端端在妳面前嗎？」

姜菀鬆了口氣。「那就好。我瞧秦娘子的臉色仍有些憔悴，還是要多多休養。今日之事，多謝妳了。」

秦姝嫻握住她的手說：「姜娘子何必客氣？我不忍心看妳被謠言抹黑，由我出面，應當就能還妳清白了。」

兩人說了一會兒話，眼見天色漸晚，秦姝嫻便道：「我先回去了，阿爹跟阿娘還等著我回去用晚食。」

「秦娘子慢走。」姜菀送她出門。

有了秦姝嫻的力證，姜記食肆漸漸恢復往昔的熱鬧，只是有些人還是心存懷疑，不願上門。

姜菀歷經了最初的憤怒，如今心緒已然平靜。來日方長，她總會扭轉局面的。

這日午後，姜菀囑咐宋宣處理食材，自己則出來做冰糖葫蘆。

她將串在竹籤上的山楂在銅鍋的糖漿中一滾，山楂便裹上一層透亮晶瑩的糖衣。待糖衣凝固後，一口咬下去，便能享受到山楂的酸與糖衣的甜。

姜菀放好一串串冰糖葫蘆，甩了甩有些痠痛的手腕，一抬頭便看到一個意料之外的人。

「……蘇娘子？」

蘇頤寧以女子之身興辦學堂有成，加上她廣收平民學子，許多人都感念她的恩情，因此雖然松竹學堂不在永安坊，卻有不少人認得她。

她在路上行人眾多時站在姜記食肆門口，很自然引起眾人注目。

蘇頤寧笑盈盈說道：「姜娘子，我正好經過永安坊，想到要與妳續簽學堂點心的書契。」

她說話時柔和卻不失力道，清晰得足以讓周遭的人聽見。

姜菀愣了愣，這才想起已是九月末。先前她與松竹學堂簽的書契是三月一簽，月末正好到期。

她道：「瞧我這記性，竟把此事忘了，還煩勞蘇娘子親自跑這一趟。」

蘇頤寧莞爾道：「無妨。」

她瞧著那一根根晶瑩透亮的冰糖葫蘆，笑道：「前陣子我偶染風寒，吃了幾日藥才好轉，然而口中卻一直發苦，正好用姜娘子做的冰糖葫蘆開開胃。」

說著，她恍若不經意地開口道：「學堂的孩子們很推崇妳做的點心，我亦是。姜娘子做的東西色、香、味俱全不說，還會充分考慮孩子們的口味跟胃口，令人再滿意不過。」

她們進入店內後，思菱則特地在外面多待了一會兒，果然聽見不少人竊竊私語——

「連蘇娘子都這般推崇姜記食肆了，應當沒問題了吧？」

「秦娘子跟蘇娘子都與店主這般熟悉，看來之前真的是訛傳。」

「都怨你，以訛傳訛，亂說話！」

思菱鬆了口氣，轉而笑咪咪地吆喝起來。「冰糖葫蘆酸又甜，走過路過都來嚐嚐！」

姜菀與蘇頤寧去了院子的房間內坐下，仔細瀏覽過書契後，姜菀便簽下了名字。

在蘇頤寧飲茶的空檔，姜菀稍稍遲疑了一下，才道：「蘇娘子，恕我直言，方才妳在店外的舉動是否有意為之？是否受人之託？」

蘇頤寧展顏一笑。「姜娘子果然聰慧，我早知瞞不過妳。確實有人私下拜託我，同我說姜娘子遇到了困難，希望我能尋找適宜的機會，在眾人面前為妳力證一番。」

她嘆道：「若不是他告知，我竟不知妳發生這種事。無論他拜不拜託我，我都會幫忙，只希望我來得還不算太晚。」

「蘇娘子這是哪裡的話，妳願意來這一趟，我已經很感激了。」姜菀說道：「只是我有疑問，那位拜託蘇娘子的人……是誰？」

話一出口，她心中便隱約有了猜測。

蘇頤寧緩緩搖頭，唇角揚起淺笑。「我答應他要保守秘密，但以姜娘子的聰敏，一定能猜到是誰。」

姜菀輕抿著唇，欲言又止，最後化作一句。「多謝妳，蘇娘子。」

蘇頤寧的語氣多了幾分感慨。「這些日子姜娘子經歷的波折，實在是無妄之災，好在妳不是輕言放棄之人。」

姜菀笑了笑，道：「起初我也為此懊喪過，但事後一想，一味憤怒或傷懷並無用處，不如將心思放在重新建立口碑上。」

「我就知道今日這一趟不會白來。」蘇頤寧站起身，輕輕握住姜菀的手。「姜娘子，保重。」

送走蘇頤寧，姜菀獨自一人在房裡坐了許久。

那個人……會是沈澹嗎？

不知為何，姜菀覺得心頭漾起了暖意，那股暖意漸漸蔓延到臉上，讓她臉龐微熱。

「風水輪流轉。」

這日，思菱與宋鳶從外面回來時，異口同聲說了這句話。

「怎麼了？」姜菀問道。

思菱放下買來的東西，說道：「如今的俞家酒樓，便是前些日子的我們。」

姜菀略微一怔，道：「是因為陳讓？」

宋鳶一邊開始擇菜，一邊道：「雖然縣學那邊沒大肆宣揚此事，但壞事總是傳得很快，坊內幾乎人人都知道俞家酒樓的廚子在縣學飯堂做的菜導致學子病倒了。」

陳讓雖然已經被俞家酒樓趕出門，不過這件事之前沒什麼人知道，眼下只怕俞家會極力撇清與陳讓的關係，免得引火上身。

果然，不出半日，姜菀便聽說俞家酒樓聲稱由於陳讓擅自做出這種事，有違他們的經營理念跟原則，早已將他解聘。

為了表明態度，俞家酒樓還貼出告示，宣佈這幾日進店的食客均能享用一道免費菜品。

俞家如此乾脆地撇清與陳讓的關係，總算挽回了一定的名聲。至於陳讓，他一夕之間便變成了人人喊打的落水狗，不僅名聲盡毀，還面臨刑罰。

思菱說起此事時，神情是掩不住的痛快。「他以為攀上俞家的高枝就能飛黃騰達了嗎？到頭來，俞家不還是毫不猶豫地放棄他？都要被逐出京城了，我看他還能去哪裡蹦躂！」

第二日午間，姜菀與思菱出門去取前幾日在成衣鋪訂做的衣裳，回來的時候正巧經過俞家酒樓，就見那裡門庭若市。

門前，幾個店小二伶牙俐齒，笑呵呵地向眾人介紹今日的特色菜品；樓上的木格窗敞開，時不時便能聽見裡面的笑語聲。

思菱小小地撇了撇嘴，沒說什麼。

姜菀則是打量起了俞家酒樓的格局，心中不由得想，若是日後自家的食肆也能擴充一下店面，該有多好。

她剛走了一下神，便聽見思菱低聲驚呼。「小娘子快看，那是何人？」

此刻，路上眾人正議論紛紛，姜菀抬頭看過去，就見兩個衙役正押著一個人向這邊走來，那人模樣狼狽、憔悴不堪。

「陳讓？」思菱厭惡地皺眉。

姜菀斂去思緒，打算看看他究竟要怎麼鬧事。

兩名衙役押著陳讓在酒樓前站定，其中一人皺眉道：「陳讓，大人心慈，允你受刑前見見家人，待杖刑一施，你就會被逐出雲安城，不許再回來。說，你的家人在何處？」

「他不是孤兒嗎？哪還有家人？」思菱瞪大眼睛。

姜菀蹙眉。他這是鬧哪一齣？

陳讓身穿囚服，渾身髒污。他對酒樓門口的小二說：「麻煩讓盧掌櫃出來一下。」

那小二猶豫了一會兒，才進門去通報。

姜菀望著陳讓掩蓋在一頭亂髮下的目光，心中忽然浮現一個猜測。她可不覺得陳讓會這麼念舊，專程來同盧滕道別，只怕另有打算。

果然，在盧滕還未出來時，陳讓就對著圍觀的人群道：「自從我到俞家酒樓後，每日都老老實實幹活，又對盧掌櫃言聽計從，他指東，我根本不敢往西。盧掌櫃一心想多賺些銀錢，便讓我去應徵縣學飯堂的廚子，還教我如何在選拔中勝出。」

在場眾人竊竊私語——

「這就是那個被縣學開除的廚子？」

「他以前是俞家酒樓的啊？」

「縣衙大人可真是心善，居然還允許他來見舊東家！」

閒談間，盧滕匆忙趕了出來，他看見陳讓時，面色明顯不佳，可礙於衙役在一旁，只好壓抑著不滿道：「陳讓，你有何事？」

陳讓向他作了一揖。「今日來是為了拜謝盧掌櫃昔日的照拂與教導。往後我將被逐出雲安城，再無法見您。」

明明是一席情真意切的話，從陳讓口中說出來時卻有種說不清的詭異。

盧滕淡淡道：「往事不必多言，你我二人就此別過，望你今後能痛改前非。」

陳讓忽地冷笑。「痛改前非？難道我今日之下場，不是拜你所賜？」

盧滕臉色黑如鍋底。「你到底在胡說什麼？酒樓已經與你斷絕關係，你休想造謠！」

「若不是你暗示我可以在飯堂選拔時動手腳，我又怎會——」

不等他說完，盧滕立即喝道：「一派胡言！一切都是你自己拿的主意，與我何干？你以為胡亂攀扯幾句，旁人就會相信了？」

那兩個衙役交換了一下眼色，其中一人上前道：「陳讓，時候已到，該走了。」說著，兩人按住陳讓，迫使他轉身離開。

陳讓不甘心地掙扎，喊道：「盧掌櫃！是你告訴我可以去西市那攤子買香粉，也是你默許我把那東西加在飯菜中——」

不等陳讓說完，兩名衙役已經封住他的嘴，強行將他帶走。

待三人離開，議論的聲音更大了些——

「莫非他那些事是在俞家酒樓授意下做的？」

「難說！」

「什麼香粉？俞家酒樓的飯菜不會也加了那種東西吧?!」

盧滕眼看情況不妙，連忙朗聲道：「諸位，陳讓原先確實是俞家酒樓的廚子，我也曾對他寄予厚望，不想他財迷心竅、忘了根本，背著我做出一些傷天害理的事情，俞家酒樓如何容得下這樣的人？」

他神情認真、語氣誠懇。「我們俞家酒樓開了多年，名聲與口碑有目共睹，自然不會做出這種事，還請大家相信我！」

對於盧滕的話，眾人交頭接耳討論個不停，思菱也忍不住低聲對姜菀道：「小娘子，陳讓是瘋魔了嗎？居然還不忘拉舊東家下水！」

姜菀無聲搖頭。

酒樓裡正在享用飯菜的食客，親眼見到這齣鬧劇，各自交換了眼神，頓時覺得面前的菜餚難以下嚥，有人乾脆不動筷子，起身就走。

「思菱，我們回去吧。」姜菀道。

兩人離開時，滿臉焦慮的盧滕碰巧看見了她們的身影，他先是一愣，隨即像是想到了什麼似的，臉色驟然變得陰狠。

他的目光如淬了毒一般，死死盯著姜菀與思菱，衣袖中的手攥成了拳頭。

這天傍晚，姜菀捧著幾個烤番薯在廚房站了片刻，想起外頭的小攤車還未推回院子，便走出了食肆大門。

周堯正在用布巾擦拭著小攤車，手在冷水裡浸得通紅。

姜菀遞過去一個烤番薯，道：「小堯，歇歇吧，先暖暖手。」

周堯推辭不過，接了過來。

姜菀自己也剝了一個小的來吃。深色的外皮揭開，露出烤得熟透的內瓤，輕輕掰開，透明的蜜水便流了出來。番薯瓤軟爛香甜，熱呼呼地吃下去，整個人都暖了起來。

忽然間，她的衣角被人輕輕扯了扯。

姜菀低下頭，就見一個衣衫襤褸的孩子正看著她，眼神帶著乞求。

見姜菀的視線飄向自己髒兮兮的手，那孩子不禁眨了眨眼，慌忙縮回手，怯生生道：

「這位阿姊，我不是故意的。」

然而姜菀並未注意衣角沾上了污漬，而是仔細觀察著這孩子。他看起來比姜茘小上幾歲，身形極其瘦弱，手上全是發紫的凍瘡，有些甚至裂開了口子。

她放柔了聲音道：「怎麼了？」

孩子舔了舔乾裂的嘴唇，目光落在那香噴噴的烤番薯上，小聲說道：「阿姊，可以分我一小口嗎？我……我一整日沒吃東西了。」

姜菀暗嘆一聲，是個可憐的孩子。她索性把整個烤番薯遞給他。「吃吧。」

那孩子開心地點頭，接過烤番薯慢慢吃了起來。

「小娘子在同誰說話？」思菱好奇地探出頭。

姜菀沒說話，只用眼神示意。

那孩子吃完烤番薯，朝姜菀連連彎腰鞠躬，道：「多謝阿姊。」說完，他便轉身走了。

思菱憐憫道：「是個無家可歸的小乞兒，只怕一日都吃不上幾口熱飯。」

姜菀望著遠處，道：「我記得雲安城內有專門收留他們的地方，似乎叫……暖安院？」

暖安院是由官府興辦的，類似現代的慈善機構。

思菱道：「或許那孩子剛流浪不久，還來不及被官府的人送去暖安院。」

暖安院的孩子要麼是一出生便被遺棄，要麼是父母雙亡又沒有親戚收養，只要被官府發現，便會被帶去暖安院。

「總有不幸之人。」姜菀感嘆。

就快到宵禁時間了，路上人煙稀少，周堯與思菱去收拾小攤車，姜菀則回了院子，牽著蛋黃出來透氣。

姜菀握著牽繩，牽著蛋黃沿路走走停停，等牠走累了，她便回到店門口，沒急著帶牠回院子，而是仰頭看著天邊的月亮。

沈澹從店裡出來時，便瞧見姜菀正望著天空發呆，蛋黃則趴在她腳邊。

蛋黃察覺到身邊有人，頓時警戒地直起身子，牠認出沈澹算是半個熟人，便未露出凶狠的樣子。

姜菀轉過頭，正巧見沈澹垂眸看著蛋黃，眼底是淺淡的笑意。

片刻後，沈澹抬起頭看向她，道：「姜娘子，我可以摸摸牠嗎？」

姜菀一怔，點頭道：「自然可以，請沈將軍稍待。」

她彎下腰輕撫蛋黃的腦袋，再順勢將手滑到牠的後背，壓低聲音道：「蛋黃聽話，讓這位郎君摸摸你，不要躲開、不准朝他叫，也不要齜牙咧嘴，乖。」

這語氣不像是在訓犬，倒像是在哄孩子。

沈澹見姜菀一本正經地同蛋黃說話，不自覺地輕輕彎了彎唇。

「沈將軍，我已經交代好牠了，您可以……開始了。」姜菀的語氣很嚴肅認真。

見狀，沈澹鄭重道：「多謝姜娘子向牠訓話。」

他半蹲下身子，先是與蛋黃保持一定距離，讓牠熟悉自己的氣息，明白自己並無惡意。

見蛋黃沒有攻擊的打算，他才慢慢將掌心覆在牠身上，順著牠脖頸處的毛髮撫摸。

第三十一章　餘波盪漾

蛋黃沒動，似乎是在試著習慣沈澹的碰觸。漸漸的，牠大概是覺得眼前人的手法不錯，身子便放鬆開來，安靜地任由他撫摸。

看著蛋黃一副享受的模樣，姜菀覺得甚是可愛，她同樣矮下身子，忍不住伸出手摸起來。

兩人一狗不發一語的氣氛有些怪異，於是姜菀便試著尋找話題。「沈將軍覺得今晚的湯麵味道如何？」

沈澹看著她說：「甚是美味。」

「沈將軍還是常犯胃疾？」

「偶爾會犯，一直用藥調理著，倒也不會特別嚴重。」

「沈將軍還年輕，若是按照郎中的囑咐安排每日的膳食，應當能控制病情。」

沈澹無奈一笑，道：「不瞞姜娘子，郎中囑咐的第一件事，我便無法完全做到。」

「何事？」姜菀問道。

沈澹輕嘆道：「郎中讓我務必每日按時用膳，斷不可誤了每一餐的時辰。」

姜菀道：「沈將軍是每日早出晚歸，無暇在府上用膳嗎？若是如此，何不讓府裡人用食盒裝好早食，再送去公署？」

沈澹搖頭道：「其實不只是這個緣故，大部分時間我都毫無胃口，即使早食擺在面前，也吃不下去。」

姜莞勸道：「禁軍事務繁多，沈將軍得保重身體。」

沈澹不禁微笑道：「我與行遠雖為同僚，卻常常羨慕他有好胃口。」

姜莞想起那個吃起飯菜來有如風捲殘雲的荀將軍，不自覺笑地了起來。

沈澹總是用字來稱呼荀遐，那麼他自己的字是什麼呢？姜莞走了神，手上的動作隨著她的思緒慢了下來。

忽然間，她的手指碰到一片溫熱。

姜莞從沈思中回過神，這才意識到她的手碰到了沈澹的手。

原本姜莞的小指只是輕輕貼上了沈澹的食指，而此時的沈澹正打算收回撫摸蛋黃的手，因此他的手掌略微攏起，五指彎出了一個像是要將她的手納入掌心的弧度。

姜莞定睛一看，就發現他正虛握著自己手指的指尖。

兩人的動作同時停下來，卻都沒急著收回手。

直到蛋黃動了動身子，姜莞才如夢初醒，忙不迭地抽出手。

沈澹只覺得掌心處的溫暖消失了，轉瞬間便變得空落落。他平靜地收手站起身來，說道：「今晚叨擾姜娘子了，告辭。」

他微微頷首，轉身走入茫茫夜色中。

姜莞站在原地，直到蛋黃不耐地掙了掙繩子，她才默不作聲牽著牠回院子。

自從陳讓當眾鬧了那麼一齣，坊內有不少人開始對俞家酒樓抱持懷疑的態度，甚至敬而遠之，很自然的，俞家酒樓的生意變得蕭條。

姜記這邊則是日漸好轉，很快就恢復到風波之前的水準。

對於那日徐望答應的「還她清白」一事，姜菀並未把放在心上，倒是俞家酒樓，為了擺脫陳讓導致的重創，亟欲重新拿回縣學飯堂廚子的位置，如此一來，所有質疑就能煙消雲散。

然而，縣學很快就貼出告示，表明不再聘請廚子，會用配送盒飯的方式解決接下來的午食，卻未說明會用何種方式挑選店家。

姜菀對此並不在意，只安心做自己的生意。

這日晚間，十幾個人熱熱鬧鬧地湧進食肆，嚇到了正在櫃檯後算帳的姜菀。除了趙氏兄妹，剩下的都是生面孔。

「你們是──」

姜菀剛開口發問，就見秦姝嫻從人群後費力地擠了出來，笑著道：「姜娘子，這些都是我的同窗，我今日帶他們來妳這裡嚐嚐鮮。」

姜菀點頭道：「既如此，請各位去雅間吧。」

她合上了帳簿，引著他們過去就座，又遞上幾張食單。

秦姝嫻熟門熟路地用手指點著食單上的幾道料理，說道：「這些是姜記的招牌，一定要嚐嚐。今日頗為寒冷，先來兩鍋山藥滑肉湯暖暖身子。」
剩下幾人也點起了菜——
「板栗餅？我愛吃栗子，就這個吧。」
「我點青椒肉絲燴飯，店主，煩勞多放些青椒。」
姜菀一一記下他們的要求，微笑道：「請大家稍待，我這就吩咐廚子開始做菜。」
待姜菀一走，幾個學子才低聲議論道——
「這便是店主嗎？好年輕啊。」
「她身上沒有油煙味，反倒香香的，難道她不下廚，只管事嗎？」
「當然不是。」秦姝嫻拍了那人的肩膀一下。「起初姜記食肆只有一位廚子，便是姜娘子。她的手藝，你們嚐了就知道了。」
廚房裡，姜菀一面切山藥，一面看著爐灶上燉著的羹湯，宋宣則在一旁炒著各種熱菜。板栗餅是今日新推出的點心，分為甜、鹹兩種口味。剛出爐的板栗餅最清甜酥口，有一定的嚼勁，若是放久了，外皮便會有些綿軟，不耐咀嚼。
等學子們要的菜全部上齊之後，姜菀就淺笑道：「快到新歲了，近日食肆會推出辦理會員卡、盲盒抽獎等活動，若是大家有閒暇，不妨來看看。」
秦姝嫻敏銳地捕捉到「抽獎」兩字，立刻接話道：「又有抽獎？那我一定得來。」
見其他人對「會員」、「盲盒」、「抽獎」等名詞有些茫然，姜菀想解釋，但思來想去，似乎不是三兩句話能說清楚的。

她笑道：「今日先給大家留個懸念，到時我會發一些有註解的單子，上面會詳細說明。」

秦姝嫻道：「這盲盒抽獎是否就跟從前的『轉盤』、『木箱』抽獎差不多？」

姜菀點頭道：「對。『盲盒』的意思便是除非你拆開它，否則是看不見其中有什麼。」

秦姝嫻噗哧一笑，說道：「我猜荀大郎一定又要捶胸頓足哀嚎自己抽不中了！」

姜菀又同他們說笑了幾句，這才回到大堂。

這個時辰，食客幾乎坐滿了，她去廚房轉了轉，又去門口看看思菱需不需要幫手。

今日的點心除了板栗餅，還有冰糖燉梨跟烤番薯，走在寒風中的行人，最需要這樣能暖手跟暖胃的食物。

很快的，板栗餅也售罄了。思菱直起了腰，微喘道：「小娘子怎麼也出來了，外頭怪冷的。」

姜菀見她的雙手凍得有些發紅，便伸過手去替她暖著，道：「妳進去喝口熱茶或吃些點心暖暖，我在這裡看著就好。」

思菱擺手道：「我不怕冷，小娘子放心。」

兩人正說著話，卻見不遠處一家食肆門口，一個大漢朝一個小小的身影踢了一腳，喝道：「哪來的小乞兒？別在我家店門前討飯影響生意！快滾！」

那孩子跌趴在地，腳上一隻破布鞋飛了出去。

他揉了揉被踢中的小腿，起身前去撿起那隻鞋子，像對待珍寶一樣撫了撫，默默穿好。

那大漢卻罵罵咧咧。「髒兮兮的，真晦氣！」

姜菀定睛一看，正是之前那個孩子。

那孩子低著頭一瘸一拐地往前走，他聞到空氣中的香味，朝姜菀這邊看了過來。

他的眼神滿是膽怯與瑟縮，對上姜菀的目光後，見她似乎沒有惡意，才慢慢走了過來。

那單薄的小身子在晚風中輕輕戰慄，許久後，他猛然跪下，不停地叩著頭，囁嚅著道：「阿姊，求妳行行好……能賞我點東西吃嗎？」

「唉呀，你這是做什麼？快起來！」思菱忙上前扶他。

姜菀心生憐憫，連忙盛了碗冰糖燉梨遞給他，又塞給他一個烤番薯。

那孩子捧著點心，卻沒急著吃，怔怔地站在原地一聲不吭。

姜菀正納悶著，卻見他忽然肩膀抖動，眼淚一滴滴掉了下來。

她彎下腰，柔聲道：「怎麼哭了？」

那孩子仰起一張紅通通的臉，哽咽著道：「謝謝阿姊，我沒事，只是餓……餓了。」

姜菀伸手想拂開他的亂髮，他卻驚得瑟縮了一下，脖子下意識一縮。

「別怕，我是見你的頭髮絞在一起擋住了眼睛，想替你撥開而已。」姜菀的手頓在半空。

看來他似乎被打過很多次，已經形成了躲避的本能反應。

「謝……謝謝阿姊。」他有些僵硬地低下頭。

「還疼嗎？」思菱看向他被踹中的腿。

他搖搖頭道：「不疼。」
「快吃吧，一會兒該涼了。」姜菀道。
她看了店內一眼，道：「外面冷，你要不要進去坐？」
那孩子忙道：「不敢打擾阿姊做生意，我……我在外面就好了。」
姜菀稍稍想了想，就跟思菱帶著那孩子從側門進入院子，讓他在靠院門口的避風處暫坐，等吃完了再走。
那孩子狼吞虎嚥地吃完東西，向她們道過謝，便說要離開了。
他身上的衣衫單薄而破爛，整個人冷得直發抖。姜菀於心不忍，叫住他，轉身去了庫房，找出幾件無人穿的舊衣裳為他披上。
姜菀對那孩子問道：「你叫什麼名字？」
那孩子小聲道：「吳小八。」
「你家住在哪裡？離這兒遠嗎？」
小八說道：「在安平坊。」
姜菀問道：「你為何走了這麼遠來這裡？」
小八低下頭，輕聲道：「我很少來，今日是因為想起阿娘帶我去過的一家食肆，不知不覺便走到這邊。」
「是哪家？」思菱問道：「為何不見你阿娘？」
「俞家酒樓。」小八怔怔地說道，眼圈紅了紅。「阿爹跟阿娘都得了病，不在了，只剩我一個。」

思菱自覺失言，呼吸不禁一滯。

他用手抹了抹眼睛道：「我去了俞家酒樓門外時，還沒來得及看幾眼，便被趕走了。我又去了其他店門外磕頭，可他們也要我滾……阿姊，只有妳願意施捨我。」

姜莞無聲嘆了口氣，這個孩子年紀小小便沒了爹娘，實在是太苦了。

她驀地想起什麼，道：「小八，阿姊送你去暖安院好不好？」

小八眨了眨眼，怯怯問道：「那是什麼地方？」

「你若是去那裡，可以住在好看又暖和的房子裡，吃著熱飯跟熱菜，不會像現在這樣受苦。」姜莞柔聲道。

「那裡……會有人打我嗎？」小八小聲問道。

姜莞愣了愣，心頭一酸，卻不敢給出肯定的回答。

她不了解暖安院到底可不可靠，只好輕聲道：「阿姊也不知道，但是阿姊會幫你打聽清楚。如果那裡的人都很好，小八願意去嗎？」

小八猶豫了一下之後，說道：「願意。」

「那明日這個時候你再過來找阿姊，阿姊會告訴你的。」姜莞摸了摸他的頭。「乖，回去好好休息。」

小八點了點頭，一邊走一邊依依不捨地回頭看她。

目送小八走遠了，思菱才問道：「小娘子，我們該向誰打聽暖安院的事情？」

姜菀想了想，腦海中最先浮現的是那兩個人的名字。

就在此時，秦姝嫺與同窗們吃飽喝足走了出來，與姜菀道別。

姜菀心念一動，輕輕扯了扯秦姝嫺的衣袖，待她跟自己走到一旁，才問起此事。

秦姝嫺蹙眉回道：「姜娘子，我真的不清楚暖安院的情況。」她想了想，道：「不然去問荀大郎，他一定知曉。」

姜菀頷首。「秦娘子是要回府嗎？可否替我轉告荀將軍一聲，請明日他得閒來食肆一趟，我想向他打聽一番。」

秦姝嫺爽快地答應了。「好，我一定把話帶到。」

第二日午後，店內無客人，有人如約而至。

姜菀自櫃檯後抬起頭，微訝道：「沈將軍？」

沈澹今日穿了身松石綠的圓領袍，腰身被革帶勾勒出勁瘦的輪廓，他眸光溫和，猶如一位溫文的世家郎君。

他道：「行遠有公務在身，聽聞妳有事，便託我來此。」

姜菀請沈澹進入雅間就座，為他倒了一盞茶後，便說明了事情原委。

沈澹沈吟道：「姜娘子想送那孩子去暖安院？」

姜菀道：「若是沒遇到也就罷了，偏偏我親眼見他被旁人拳打腳踢、飢寒交迫，實在不忍。」

「按照我朝律令，只要符合一定條件，就能進入暖安院。若他無父無母，家中也無其他親人，可由坊正統一申報後送進去。」沈澹抿了口茶水。「不過，這孩子既是孤兒，又無人照管，甚至從未聽過暖安院，可見是坊正瀆職，不曾及時核查坊內人口。」

姜菀默默無言。

「還請姜娘子放心，我會託人辦妥此事。」沈澹道。

「多謝沈將軍。」

沈澹又道：「正好，我有一事想告訴姜娘子，便是縣學飯堂之事。」

「此事不是了結了嗎？陳讓被處以杖刑，逐出雲安城，不得再回來。」

沈澹微微點頭道：「他是害秦娘子中毒的罪魁禍首，然而『潛香』一物的由來，並不只是異域貨物流通至我朝這麼簡單。」

他的神色變得嚴肅。「根據調查結果來看，除了含幽草，還有幾種不知成分、不知用處的草藥以各種方式流入集市，去向不明。」

「也就是說，這些草藥極可能被加工成類似『潛香』的調味料售賣？」姜菀心頭一凜。

「正是，所以姜娘子往後萬萬不可採買來路不明的調味料，以免釀成後患。」沈澹眉宇間浮現淡淡陰霾。「無論如何，此事都與天盛脫不了干係。」

姜菀沈默了一會兒後，低聲道：「他們究竟有何陰謀？」

沈澹緩緩搖頭道：「不知是為了牟利，還是有什麼不可告人的意圖。」

兩人一時無言。

正當姜菀想替沈澹添茶水時，一室寂靜忽然被輕微的腳步聲打破。

姜菀起身相迎，待看清來人後，她的眉頭不易察覺地皺了皺。

「姜娘子，我今日來，是——」那人一語未了，便看清了正在屋內端坐著的人，他的笑容微微一斂。「沈將軍也在啊。」

「徐教諭，好巧。」沈澹頷首。

徐望看著他，客套一笑。「沒想到能在這裡見到沈將軍，今日您不當值嗎？」

沈澹道：「今日另有要務，不必去禁軍司點卯。」

「徐教諭有何事？」姜菀問道。

徐望道：「姜娘子，之前的事情我很抱歉。如今陳讓之事既然解決了，我想代表縣學與姜記食肆簽下書契，每日午食從你們這裡訂購盒飯，不知姜娘子意下如何？」

姜菀一怔。

徐望從袖中取出一張紙，懇切道：「我們徵求過縣學學子的意見，這是他們的請願書，超過半數的學子主動表明想選擇姜記食肆的盒飯作為每日的午食。」

姜菀低頭看過去，果然在上面看到了幾個熟悉的名字：秦姝嫻、趙晉與趙苓，還有一些人的名字曾從秦姝嫻口中聽過。

「姜娘子，望妳能應允此事，也算是全了學子們的心願。」徐望語氣放緩。

姜菀捏著那張紙，面色平靜無波，半晌後淡聲道：「容我思索一日。」

徐望點頭道：「那麼，明日我會在這個時辰來見姜娘子。」

說完了正事以後，徐望拱手告辭。

待他離開，沈澹放下茶盞道：「如何？姜娘子打算答應嗎？」

姜菀眉眼輕揚道：「為何不答應？」

她將那張紙看了又看，微微撇了撇嘴道：「想徹底擺脫昔日的流言，這是最好的法子。既然徐教諭開口了，我自然不能將這機會拱手讓人。」

沈澹望著她生動的表情，不覺低笑，輕聲道：「嗯。」

屋內又靜了下來。

圓爐上的鐵絲網上臥著的茶壺冒著白氣，姜菀不由得想到了「圍爐煮茶」，這是一件多麼風雅的事啊！除了煮茶，似乎還可以煮奶、烤點心……

姜菀正動著腦子時，思菱的聲音在她身後響起。「小娘子，您瞧瞧這樣行不行？」

只見思菱跟宋鳶手中各拿了一張巴掌大小的紙片，中間對摺，內容是空白的，但紙張邊緣勾勒了簡單的線條。

姜菀將紙片接過來細看，宋鳶說明道：「我們按小娘子的吩咐分工，思菱負責繪製花紋，我負責摺紙。」

觀察了整體效果後，姜菀點頭道：「可以，就這樣。等印章製好，就能逐張蓋上印章了。」

等思菱跟宋鳶兩人離開，沈澹垂眸看著姜菀手中的紙片，問道：「這是何物？」

姜菀想了想，道：「具體的名字我還未想出來，簡單來說，就是客人可以在食肆申辦這小紙片，往後每一次用餐，都能根據花費的銀錢數量在紙片上記錄數字，作為『積分』。當『積分』累計到一定數量時，就能抽獎或兌換小點心跟禮物。」

她淺笑道：「算是回饋常常光顧的食客。」

沈澹認真地聽著她的解釋，問道：「那印章又是做什麼的？」

第三十二章　故人神韻

姜菀指了指紙片上的空白區域，道：「每次記錄好『積分』後，都會蓋上一個『姜記食肆』的章，防止有人偽造筆跡虛報積分。」

古代沒有電腦，不能一鍵讀取卡片裡的訊息，只能依賴人工處理。

沈澹點頭道：「受教了。」

他又坐了片刻，見店內客人漸漸多了起來，便起身告辭。

送走沈澹後，姜菀去了一趟庫房。

庫房裡擺放了幾個櫥櫃跟箱子，都是搬家時一併帶過來的，姜菀一直沒仔細整理過。她打開櫥櫃門，找出過去請人製作的木製食盒。

當初為了拓展食肆的業務，她按照現代餐盤的構造簡單畫了張草圖，讓周堯拿去找木匠製作，成品很符合期待。如今兜兜轉轉，這東西終於有了用武之地。

除去最上層的蓋子，食盒一共分為兩層。最底下一層用來盛米飯；上面一層則隔成幾個小區域，能放四樣菜跟一些體積小的水果，最邊上留了凹槽，用來放筷子跟湯勺。

姜菀半蹲在地上，將食盒隨手擱在櫥櫃旁的木箱上，心想從食肆到縣學步行也就五分鐘左右，送過去時飯菜不會冷掉，不過縣學學子眾多，恐怕需要用車子運送。看來這食盒得升級一下，確保能牢牢壓緊，不會出現湯汁溢出的情況。

至於盒飯內容，有了陳讓這個例子，加上之前又跟莫綺討教過，姜莞很清楚口味不能太寡淡，也不能太油膩，葷素必須搭配妥當。

姜莞拿出了食盒，闔上櫥櫃門，餘光瞥見一旁的箱子表面落了一層灰，箱蓋也有些鬆動，便輕輕吹去灰塵，順手調整了一下蓋子的位置。

這只箱子裝著的都是些陳年舊物，姜莞打開箱蓋伸手翻了翻，勾起從前的回憶，不由得輕嘆了一聲。

她將東西放好，卻瞥見最底下露出一本泛黃書冊的一角。

姜莞穿過來以後，只有在搬家收拾行李時簡單整理過，並未將每只箱子裡的東西都翻出來看。

此刻，她忽然有些好奇，探手進去小心翼翼地抽出那本冊子。

翻開一看，姜莞微微愣了愣，很快就意識到這應當是姜母徐蘅留下的日記。

徐蘅寫得一手好字，姜莞一頁頁看過去，便知道她是個心思極細膩的人，所寫的文字洋溢著細緻的感情，如涓涓細流。

早年她常寫下一些生活中的細節，後來漸漸從字裡行間流露出對往事跟親人的懷念，再到黯然神傷。

看到後來，筆跡越發軟弱無力，顯然是徐蘅病重時勉力寫的。即使那時的徐蘅筆力虛浮，記錄的字句也趨於平淡，但她依然記掛著多年前失散的兄長與雙親。

姜莞憶起徐蘅臨終時曾說希望與家人重逢。這大概是徐蘅唯一的心願了，於情於理，她都該替母親實現。

然而人海茫茫，尋找不知名字、多年未見的親人，談何容易。

姜菀捧著這本冊子發了一會兒的呆，才緩緩站起身。

但願蒼天有眼，能指引自己替阿娘完成心願。

第二日徐望過來時，帶來了擬好的書契。他將書契推到姜菀面前，溫聲道：「姜娘子請看。」

姜菀逐字逐句看下去，確認內容沒什麼問題後，便簽下自己的名字，按下手印。

徐望接過書契，目光微微下移，看著落款處那行字，又看了姜菀一眼，問道：「姜娘子曾師從哪位大儒學習書法嗎？」

這似曾相識的提問讓姜菀訝異地搖頭道：「不曾。」

他若有所思，讚道：「姜娘子的字很不錯。」

兩人敲定了盒飯業務，每份盒飯的價格三十文，每日午間配送五十份，由縣學提供車馬。

徐望起身道：「姜娘子，往後縣學的午食就拜託妳了。」

臨出門時，徐望略一躊躇，問道：「有句話想請教姜娘子，妳是否識得我老師？」

「令師是誰？」

「便是縣學的顧老夫子。」

姜菀思忖道：「我並不識得顧老夫子，不過是先前買過幾冊他編纂的詩詞集跟字帖集，知道這個名字罷了。」

徐望點頭，沒再多問。「姜娘子留步吧。」

待他離開後，姜菀站在原地默默想著，顧元直既然是徐望的老師，那麼徐望與沈澹豈不是師兄弟？然而那兩人每次見面時總是客套疏離，壓根兒看不出有什麼同門情誼啊……

晚食時分，沈澹再度來到食肆。這個時辰，小八還未來，姜菀便引他入內坐下，問道：「沈將軍要嚐嚐今日的新品嗎？」

沈澹眉梢輕揚。「願聞其詳。」

姜菀指了指旁邊客人桌上的竹筒，裡面冒著裊裊熱氣，奶香味混合著茉莉花的清香，生出一種獨特的甜味。

「正燙著的茉莉烤奶，沈將軍來一杯？」

沈澹欣然點頭道：「好。」

除此之外，他又點了一份豬肚雞。一人份的豬肚雞盛在一個小小的陶罐裡，金黃的湯汁濃香可口，表面漂浮著胡椒粒與紅棗、枸杞，豬肚跟雞肉的味道糅合在一起，又燉得軟爛適中，既有嚼勁又不難咬，溫補而暖胃。

等沈澹吃飽喝足，吳小八正好到了。

小八見他身形高大、面色冷肅，害怕地躲在姜菀身後。

姜菀偷偷瞧了沈澹一眼，暗自牽了牽嘴角，拉過小八說道：「小八不要怕，這位阿兄是好人，他是來幫你的。」

沈澹問了小八幾個問題後，說道：「我明白了。小八，待會兒你跟我走，我會帶你去暖安院。」

小八怯怯地點頭，聲若蚊蚋。「謝謝……謝謝阿兄。」

姜菀了卻一樁心事，鄭重對沈澹說道：「多謝沈將軍善心相助，救了這個孩子。」

沈澹低頭看著小八的髮頂，低聲道：「這樣的孩子太多，能幫一個是一個。」

兩人相對而立，默然良久。

夜間，姜菀在紙上寫下最後一筆，轉了轉有些痠痛的手腕。紙上的內容，是她為縣學擬定的食單，除了葷素平衡，每天還安排一道湯。

為了方便準備隔天的菜品，每個食盒底部都會黏貼一張明日的食單，由學子們勾選，姜菀再根據票數選擇最受歡迎的四道菜。

日日思考做什麼菜實在是個難題，所以姜菀把這個任務交給學子們。

思菱替她鋪好了床鋪，走過來說道：「小娘子，還不歇息嗎？」

姜菀忽然想起那本日記，問道：「思菱，妳在阿娘身邊待的時間最久，她是不是一直想找到失散的兄長與雙親？」

思菱的神情驀地變得傷感。「娘子雖因幼時生過一場大病而忘記許多往事，卻一直知道自己與家人失散。可她越是憂愁、越是痛苦，就越是想不起兄長的名字，不知流了多少眼淚。」

「唯一能確定的是，阿娘的家人曾住在平章縣，因為祖父他們是在爆發洪災時遇到她的。」姜菀努力回憶著。「那場洪災奪去了不少人的性命，讓無數家庭分崩離析。」

思菱點頭道：「正是因為那場洪災，娘子才會被收養，後來與郎君一家一路顛沛流離，最終勉力在京城扎根。」

「若是我們想辦法到處打聽，不知能不能找出細微的線索。」姜菀道。

「小娘子，萬一……萬一……」

思菱欲言又止，姜菀卻明白她的意思。

萬一徐家人也全在那場洪災中殞命了呢？那麼她永遠也無法知道阿娘的親人究竟是誰。該怎麼找人呢？姜菀陷入沈思中。

她的力量太過微小，且對多年前的往事並不熟悉，想找人，無異於大海撈針。

第二日，姜記食肆正式開始為縣學飯堂準備盒飯。

姜菀跟宋宣一大早便開始忙碌，洗菜、摘菜、切菜，終於按時做好了五十份盒飯，縣學派來的車也已經停在食肆外。

與周堯護送裝滿盒飯的木箱上車後，姜菀目送車子離開，眼尾餘光瞥見附近不少商鋪的人都在竊竊私語，仔細一聽，不外乎是關於自家與俞家的內容。

縣學重新選擇店家的事傳得沸沸揚揚，眾人很快便知曉縣學堅定與姜記食肆合作的消息。這麼一看，俞家酒樓似乎更有問題了，否則以俞家的資歷跟名聲，怎會落敗？

一時之間，幾乎所有人都認定陳讓的所作所為與俞家酒樓脫不了干係，他們的生意越發慘澹。

姜菀沒繼續再聽下去，轉身返回店內。

這一天，姜荔上完課後就能返家了，姜菀便決定自己去送點心，除了將接下來幾個月的點心單子給蘇頤寧過目，還能順便接姜荔。

進入學堂交付點心後，姜菀向僕從表明自己要見蘇頤寧，那人卻說蘇頤寧正在見客，只能先替她轉告青葵。

青葵似乎正有要事在身，匆忙趕來後抱歉一笑道：「姜娘子，我家小娘子不方便立刻見您，您不妨先在這園子裡隨意走走。東面的碧波池養了些鯉魚，您若是不嫌棄，可以餵魚解解悶。」

姜菀驚訝於學堂的設施如此齊全，心想左右都要等，不如去轉一轉，便笑道：「好。」

青葵似乎不太放心，叮囑道：「這園子裡哪裡都可以去，但還請姜娘子勿往北面走，以免驚擾了客人。」

「好。」姜菀點頭答應。

她按照青葵的話往東邊走，果然看到了碧波池。水池裡有幾尾鯉魚，正迅速地游著，池旁有一方小小的平臺，上面放了只竹碗，裡面裝了些魚食。

姜菀伸手捏起一把魚食撒進去，果然見那些鯉魚立刻聚集過來，爭先恐後搶魚食。

她覺得頗有趣味，又餵了一會兒魚，才直起身子伸展了一下。

四周靜謐，只有偶爾穿過樹葉的風聲。

在這樣的寂靜中，姜菀覺得自己的聽覺變得格外敏銳。過了一陣子，她隱約聽見斷斷續續的男聲從北面傳來，順著風灌入她耳中，那男聲低沈，飽含情意。

片刻之後，又響起一道女聲，聲音清朗，語氣卻很堅決，無什麼波瀾，聽起來很像蘇頤寧的聲音。

姜菀循聲看過去，卻被茂密的竹林擋住了視線。

——那便是青葵口中的客人嗎？看樣子對方來頭很大，尋常人不得打擾。

她回過神，默唸著非禮勿聽、非禮勿視，默默轉過了頭，沿著水池慢慢踱步。

在繞著碧波池轉了不知多少圈時，竹林那邊的說話聲終於停了下來，與此同時，學堂也到了下課的時候，陸續有學子往外走。

姜菀吁了口氣，俯身將手中最後一點魚食撒進池子裡。

鯉魚湧上來，水面劇烈波動，漾起一圈圈漣漪。待水面重新歸於平靜時，姜菀一低頭，卻發現水中多了一個倒影，她頓時心跳漏了一拍，慌亂地直起身來，誰知先是微微發暈，緊接著腳底控制不住地一滑。

「姜娘子勿驚，是我。」

沈澹伸出手虛扶住姜菀，然而她動作的幅度有些大，他只覺得鼻間掠過一陣清淡的幽香，那柔軟的腰身便傾了過來，隔著衣衫緊緊貼上他的掌心，他的下頷處是她烏黑的髮頂，有如她整個人倚在他懷裡。

姜菀下意識地仰起頭，正與他四目相對。

天地之間，一片靜默。

兩人距離極近，姜菀能清楚看到那雙黝黑的眸子裡倒映著自己略失措的神情。腰身處是他滾燙的掌心，即便隔著衣衫，那熱意卻依然明顯。

不知道過了多久，沈澹才如夢初醒，倉促地退開一步，鬆開了手。「冒犯了。」

姜菀站穩身子，只覺得雙頰有些燥熱。她深深吸了一口氣，努力微笑道：「方才只顧著餵魚，不知沈將軍是何時來的？」

沈澹道：「剛來沒多久，見妳專注，便沒出聲打擾，不想還是驚著妳了。」

沈默許久，姜菀才道：「沈將軍是來找蘇娘子的？」

沈澹猶豫片刻後，緩緩點頭道：「是。」

姜菀道：「蘇娘子身邊的侍女說她在見客，原來便是沈將軍。」

沈澹頓了頓，說道：「我是陪一位……朋友來拜訪蘇娘子。」

姜菀微微頷首道：「既然沈將軍在此散步，想來你那位朋友還在蘇娘子那邊，我得多等一會兒了。」

沈澹說道：「是，我們不如在亭子中坐著等吧。」

碧波池畔的亭子名為「觀魚亭」，亭如其名，一眼就知道由來。

姜菀仰頭看著亭上的匾額，那三個字明麗端雅，筆觸又頗為柔軟有情致，很符合此處情景。她不禁開口問道：「不知這亭名是誰題的？」

沈澹亦看了過去。「是蘇娘子的字。」

姜菀不自覺地伸出手，在半空中描摹著那字跡。

沈澹見狀，說道：「姜娘子寫得一手好字，今日看來，妳對書法很鍾愛。」

「慚愧。」姜菀面上微紅。「我的字只能勉強入眼而已，不比蘇娘子這般有造詣。」

「怎麼會？」沈澹注視著她。「妳們兩人的字是不同的風格，各有千秋。蘇娘子的字是跟著她祖父學的，而姜娘子妳的字，則是——」

他猛然收住話頭，看起來頓時心事重重。

姜菀回想起荀遐說的話，試探著問道：「沈將軍可否為我解答一個疑惑？」

沈澹微怔。「什麼？」

「沈將軍跟蘇娘子在第一次看到我的字跡時，都曾問過我同樣的問題——是否師從過哪位名家。」姜菀道：「觀察沈將軍的神情，似乎我的字總會讓您在神傷之餘憶起故人。」

長久的靜默後，沈澹緩緩道：「姜娘子聰敏通透，所料不錯。」

兩人進入亭子內坐下，微涼的風自竹林間拂來，帶著翠竹特有的氣味，令人神清氣爽。

沈澹望著遠處道：「想來行遠同姜娘子說過，縣學的顧老夫子正是我的恩師。老師精於詩書，尤擅書法，他也於此深耕多年。姜娘子的字頗有他的神韻，因此我初次得見時，以為妳曾師從於他。」

姜菀被他的語氣勾起了一點感慨。「我雖看過顧老夫子編纂的詩詞集，也臨摹過他的字帖，卻不曾有幸見到他。從前家中困頓，我難以安眠、心浮氣躁時，便會找出顧老夫子的字帖，屏氣凝神摹寫，漸漸便能平靜下來。只可惜我沒機會向他親自請教，否則一定會大有收穫。」

沈澹似在回憶過去，聞言淡淡一笑道：「老師最愛才，眼下他又身在京城中，往後妳必然有機會與他見面。」

他眉頭舒展開了，道：「我常想起少年時期苦讀詩書的情景，如今回憶起來，格外懷念。」

「沈將軍當年既然拜在顧老夫子門下，所研習的也是史書典籍，為何後來從了武呢？」姜菀真的很好奇。

沈澹眼睫輕顫，低聲道：「我……別無選擇。」

他眼底隱約泛起哀傷，那種近似脆弱的情緒讓姜菀止住了話頭。她有種直覺，再問下去，便會觸及他的傷疤。

於是姜菀說道：「沈將軍，我還要有點事，先走一步了。」

「姜娘子請自便。」沈澹頷首。

姜菀正欲起身，卻聽見一陣腳步聲逐漸接近，緊接著是一道聲音。「姜娘子，我家小娘子那邊得了空，您可以去見她——」

青葵未說完的話卡在喉嚨裡。她有些意外地看著並肩坐在一處的兩人，遲疑地眨了眨眼道：「沈將軍……也在。」

姜菀起身道：「煩勞帶我去見蘇娘子吧。」

「請您隨我來。」青葵收起探究的目光，微微俯了俯身子。

兩人離開碧波池，姜菀先找到了姜荔，叮囑她在風荷院等自己片刻後，才跟著青葵往蘇頤寧生活的院子走去。

蘇頤寧所住的院子本就安靜，一向少有人來，然而今日卻是例外。

姜菀過去時，正巧見一人從裡面掀簾而出，對方一身玄色衣袍，面色冷冽。他的目光不帶任何感情地掠過姜菀，恍若什麼都沒瞧見。

她想起許久之前曾見過這個人來過學堂，那時沈澹也在。他便是沈澹口中的「朋友」，蘇頤寧的客人嗎？

姜菀邊想邊進了書房，一眼便看見蘇頤寧坐在書案後，手邊的茶盞冒著微弱的熱氣。

蘇頤寧原本正低垂著頭，一副有心事的模樣，見到姜菀進來，她便抬起頭微笑道：「姜娘子，請坐。」

姜菀從懷中取出食單遞過去。「今日來接阿荔，想順道讓蘇娘子看一下之後的食單，若是沒問題，我便按單子上的內容準備每日的點心。」

蘇頤寧接過單子細細看了，點了點頭道：「我相信姜娘子。」

第三十三章　為母尋親

又閒聊了幾句，姜菀便提出告辭。

蘇頤寧從書案後起身欲送她，誰知衣袖一拂，將一本攤開的書掃到地上。

姜菀順手把書撿了起來，粗略一看，是一篇文章，標題是「哀平章」。

她拿著書的手頓了頓，問道：「蘇娘子，這裡所提的『平章』，是指平章縣嗎？」

蘇頤寧頷首道：「正是。此文是本朝一位大儒所寫，哀嘆的便是多年前平章縣那場慘烈的災禍。」

「雖然時間久遠，但我也聽聞那場洪災讓很多人流離失所。」姜菀輕嘆一聲。

蘇頤寧道：「這位大儒那年恰好途經平章縣，親眼目睹一切，自己也險些被洪水沖走，幸而遇上好心人搭救，才得以平安離開。」

她見姜菀望著那書本，神色怔忡，便問道：「姜娘子是想起了什麼往事嗎？」

姜菀道：「蘇娘子，可否讓我看看這篇文章？」

蘇頤寧略感意外，卻沒多說什麼，點了頭。

姜菀見作者是一個被提及多遍的名字——顧元直，不由得道：「原來這篇文章是顧老夫子寫的。」

這篇文章並不長，也很通俗易懂。顧元直在文中詳細敘述自己當年在平章縣的所見所聞與經歷。

平章縣雖然距離京城十分遙遠，地理位置有些偏僻，但風景秀麗，有不少自然景致值得欣賞。縣裡的居民雖清貧，卻安居樂業。

然而一朝天降橫禍，一場暴雨使流經縣內的一條河水位暴漲，加上平章縣地勢本就低，洪水很快將此處衝潰。

那時的顧元直是個意氣風發的溫雅書生，身邊還跟著書僮。他原本四處遊學，恰好路過平章縣，在縣內小住了幾日，不巧遇上這場天災。

百姓紛紛倉皇出逃，混亂中，顧元直的書僮為了救他，自己被洪水捲走，瞬間沒了蹤跡。他眼睜睜看著日日與自己在一處、情同手足的書僮就這樣被洪水吞噬，既震驚又悲痛，而這樣的慘狀還在不斷上演。

經歷了這麼一場災禍，顧元直狼狽不堪。他衣衫襤褸、面容憔悴、飢寒交迫，還染上了時疫，奄奄一息，幸而被一戶好心的人家收留了。那家人雖也落魄，卻還是盡全力救治他，為他請醫問藥。

這場經歷給年輕的顧元直留下難以忘懷的印象，即使後來離開平章縣，他也記憶猶新，因而寫下這篇文章。

姜菀看罷，慢慢將書合上。即使只是文字，她也能想像出那時阿娘遭受多少艱難困苦。不幸中的大幸是，她被祖父一家救了下來，不至於葬送性命。

「姜娘子似乎很神傷。」蘇頤寧柔聲道。

對上她溫和的眸光，姜菀不禁開口道：「因為我阿娘也是這場災禍的親歷者，當時她年紀尚小，與家人失散。」

她深吸一口氣，繼續道：「阿娘已經不在人世了，直到她闔眼，都不曾再見過自己的親人一眼，這是她最大的遺憾。」

蘇頤寧面露不忍，道：「姜娘子是要為令慈尋找家人嗎？」

姜菀點頭道：「阿娘臨終時希望我完成她的心願，我不願讓她在天之靈失望。可世間之大，我該去何處尋找素未謀面的親人？」

「若姜娘子信得過我，可以告訴我一些細節，我好幫妳四處打聽一番。」蘇頤寧道。

以她的閱歷跟人脈，必然比自己漫無目的尋找更有效率。姜菀定了定神，說道：「借蘇娘子的筆墨一用。」

蘇頤寧讓出自己的書案，姜菀在紙上寫下自己知道的所有訊息，包括阿娘的名字、與家人失散時的年齡、被收養後的情況。

她吹乾墨跡，將紙張遞給蘇頤寧。「蘇娘子，這是我所知的全部線索。」

蘇頤寧看完後，懇切道：「姜娘子放心，我會盡我所能打探消息，一旦有結果，我會即時告知妳。」

「多謝蘇娘子。」姜菀起身向她深深行了一禮。

晚食時分，姜菀燉了一鍋羊肉湯，她將羊肉切成薄片，還在湯中加了銀耳。待湯煮沸，銀耳也燉得軟爛，入口即化。

此外，她還做了一道清炒油麥菜，宋宣則做了一道油煎豆腐。飯桌上，思菱問姜荔。「三娘子，學堂的飯食如何？」

姜荔眨了眨眼道：「莫姨的手藝很不錯，」她轉而抱著姜菀的手臂。「但我還是最喜歡阿姊做的菜了。」

姜菀笑著又替她盛了一碗湯。「既然喜歡，還不多喝一點？」

晚間歇息時，姜荔鬧著要跟阿姊一起睡，姜菀便依了她。

「阿姊，妳不開心嗎？」

姜菀正在梳頭，就聽見身後傳來姜荔的聲音。她轉頭說道：「為什麼這麼問？」

只見姜荔抱著被子翻了個身。「我覺得阿姊今日從學堂回來後便有心事。」

姜菀放下梳子，脫去外衣鑽進被子，一手攬著妹妹。「今日在蘇娘子那裡看了一篇文章，裡面提到阿娘當年經歷的水患。阿荔，關於阿娘的事情，妳還記得多少？」

她穿越後，時常覺得這具身體的部分記憶依然沒完全進入她的腦海，一些原本應該知道的往事也模糊不清。

姜荔皺緊眉頭道：「阿娘常常說起她的身世，說她在我這個年齡左右與家人失散了，此後便沒再見過他們。」

「那阿娘有沒有說過外祖父家的人是做什麼的？」姜菀問道。

姜荔努力回想了片刻，搖頭道：「阿娘說她也記不清了，只知道自己的名字跟姓氏。」

還是沒有更多訊息……姜菀嘆道：「我今日同蘇娘子說了此事，她會幫我們打聽線索。」

「若是能找到，阿娘一定會很開心吧。」姜荔小聲道。

「當然。」姜菀微微一笑。

姊妹倆相互依偎著，期盼能有一個合人心意的結果。

經過一番設計與規劃，姜記食肆做出了一批「會員卡」。

為了符合古代書寫的習慣，姜菀將紙片做成上下兩摺的橫版樣式。封面寫上食肆的全名與位置；內頁則用來記錄食客的用餐時間、金額跟相應的積分數字，每記完一次，就在最末尾蓋上食肆的印章作為證明。

她為「會員卡」取了個雅名叫「嘉賓箋」，取自「我有嘉賓，鼓瑟吹笙」，設計時又叮囑思菱儘量畫些淡雅的花草圖案上去，讓紙片看起來不那麼單調。

由於不知道「會員卡」是否受歡迎，姜菀便未製作太多，其中有幾張是她打算贈送給幾位熟人的「特別訂製款」，特地寫上他們的名字。

趁著最近客人多，姜菀便利用營業時間大力宣傳。

食肆門口放上大塊的宣傳木板，標題簡單粗暴，吸引不少人聚集過來，一起看姜菀詳細介紹。

姜菀說道：「自今日起，凡是在姜記食肆用餐的客人，若辦了這『嘉賓箋』，每次付費後都能獲得『積分』。假設一頓餐點花了三十文錢，便可以積三十分。」

這所謂的「嘉賓箋」與「積分」前所未聞，眾人都覺得新奇不已，有人好奇問道：「這『積分』有何用處？」

「目前積分暫定有三種用途。一是累計一定數目的積分，就能兌換不同價值的折價券；二是食肆會定期推出『積分換購』活動，客人可憑積分免費兌換一些小點心或一道菜品；三是每逢年節，食肆會舉辦僅開放給嘉賓的抽獎活動，客人可以花費一定的積分參與，只要參與，便一定能抽中。」

她這一席話說下來，不少人還是一知半解，但誰不喜歡湊熱鬧呢？不少人秉持著「反正辦卡免費」的念頭，排起了隊。

姜菀在食肆進門處擺了一張長條案桌，她與思菱坐在那裡一寫一遞，同時不忘提醒。「此箋不記名，親友皆可使用。但若是不慎遺失，撿到的人也能繼續用，還望客人保管妥當。」

即使記名，姜菀也無法準確識別出是否為本人使用。反正這會員卡不是存摺，只是儲存一點積分而已，就算真的遺失了，損失也不大。

這天辦理的人數超出了姜菀的預期，幾十張嘉賓箋發放完，還有十餘個人在排隊。她不得不道歉。「對不起，今日的紙張用完了，不然你們明日再來？」

那幾人倒也好說話，爽快地答應了。

送走客人，姜菀放下筆道：「許久不曾說過這麼多話了，竟然覺得喉嚨有些乾澀。」

由於每人各有疑問，她必須一遍遍解釋。

思菱道：「我去給小娘子倒盞茶。」

她剛起身，就見一個人從店外走進來，語氣帶著一絲不確定。「請問姜娘子在嗎？」

姜菀認出來人，微訝道：「鍾娘子？」

鍾慈頓時鬆了口氣。「姜娘子，還好您在。」

「鍾娘子，妳有什麼事？」姜菀起身道。

「今日上門打擾您，是因為我有個不情之請。」

姜菀笑了笑。「請說。」

鍾慈拿出隨身攜帶的一個布包，遞給姜菀道：「阿兄日日都來這兒送菜對吧？」

「沒錯。」姜菀接過布包。「這是妳要轉交給他的東西？」

鍾慈點了點頭，解開布包道：「我給阿翁跟阿兄各縫製了一雙護膝。阿翁年紀大了，膝蓋一旦受凍便會劇烈疼痛；阿兄仗著自己年紀不大，常疏於保暖。」

她的話裡雖帶著幾分責怪，語氣卻極為溫柔。

姜菀見那護膝針腳嚴密，縫得很精緻，便讚道：「鍾娘子真有一雙巧手。」

鍾慈不好意思地笑道：「姜娘子謬讚，我只會些粗淺的針線功夫。」

姜菀將護膝收好，說道：「妳放心，明日一早鍾郎君過來時，我會親手交給他。」

「多謝姜娘子。」

「妳在徐府一切都好嗎？」姜菀問出自己最關心的問題。

鐘慈點頭道：「郎主請了最嚴厲的夫子來教導小郎君，在那之後，小郎君每日都要完成繁重的課業，我亦不用侍奉他，日子過得挺好的。」

「那就好。」姜菀鬆了口氣，隨口道：「妳所說的郎主便是徐尚書嗎？」

鐘慈低聲道：「正是。郎主一向為人公允嚴格，他得知那日的事情後大為惱怒，狠狠斥責了小郎君，郎君也破天荒地沒為小郎君求情。」

郎君指的便是徐望了……姜菀沈吟不語。對於徐望，她仍不諒解。

她斂下思緒，說道：「妳出府一趟不容易吧？要見見阿鳶嗎？」

鐘慈朝店裡望了一眼，見宋鳶正忙得不可開交，便搖搖頭，微笑道：「阿鳶既然在忙，我便不打擾她了。姜娘子，我先走了。」

「阿慈，保重。」姜菀看著她削瘦的雙肩，下意識換了更親暱的稱呼。

鐘慈怔了怔，柔聲道：「多謝……阿姊。」

等到鐘慈的身影消失在人群中，姜菀就低頭看著那兩雙護膝，再度在心底感慨：真是和和美美的一家人啊。

第二日清晨，鐘紹如期而至。

冬日嚴寒，鐘紹便獨自承擔起每日早起奔波賣菜送菜的活，讓鐘翁在家休息。他呵著些凍僵的雙手敲起姜記食肆的門，還沒來得及卸下一筐筐蔬菜，面前就遞來一個布包。

姜菀示意周堯跟宋宣去收蔬菜，自己則帶著鐘紹在一旁坐下，說道：「昨日阿慈來見我，說給你跟阿翁各縫製了一雙護膝，請我轉交給你。」

鐘紹的身子微微一僵，顫抖著打開那布包，將護膝拿在手裡緊緊攥住。他一向平靜的臉上此刻有些激動，說道：「阿慈她……」

「你放心，她過得很好。」姜菀知道他最掛念妹妹在徐府的處境，率先道。

鐘紹道：「阿慈一向報喜不報憂，遇上事情唯恐我們擔心，不肯多說。」

姜菀柔聲道：「昨日她過來時面色紅潤、神色輕鬆自在，應當是沒遇到什麼煩心事。」

鐘紹沈默良久後，輕聲道：「姜娘子，多謝您了。」

他搓了搓凍得發紅的手，從懷裡取出一本薄薄的書，攤開在姜菀面前，指了指其中幾頁，道：「一些簡單的字我大多認識了，也按照您從前給的建議，挑了些易懂的文章閱讀，只是心中有許多疑問。」

姜菀看了看，唯恐自己誤人子弟，便找了張紙將那些詞句謄抄下來，道：「我明日送阿荔回松竹學堂，正好問一問那裡的夫子。後日早上你來時，我會將夫子的解釋交給你。」

「多謝。」鐘紹起身朝她深深躬身。

自從在蘇頤寧那邊讀了顧元直的文章，姜菀接連幾日都睡得不踏實。她一閉上眼，便能看見阿娘淚眼汪汪的模樣，耳邊迴盪著她辭世前的淒切語句。

這日夜裡，姜菀再度驚醒。她自床上坐起身，緩緩吐出一口氣。

姜菀擁著被子發了一會兒呆，才下床點亮了蠟燭，舉著回到床邊，從枕頭下摸出那本尚未看完的日記，就著昏暗的燭光繼續翻看。

這一看，倒看出了些新的內容。

徐蘅在日記裡寫道，自己被姜家自洪水中救起後，臥床休養了很久，期間一直昏昏沈沈的，意識時而模糊，時而清晰。

那一年她只有十二歲，而彼時的姜父——姜麓是個十五歲的少年。姜家很幸運，雖然遭遇洪災，但還能勉力維持生活。姜麓的爹娘又一向心地善良，救治了一些受難的人。

其中，有一個人在姜家停留的時間很久。

徐蘅病中雖然神思迷濛，但依稀記得此人是在她之前被姜家收留的。他比姜麓年紀大，途經平章縣時碰上了災禍，幸而遇上姜氏夫婦，被救了回來。

姜菀看到這裡，心頭一跳，覺得此人是個重大的線索。她繼續往下看，就見徐蘅記下了這人的名字——

袁至。

這個名字是姜麓告訴她的。袁至在姜家待了半個月左右，與姜麓甚是投緣。關於自己的出身，袁至並未透露太多，只說自己是外地人，四處遊歷，途中路過平章縣。他臨走時，給姜麓留下一把自己隨身攜帶的摺扇當作紀念，上面的圖案是他親手繪製的，還說往後若是有緣得見，此扇便是信物。

袁至離開後，姜家也搬離了平章縣，雙方不曾再見過面。

姜菀合上日記，腦海中不斷盤旋著「袁至」這個名字。他既然在徐蘅之前進入姜家，就代表他歷經姜家發現徐蘅、帶她回家這個過程，說不定還能知曉一些收養她的細節。

若是此人還在世，姜菀想親耳聽聽他說些當年之事，總好過對著這些冰冷的文字空想。

她打算去松竹學堂將此人的名字告訴蘇頤寧，看有沒有法子打聽到「袁至」的來歷。

姜菀將日記合上，吹熄了燭火躺下。

白日，與姜記食肆合作許久的魚販送來不少活跳跳的魚。姜菀站在桶邊，俯身看著那些游得正歡的魚，思索著如何烹飪。

尋常的魚湯有些吃膩了，姜菀想了想，打算烤魚。

姜菀將魚清洗乾淨，打上花刀，再用蔥、薑、蒜跟鹽、黃酒醃製去腥，最後撒上些澱粉，下鍋煎熟。

宋宣在一旁準備配菜，將豆芽、豆腐皮在鍋中焯一下燙熟，又把熱油澆在辣椒、蒜末、花椒上，燙出油香味。

之前製作的燒烤架跟鐵絲網不太適合用來烤魚。姜菀前些日子又找人做了烤盤，在盤底鋪上一層洋蔥、藕片跟馬鈴薯片，將煎好的魚平鋪在配菜上，再澆上滾燙的料汁小火慢烤。

烤魚麻辣鮮香，極其下飯。一條大一點的魚，足夠兩到三個人痛痛快快吃一頓。

秦姝嫻來食肆時，吸著鼻子道：「這味道……好香好辣啊！」

姜菀記得她不愛吃魚。「秦娘子是不是不吃魚？妳聞到的味道是烤魚。」

秦姝嫻點點頭。「我自幼便聞不了魚的味道。」

姜菀指了指食單說：「今日新品還有一道泡椒鴨胗，是香辣口味，要嚐嚐嗎？這菜供應數量不多，售完為止。」

正巧旁邊那桌的客人點了這道菜。秦姝嫻轉頭看過去，白底瓷碗裡盛著深褐色的湯汁，每塊鴨胗都被切成花瓣形狀，點綴著辣椒與蒜瓣。鴨胗煮得很爛，咀嚼起來毫不費力，每瓣都被泡椒的湯汁浸透，散發著誘人的香味。

秦姝嫻說道：「那便來一道泡椒鴨胗，再來一個……」她快速掃視著食單，手指輕點了點。「花菜燜肉。」

姜菀記下，問道：「秦娘子，最近還好嗎？有沒有再出現不適？」

第三十四章　苦苦相逼

秦姝嫻喝了口熱茶，道：「放心，郎中給我把過脈，說體內的毒素已經清了，只是往後飲食需要格外當心。」

她兩根手指捏著茶盞邊緣輕輕晃動，說道：「若是如沈將軍所說，那香粉的原料是天盛蓄意傳入我朝，那麼後患無窮。」

姜菀在她對面坐下，蹙眉道：「聽說天盛多年前曾挑釁我朝，但戰敗了。如今傳入那些東西，難道是想報仇？」

秦姝嫻嘆道：「這些年天盛表面雖然俯首稱臣，實際上並不服氣，一直試圖對我們不利。」

姜菀想著沈澹當日的話，道：「沈將軍對局勢洞若觀火，也將此事告訴我個大概，叮囑我買調味料時要注意。」

秦姝嫻壓低聲音道：「他自然敏銳，因為當年與天盛的戰爭，最重要的一場仗便是他帶兵的。」

「沈將軍上過戰場？」姜菀下意識開口，但很快就發現自己說了句傻話。

秦姝嫻並不在意，順著她的話道：「沒錯，那年他只有十七歲，帶兵拿下那場最關鍵的勝利，不僅鼓舞我軍士氣，還重創天盛的精銳隊伍。在那之後，我軍便一鼓作氣擊退天盛。」

「原來沈將軍披掛上陣時，還那麼年輕……」姜菀喃喃道。

「其實，他棄文從武，第一次拿起刀劍殺敵時，不過十六歲。」秦姝嫻的語氣感慨。

聊到這裡，宋鳶捧著托盤上前，將秦姝嫻點的菜品一樣樣放好。

姜菀這才想起什麼，輕拍了拍頭，說道：「險些忘了正事。」

她將那張寫有秦姝嫻名字的嘉賓籤取出來遞過去。

秦姝嫻的神色先是茫然，隨後恍然大悟道：「這便是妳說過的那個紙片吧？」

姜菀笑道：「正是。」

她向秦姝嫻詳細解釋了一下積分的含義跟使用規則。

秦姝嫻不住地點頭，欣喜道：「這張是特地為我準備的？多謝妳，姜娘子。」

「待會兒結帳時，便能記錄積分了。」姜菀道。

秦姝嫻將嘉賓籤收好，喜孜孜地用起了晚食。

第二日，姜菀送姜荔回學堂，順便帶上幾樣東西。

除了給蘇頤寧的嘉賓籤與寫有鐘紹問題的紙張，還有姜菀費了好些力氣找出來、那把作為信物的摺扇。

這把摺扇被珍重地放在一個匣子裡，並未受到任何擠壓。姜菀把摺扇取出來展開，就見扇面上繪著一幅畫——遠處群山環繞、雲腳低垂；近處山溪涓涓、翠意蔥蘢。

整幅扇面無題字、無人物，亦無鮮豔的色彩，只是簡簡單單的風景，右上角蓋了枚印章。姜菀湊近了看，辨認出是個「袁」字，看來能確定這把摺扇確實是袁至所有。

姜菀先將姜荔送去了風荷院，才往蘇頤寧的院子走去。

走到蘇頤寧的院子外時，姜菀一眼就瞧見正廳的門敞開，門簾隨風微微擺動，隱約能聽見裡頭的人語聲。

姜菀猶豫了一下，沒再上前，而是退開一些距離，候在院外。然而屋內的聲音卻越來越高，直往她耳朵裡鑽。

一個女聲說道：「阿寧，不是我說妳，妳日後都打算這樣下去嗎？」

緊接著是蘇頤寧的聲音。「這話二嫂已經說了許多遍，我的回答從未變過，妳為何還要一而再、再而三地問我？」

那女聲似是有些惱怒。「妳且瞧瞧妳的手帕交，那些小娘子都嫁了人、相夫教子，獨妳不肯。」

「人各有志，她們有她們的活法，我何必同她們一樣？」

「阿寧，妳不再青春年少，若是現在不嫁人，往後只會越來越難，我也是為了妳好。」那個女聲勸道。

蘇頤寧卻涼聲道：「自從我開辦了這學堂，二嫂先是明裡暗裡說我不務正業，又以身懷有孕為由調走了學堂的廚子。我便是這輩子不嫁人又如何？難道打擾到二嫂的生活了？」

「妳怎麼這般頑固！」那女聲一副恨鐵不成鋼的樣子。「以妳的年歲，尋常人早已兒女繞膝，妳至今卻仍待字閨中，這事傳出去，成何體統！」

她耐著性子道：「不瞞妳說，不少人家都上門打聽過妳的親事，其中不乏才貌雙全的郎君。若是妳肯，可以去見見，看看誰最合妳心意。阿寧，妳雖不是二八年華，可以妳的才貌，一定能找到好對象。只是妳若成婚，學堂可就不能再辦下去了，不過這園子荒廢了也可惜，還是得派人打理。」

蘇頤寧忽然冷笑道：「那我還真是謝謝二嫂的用心了，我竟不知，原來二嫂是看中了這園子啊。」

「妳——妳這是什麼話？難道我處處為妳著想，妳卻覺得我另有所圖？」那女聲似乎被戳中痛處，急躁了起來。

蘇頤寧的聲音依然淡淡的。「是或不是，二嫂心裡清楚。」

「姜娘子？您是何時過來的？」青葵的聲音在姜菀身後響起。

姜菀忙轉頭看向她，道：「剛來。我見蘇娘子似乎有客人，便等了一會兒。」

她有些尷尬，懊悔自己偷聽旁人的談話。

青葵只聽了屋裡的聲音一下，便露出習以為常的神情道：「姜娘子可能還得多等一下，我家小娘子的嫂嫂一向如此。」

正說著，卻聽見門簾被人猛地掀開，一個少婦沈著臉走了出來，她身旁的侍女則小心翼翼地安慰她。

她對青葵的行禮視而不見，怒氣沖沖地離開了。

青葵道：「姜娘子，請隨我進去吧。」

姜菀回過了神，跟在青葵身後進入屋子。

蘇頤寧正坐在窗下炕桌旁，神色平靜，看起來並未受到那少婦的影響。

「姜娘子？快請坐。」蘇頤寧微微有些訝異，示意青葵倒茶。

姜菀送出嘉賓箋、交出寫著鐘紹疑問的紙張後，才說起自己的事。「蘇娘子，這是當年一位路過平章縣的人贈予我阿爹的信物。我不通丹青，但覺得應當是幅水準很高的畫作，不知蘇娘子是否聽說過此人？」

蘇頤寧接過摺扇，往印章看去。「袁至？」她凝眉思索後，緩緩搖頭道：「不曾聽說過。」

「至於這畫……」蘇頤寧陷入沈思。「這構圖與上色的風格，我似乎在哪見過？」

姜菀忙問道：「蘇娘子知道這位繪者是誰嗎？」

蘇頤寧輕輕皺眉，又思考了片刻，有些遲疑地說：「他的畫作雖然景致簡單，但韻味無窮，色彩濃淡相宜，應當是位頗有水準的繪者，只是據我所知，擅此種風格的繪者中，並無『袁至』此人。」

她反覆看著摺扇上的畫。「因此我才覺得詫異，這究竟是何人？」

姜菀眸色有些黯然，說道：「其實我也想過，即便找到了這個人，也不見得對我查清阿娘的身世有幫助，畢竟他只是個局外人。」

蘇頤寧柔聲道：「我能理解姜娘子的心情。若此人還在世，妳都想親自向他問一問當年的情形，或許能找到什麼線索也未可知。我會設法向一些精通丹青的朋友打聽，請他們代為尋找，或許能找到這位名叫『袁至』的繪者。」

「那便拜託蘇娘子了。」姜菀起身向她行了一禮。

兩人又說了幾句話，姜菀便告辭。蘇頤寧一直把她送到學堂的大路上，才在姜菀的百般推辭下留步。

姜菀看了眼天色，略一思忖，打算順道去看看莫綺。

當姜菀抵達莫綺的住所時，只有知蕓一人在院子裡看書。

「阿蕓。」姜菀笑著向她喚道。

知蕓聞聲抬頭，頓時露出驚喜的笑臉。「阿姊，妳來了！」

她放下書，一路小跑過來。「妳是來看阿娘的嗎？她出門去採買食材了，眼下不在。」

姜菀捋順她那被風吹亂的額髮。「我送阿荔回學堂，順道來探望妳們。阿蕓在學堂一切都還好嗎？」

知蕓點點頭道：「幾位夫子都很好，還有阿荔與我一道，我很喜歡在學堂的生活。」

姜菀低頭看著她。「那就好。」

她陪知蕓說了一會兒話，莫綺就回來了。

莫綺挎著籃子，裡面裝了滿滿的蔬菜跟肉。她有些吃力地把籃子從臂上卸下來，正想喚知蕓過來搭把手，肩上卻忽然一輕。

「阿菀？」莫綺又驚又喜。

姜菀幫她把籃子放下。「莫姨，我方才過來時您還未回來，便與阿蕓閒聊了一會兒。」

她的表情並無異樣，目光卻忍不住打量起了莫綺。

姜菀看得很清楚，莫綺剛回來時，神色分明驚惶失措，似乎遇到了什麼令人畏懼的事情。她見莫綺與知蕓說起話來，便向她們母女告辭。

莫綺果然如她所想，親自送她出去。

待走到知蕓看不見的地方，姜菀便停住步伐，低聲道：「莫姨，您是不是又遇見他了？」

莫綺一愣，臉上的笑容凝住。不過轉瞬，她在知蕓面前維持著的沈穩模樣全瓦解了。

「阿菀，妳……看出來了。」莫綺微露苦笑，整個人顯得分外淒楚。

她咬著唇，雙手顫巍巍地攥成拳，彷彿在藉此給自己力量。「沒錯，我遇到李洪了，不僅如此，還被他好一番威脅。」

「威脅？」姜菀神色緊繃。「他說什麼了？」

「他說『當初妳不讓我好過，往後我也絕不會讓妳好過，且走著瞧吧』。」莫綺面色蒼白，喃喃道。

姜菀緊緊皺眉，不滿道：「這是什麼話？自始至終，都是他傷害莫姨，他何來的『不好過』？」

莫綺沈默許久之後，才道：「當初我被他毆打，又斷了腿。那時恰逢新律法頒布，他因此受了極重的杖刑。」

「即便受了杖刑，那也是他罪有應得！他對您下那麼重的手，害您身受重傷，在輪椅上困了那麼久。」姜菀恨恨道。

莫綺雙肩一顫，神情忽然變得不自然。她澀然一笑。「不，其實那件事……不光是他的責任。」

「什麼？」姜菀一愣。

「事到如今，我也不願瞞妳。」莫綺深吸一口氣，眼底泛著淚花。「從前我對妳說，是李洪把我推下閣樓，才導致我斷腿，但事實並非如此。那日他確實打了我，但只是些皮肉傷，斷腿之事，是我自己設計的。

「那些日子我聽說了新律法的事，說娘子被郎君毆打，若是傷及筋骨，郎君不僅要受比以往更重杖刑，還要賠償娘子大筆銀錢，娘子更能以此為由向衙門請求和離……這是我唯一的希望，我沒有其他選擇。」

莫綺胸口劇烈起伏，咬牙道：「於是，在他對我動手時，我刻意站在閣樓樓梯邊，在他打算揪住我的頭髮時，假裝腳下一滑，向後退了幾步，讓自己摔下去。」

回想起那日，她的雙手死死抓緊了衣角。「阿菀，妳知道我摔下去時，心裡在想什麼嗎？我的第一反應是疼，疼得眼前發黑，整個人抖如篩糠；可我緊接著卻想，這點疼痛與他過去落在我身上的無數拳腳相比，根本算不了什麼。若能與他和離，即便讓我雙腿皆斷，我也在所不惜。」

莫綺的眼淚一滴滴落了下來，姜菀不禁心酸，低聲道：「莫姨……」

「好在，我手臂跟脖子上遍布的傷疤讓衙門相信是李洪把我推下閣樓的，即使他申辯，也無人相信，我總算與他和離了。」莫綺含淚道。

「所以那次他在食肆門口才會那麼說。」姜菀這才明白李洪那抑制不住的憤恨從何而來。

莫綺啞聲道：「那杖刑讓李洪丟了半條命，而且事情傳開後，街坊鄰里都對他敬而遠之，茶肆也開不下去了。他一向好面子，又愛財如命，因此才對我百般威脅、窮追不捨。他指責我，說夫妻一場，我怎能絲毫不顧念舊情，也不在意蕓兒，把事情做得這麼絕……」

「那又如何？」姜菀握住莫綺的手，一字一句道：「即便不是他親手將您推下閣樓，此事也是因他而起。況且，他也該為從前的所作所為付出代價，這都是他該受的。」

「可他說不肯放過我……」莫綺表情茫然無助。「我……我該怎麼辦？」

「莫姨，不然告知蘇娘子，請她派個護衛，在您出門時陪伴左右。」姜菀道：「若是他膽敢輕舉妄動，就立刻去衙門告他。」

莫綺沈默了一下，道：「妳說得對，我這就去告訴蘇娘子。」

她走出幾步後，又說道：「阿菀，妳也要小心安全。李洪此人性情暴烈如火，他因我而遷怒妳，難保不會做出什麼事情出來。」

姜菀笑了笑，道：「莫姨放心，我會多加提防。」

莫綺的眉頭卻沒鬆開，低聲說道：「阿菀，前些日子妳是不是捲入一樁事件中？」

「莫姨也聽說了？」姜菀輕嘆。「那些日子店裡的生意受到重創，好在如今我的冤屈洗刷乾淨了。」

「那件事是不是跟俞家酒樓有關？」莫綺的語氣不是疑問，而是肯定。

姜菀點頭道：「當事人是陳讓，從前是我阿爹的徒弟，後來投奔俞家酒樓。」

「聽說出了這件事以後，永安坊的俞家酒樓生意也受到影響。」莫綺道。

姜菀頷首道：「確實如此。只因陳讓在俞家酒樓門前大鬧了一番，說他是受到他們指使才做出此事。」

此話一出，莫綺的神色更憂愁了，見狀，姜菀便問道：「莫姨，怎麼了？」

「阿菀……」莫綺握住她的手。「李洪與俞家酒樓的一位掌櫃相熟，我著實擔心，那掌櫃若是因自家生意蕭條而對妳心生埋怨，很可能會與李洪勾結，意圖對妳不利。」

姜菀秀眉微蹙道：「莫綺知道那位掌櫃叫什麼嗎？」

「他叫盧滕，如今永安坊內俞家酒樓的分店便由他管理。」

竟然是他……那個與陳讓沆瀣一氣的人。

姜菀定了定心神，說道：「我明白了，我會小心的，莫姨放心。」

莫綺又輕輕拍了拍她的手背，這才往蘇頤寧的院子去了。

姜菀平復了一下呼吸，邊往外走，邊想著莫綺的話。若真如莫綺所言，那這兩人簡直是定時炸彈，可偏偏人在暗處，她實在不知道他們會做出什麼事。

她悶悶地嘆了口氣，心想只能見招拆招了。

松竹學堂是由園子改建而成的，因此學堂內有不少假山流水與大大小小的亭子。姜菀快抵達松竹學堂的出口時，恰好經過一處假山，隔著假山，隱約能看見一座小小的亭子，裡頭正坐著兩個人。

姜菀沒在意，正往前走，忽然聽見一道女聲安撫道：「夫人懷著身孕辛苦，咱們還是快些回府吧。」

另一道女聲則憤怒不已地說道：「我不辭辛苦走這一趟，結果竟然無功而返，都怪這個不識好歹的蘇頤寧！」

聽到熟悉的名字，姜菀下意識停住了步伐。

另一道聲音安慰道：「夫人莫要生氣。您也是為了小娘子好，誰知這她不知這其中的利害，辜負了您跟郎君的一片好心。」

想來是那個日日催著蘇頤寧嫁人的嫂嫂吧？姜菀暗自搖頭，並不打算繼續聽下去，正準備提步離開，卻忽然聽那道聲音道：「妳上回無意中撞見的那個年輕郎君是誰？他與阿寧是何關係？」

那侍女道：「奴婢不知那人是誰，但總覺得他與小娘子相識已久。七夕那天，奴婢在蘭橋那裡看見小娘子與他站在一處，然而當時並未放在心上。誰知後來那人又來過幾次學堂，聽說他與小娘子私下會面時，屋外一定會守著幾個看起來武藝高強的人，不准其他人靠近。」

少婦嘖了一聲道：「難道阿寧不肯嫁人，竟是與人有了私情？倒是我小看她了！」

那侍女遲疑道：「奴婢總覺得那郎君不是尋常人……」

「晚間我再向郎君打聽打聽，這會兒先回府吧。」

姜菀聽到這裡，四處打量了一下，選擇藏身在假山後，待那主僕兩人離開後才慢慢走出來。

她搖了搖頭，心想難怪蘇頤寧常年待在此處不肯回蘇府，想來是不願意聽這些人在耳邊聒噪。

那侍女說的神秘人她也見過幾次，沈澹說那是他朋友，看起來的確並非尋常人……他到底是誰呢？

第三十五章　長者賜教

天氣越來越冷，乞丐的日子越發艱難了起來。由於永安坊多是顯貴之家，因此有不少乞丐會趁坊門開啟時來這邊沿街乞討，於坊門關閉前離開。

「去去去！別影響我做生意！」

一家食肆的店主厭惡地向乞討的人擺了擺手，不准那人在自己店門前停留，即使此時店內並沒什麼人。

那人伸出髒兮兮的手，手心躺著幾個銅板。「我不是來乞討的，我……我有錢，可以買。」

「誰要你的髒錢！你走不走？若是不走，莫怪我拿掃帚攆你！」那店主喝道。

乞丐無奈離開，拖著飢腸轆轆的身體艱難地走開。他望向另一邊的姜記食肆，看著裡面熙熙攘攘的人群與不斷冒出的熱氣，百般猶豫後，還是抵不過腹中的飢餓，慢慢走了過去。

姜菀正在收拾小攤車。今日主推的菜品是滷香無骨鴨掌，骨頭脫得很乾淨，吃起來香而不膩。

忽然間，一隻黑黑的手伸到姜菀面前，讓她嚇了一跳。

一道沙啞的聲音問道：「店主，還有沒有吃的？」

姜菀定睛一看，是個衣衫襤褸的乞丐。她將一份無骨鴨掌裝在紙袋裡遞了過去，同時從他手上拿走相應數目的銅板。「最後一份了，可能不太熱，你將就著吃吧。」

那乞丐一愣，低頭看著自己的掌心，喉頭哽了哽，顫抖著道：「謝謝。」

他將那袋鴨掌揣在懷裡離開了。

冬天實在讓人不好過啊……姜菀嘆了口氣，將車子推進院子後才回到店內，卻發現大堂內多了一個客人，正翻看著食單。

此人鬢髮斑白，看上去雖略顯蒼老，目光卻不見渾濁。

姜菀站在一旁靜靜等他點單。

看罷食單後，那人要了蒸南瓜、香煎豆腐、三色銀芽，都是素菜。

姜菀將單子遞到廚房，先讓宋宣把一直煨在爐灶上的蒸南瓜端出來，再準備其他幾樣。南瓜切成小塊，上面撒了枸杞乾與棗仁，蒸得很軟。

將蒸南瓜在他桌上放定，姜菀正欲離開，卻聽那人道：「小娘子，這食單是你們自己做的嗎？」

「是。」姜菀頷首。

他手中拈著那張食單，探究似的打量著上面的字跡跟圖案，眼底浮起一絲興味。「樣子倒是別緻。不知這字是誰寫的？」

「是我。」姜菀如實回答。

「小娘子是否曾鑽研過書法？」那人放下了食單。

姜菀猶豫了一下，輕聲道：「不曾跟老師學過，只有私底下照著字帖練過一些時候。」

他笑了笑。「小娘子的字清麗而不柔弱，有些筆觸雖略顯拖沓，部分字的架構也有待改進，但瑕不掩瑜。若小娘子願意對書法傾注心血、多加練習，應當能更上一層樓。」

這還是第一次有人針對自己的字給出指教，而且語氣溫和。姜菀愣了愣，認真地打量起這位長者來。

他看起來五十多歲，眉宇間雖有種不怒自威的氣勢，卻隱約流露出屬於文人雅士的氣息。

想來這位長者頗為精通書法。姜菀微微低頭道：「多謝前輩賜教。」

長者不再說話，只安靜用著食物，他的動作不緊不慢，看得出是位極講究禮儀跟風度的人。用飯間隙，他為自己斟了茶水，那飲茶的姿態，一看便是位品茗大家。

店中食客漸漸離去，暮色轉深。

長者坐在靠窗的位置，窗子半開著，稍一抬頭，便能看見掛在屋簷一角的月亮。

他凝視著月色，忽然開口感嘆。「已經這麼多年了，雲安城的月色還是一如既往，可惜我已經不再是當年的少年郎了。」

這番感慨，像極了詩興大發的前兆。

姜菀默默聽著，正不知該不該接話時，那長者轉頭看向她，笑道：「小娘子，妳家食肆哪裡都好，唯獨少了一樣東西。」

聞言，姜菀隨著他掃視的目光將整個大堂都看了個遍，疑惑道：「不知是何物？」

長者放下筷子，指了指店內幾處牆面空著的區域，淡笑道：「人生得意須盡歡，莫使金樽空對月。若是客人酒酣時欲作詩題字，卻無揮灑筆墨之處，豈非辜負了雅興？」

原來如此，姜菀頷首。

本朝文人很受尊崇，因此京城內不少大型食肆或酒樓都會專門闢出一處空間，或粉刷白牆以供潑墨，或懸掛紙張以供揮灑，讓那些興頭上的詩人墨客能自由落筆。倘若留下什麼名篇佳作或傳世經典，那麼店鋪也會沾光，說不定能成為古代的「打卡熱點」。

姜菀從前依稀聽說過這個風俗，但是食肆初開張時條件有限，久而久之，她也就略過了此事。

今日被這長者這麼一說，姜菀不禁微笑道：「我明白您的意思，可惜我這小店似乎沒太多本錢提供地方給客人發揮。」

旁邊一桌的客人起身時隨口道：「聽說俞家酒樓有整整一間屋子給人寫詩作文，可惜如今去的人越來越少了。」

待那客人走遠了，長者便冷笑一聲道：「俞家酒樓雖大，然而德行有虧，哪裡擔得起名聲？身為生意人，若是連仁心向善都做不到，又怎能讓人信服？」

這般直白不加掩飾的批評讓姜菀有些訝異，心想莫非這長者見過俞家酒樓做了什麼事，才會有此一言？

那長者轉而看向姜菀，笑道：「小娘子雖身在市井之中，卻非不通文墨之人，我一時忘情多說了幾句，妳莫要見怪。至於食肆的佈置，自然是小娘子作主。」

正欲離開時，老者又頓住步伐，回頭道：「小娘子，恕我多嘴，望妳始終記得行善，莫要讓它只是曇花一現。」

老者的語氣意味深長，卻讓姜菀摸不著頭緒，不知他所說的「善行」是什麼。

第二日，姜菀整理嘉賓簽時，發覺只剩沈澹的還未送出去。她想了想，似乎有好幾日不曾見過他了，大概又忙於公務了吧。

姜菀沒放在心上，全身心撲在每日的生意上。

再次見到沈澹，是幾日後的黃昏時分。

姜菀趁著有些閒暇，牽著蛋黃在院子內遛遛。她沒忘了叮囑思菱。「若是沈將軍來了，記得告訴我一聲，我得把東西交給他。」

院子還算寬敞，就算蛋黃想盡情奔跑，也不成問題。蛋黃顯然在自己的窩裡悶壞了，慢悠悠走了幾步便想加快速度。

姜菀心想左右是在自家院子，關好側門後便鬆了牽繩隨牠跑，她則坐在一旁喝起了茶。

正看著蛋黃自己找樂子，姜菀忽然察覺有人掀動食肆大堂通往院子的門簾，緩步走了過來。她抬眸一看，是沈澹。

夕陽西下，沈澹整個人浸在柔和的光輝中。

他淡淡笑了笑，出聲喚道：「蛋黃。」語氣既熟稔又自然。

片刻之前，沈府。

沈澹從宮中回府時已接近傍晚。最近這段時間朝臣們不斷進言，奏摺多如雪片，讓聖上不堪其擾，留他在宮中談心，一直到這個時辰才放他離開。

聖上面對那些奏摺時顯然頗為不滿，直言道：「這群朝臣的心思不放在政務上，卻盡盯著朕的私事，著實氣人。」

沈澹想起幾日前，太后曾親自召見他，為的是同一樁事。

原本後宮女眷與朝中臣子是不得隨意見面的，但因他自年少時便與還是太子的聖上一處進學，家中也與太后——當時的皇后有些淵源，因此太后一直待他極親厚。

太后對沈澹道：「泊言，哀家找你來，是想同你說說忍兒的婚事。他也老大不小了，身邊卻沒個皇后，著實不像話。你一向在他身邊，該勸勸他。」

景朝的國姓為裴，聖上單名一個「忍」字。聽慣了「聖上」這個稱謂，他的本名讓沈澹的思緒不自覺一凝。

他有些無奈地笑道：「太后娘娘，此乃聖上私事，臣不好置喙。」

「好了，什麼私事國事的，今日既來了，就不必說這樣的客套話。」太后嗔怪道：「你與他一塊兒長大，又是同輩，你的話他興許更聽得進去。」

沈澹眉眼低垂，道：「臣會盡力勸解聖上。」

隔著紗簾，太后幽幽地嘆了口氣道：「這孩子真是倔強，這麼久了還在緬懷過去不肯抽身，有時候，哀家真不知他為何總心心念念著不可能的人。」

沈澹心頭一凜，下意識放輕呼吸看向簾子後，幾乎以為太后洞悉了一切，卻聽她繼續道：「先皇后故去多年，他即便再割捨不下，也該記著自己的帝王身分。難道為了一個早逝的皇后，他便要一直任由后位空懸？帝王家最不該有的心性，便是癡情。」

聞言，沈澹一顆心落在了實處。

他保持沈默，心中泛起一絲細微的慨嘆，耳邊則繼續聽著太后絮絮叨叨地說起從前。「可他這樣，終究不合規矩。堂堂一國之君，後宮卻只有寥寥數人，子嗣亦不多，朝臣們怎麼可能罷休？」

許久後，太后沈聲道：「你回去告訴忍兒，就說是哀家的意思，過完年，他必須擇定皇后人選，沒有商量的餘地。」

沈澹躬身道：「臣遵旨。」

毋須沈澹帶話，聖上很快便得知此事。朝臣的諫言他可以選擇性忽略，卻不得不把太后的話放在心上。

「泊言，母后是不是派你過來當說客了？」裴忍召沈澹來時，正在御書房對著牆上懸掛著的畫出神。

「太后娘娘也是為了聖上著想。」沈澹邊說，邊順著裴忍的目光望向那幅畫。

宮中畫師作此畫時，正是裴忍初登基那年，陪同太后遊覽皇家園林的情景。那日碧空如洗，園內花團錦簇，畫師技法精湛，將當日的人與景都繪製得絕妙無比。

「一晃眼，已經幾年過去了。」裴忍轉過身，兀自感慨。

他在御案後坐下，厭煩地將那些奏摺掃向一邊，聲音沈沈道：「泊言，母后應當不知真相吧。」

「臣不曾對太后娘娘提過先皇后娘娘。」

沈澹並未正面回答，裴忍卻聽懂了他的意思。

裴忍臉上浮現一絲愧疚，卻轉瞬即逝。「她確實白白擔了罪名，但朕別無他法，只能藉著先皇后的名義拖延，免得母后起了疑心，探查出什麼。」

沈澹垂眸，眼底掠過一絲不忍。只因斯人已逝，便可將所有任性跟不合體統的事情全推給她，這對逝者何嘗不是一種殘忍。

然而面對裴忍，沈澹並未多言，只默然站在原地。

裴忍道：「罷了，朕不能違逆母后的旨意。只是在這之前，朕還是想再問一問那個人的答案。」

他看向沈澹。「泊言，你明白的。」

沈澹在心底嘆息一聲，恭謹道：「臣會安排好一切。」

從宮裡出來以後，沈澹很快便策馬回府。

他在書房裡喝了盞茶，倦意頓時襲捲全身。禁軍事務好歹還有荀遐等人為自己分憂，然而聖上的事卻要他獨自一人費心費力。

沈澹推開窗，望向遠方的天色，忽然覺得待在府中很煩悶，便換身衣裳打算出門。

「阿郎不在府上用晚食嗎？」長梧正進來為他換茶水，見狀忙問道。

去。

「不必準備我的晚食，你們吃便是。」沈澹束好腰間革帶，理了理袍袖，便欲提步出

「阿郎，小的有句話不知當問不當問。」長梧跟在他身邊多年，今日說起話來卻吞吞吐吐。

沈澹轉頭看他。「但說無妨。」

長梧猶豫道：「阿郎是不是對府裡廚子的手藝不滿意？若是廚子不好，不如換掉？」

沈澹道：「不必。幾位廚子都待了多年，並未出什麼大差錯，不需要換人。」

長梧忽然說道：「坊內姜記食肆的東西很合阿郎的胃口，若您吃得慣，不如小的設法將店主聘到府裡，專門為您準備飯食？」

沈澹蹙眉。「姜記食肆確實不錯。只是人家好端端地做生意，為何要擾亂她的生活？」

「小的只是希望阿郎好生將養，免得受胃疾之擾。」長梧低聲道。

沈澹語氣放緩。「我近日常在禁軍司公廚用膳，因而甚少在府裡吃，你不必為我憂心。

「至於那位姜娘子……」他眉眼稍稍柔和了一些。「她以女子之身支撐起家中生意已是不易，就莫要打攪她了。」

「是，小的明白了。」長梧道。

沈澹抵達姜記食肆時，頗意外沒在店內看見那道熟悉的身影。

正疑惑著，就見那個名喚思菱的侍女上前道：「沈將軍，我家小娘子在院子裡，勞您前

去見她一面，她說有東西要親自交給您。」

沈澹頷首道：「多謝。」

他按照思菱指的方向穿過食肆大堂、揭開門簾，進入寬敞的後子。映入眼簾的，是一團正活蹦亂跳的身影。挾在那充滿喜悅的犬吠聲中的，是小娘子清脆而帶著笑意的嗓音。

他就那樣靜靜看著姜菀笑，看她偶爾逗弄蛋黃，低聲指揮牠或坐或臥。蛋黃既聰明，又很聽主人的話，可說是無條件配合姜菀發出的所有指令。

姜菀生動的眉眼與銀鈴般的笑聲，讓沈澹一陣恍惚，思緒不禁飄遠，憶起曾經與他並肩作戰的夥伴，自己的愛犬。

那時他差不多是姜菀這個年歲，帶著自己的愛犬上山林、下河溪。從撿到牠的第一日起，到後來自己日日勤練武功、鑽研兵法，牠一直是最忠實的夥伴。

他永遠記得牠的名字——烏木。撿到牠時是一個雨天，烏木不知被何人遺棄在荒郊，渾身濕透，幾乎只剩一口氣。

當時雙親俱在，允許沈澹將狗兒撿回去養著。烏木天資聰穎，沈澹沒有花費太多精力便教會牠聽懂自己的指令。在那之後，他伏案苦讀的夜晚，總有顆小小的腦袋在一旁一點一點地陪伴他。

後來家中發生巨變，一切轉眼成空。沈澹閉了閉眼，不願回憶烏木離去的那一刻，便強迫自己回過神，將目光落向眼前的人。

沈澹輕咳了一聲，帶著笑意喚出那個名字。
蛋黃認出他，加上姜菀也走了過來，牠很快便乖巧地搖起了尾巴。
「沈將軍，」姜菀擦了擦額頭的薄汗。「您何時過來的？我竟沒察覺。」
沈澹望著她，淡淡笑道：「沒多久。」
姜菀一手撈起蛋黃的牽繩繫好，這才折返回來朝他道：「我有一樣東西要給沈將軍。」
沈澹走上前，表情有些驚訝。
她伸出手，將那張寫了他名字的紙片遞過去。
「嘉賓籤？」沈澹重複了一遍這個名字，又聽姜菀說了使用說明，不禁笑了笑。「原來如此，姜娘子果真有巧思。」
姜菀對他笑道：「沈將軍既收下這嘉賓籤，往後可要多光顧我們食肆。」
「那是自然。」沈澹唇角微揚道。
他的指腹輕輕摩挲著紙片表面。「對了，姜娘子，有一事要告訴妳。」
「什麼？」姜菀看向他。
「我已託人將吳小八送去暖安院，他不會再像從前那樣受苦了。」沈澹緩聲道。
姜菀不禁露出一絲笑容。「此事多虧了沈將軍，才讓孩子從今往後能吃飽穿暖，不必沿街乞討了。」
她對暖安院知之甚少，索性多問了幾句。「他會一直待在暖安院嗎？」
沈澹搖頭道：「暖安院幫助的是年幼或年邁者，來年他長大成人，定要想法子外出謀生，不可能永遠依賴暖安院。若是他靠自己的本事無法溫飽，暖安院也能給予一定的補助，比如提供價格低廉的房產跟糧食，但不會供養一個有手有腳的人。」

「原來如此。」姜菀點頭。

他的表情浮現一絲無奈。「多年前的暖安院確實能長期供人吃住，但漸漸出現許多妄圖不勞而獲的人占據了有限的住所與食物，反而讓那些幼童跟老人無處可去，此後暖安院的規定便進行了變革。」

「那麼以小八的年紀，也待不了幾年了。」

沈澹頷首道：「我看那孩子身強體健，頭腦也很機靈，往後謀生應當不成問題，只盼他不要辜負妳的照拂，成人後不要走歪了路。」

姜菀面頰微熱。「沈將軍言重了，我只是偶然遇見他而已。」

兩人說話間，蛋黃一直安靜地趴在姜菀腳邊，毛茸茸的腦袋輕輕擱在她足尖，尾巴有一搭沒一搭地擺動著。

沈澹低頭看牠，道：「姜娘子把蛋黃養得很好。」

姜菀道：「蛋黃很乖巧聽話，平日帶牠出去散步，只要握好牽繩，便不用擔心牠隨意對旁人狂吠或攻擊。」

她記起沈澹說過的話，問道：「我記得沈將軍說過你養過狗？」

第三十六章　感慨萬千

沈澹輕輕點了一下頭道：「我年少時，全家人生活在京城外，一日外出撿到了『烏木』，便一直養著牠。」

「『烏木』？」姜菀唸著這個名字。「牠是不是有烏黑的毛色？」

「姜娘子說得沒錯。」沈澹的神情中透著悵惘。「正因如此，我才會給牠取了這個名字。烏木陪了我多年，是我最好的夥伴，不過那已經是很多年前的事了。」

「烏木牠……」姜菀心中已有了答案。

沈澹眉眼低垂，輕輕道：「牠已經不在了。」

他語氣平靜，尾音卻蘊含著傷痛。

姜菀不禁有些難過，正斟酌著語句想寬慰他，卻見沈澹斂去鬱色，微微笑道：「往事不可追，就不提了。」

他彎下腰去，溫柔地撫摸著蛋黃，彷彿在透過牠追憶離開自己許久的那位朋友。

這一晚月色如水，靜靜落在兩個各懷心事的人身上。

「小娘子，食肆外面來了人，說是來送您訂製的鍋具跟其他一些東西。」

宋鳶來叫姜菀時，她正在清點給縣學送的午食數量。

「來了？」姜菀抬起頭，舒展了一下痠痛的肩頸。「我這就出去。」

前陣子姜菀更新了一波食單，並根據食物的特性找人訂製了一批各式各樣的鍋具。清點完午食數量後，姜菀這才與思菱、周堯一道把幾口大箱子一起搬到院子，再逐個打開來清洗。

這次訂製的有大小兩種型號的砂鍋、銅火鍋跟小一些的陶瓷碗，還有挖出凹槽的木製托盤，姜菀更訂了一些竹編的碗墊跟鍋墊，用來隔熱。

她與幾人合力將嶄新的砂鍋清洗乾淨，另一邊，宋氏姊弟倆也將今日的食材打理得差不多了。

馬鈴薯與雞肉切成大小均勻的塊狀，香菇、木耳略切小刀。把雞肉用調味料抓勻醃製好，待鍋中的油熱了，先炒蒜末與乾椒，炒出香味後放入雞肉，翻炒至表面微黃。再把木耳、香菇等放進鍋中炒，倒入水，並用糖與醬油上色煮熟，最後放進砂鍋繼續燜。

出鍋的黃燜雞香氣撲鼻，馬鈴薯燉得綿軟，蔥、薑、蒜、乾椒與醬油的味道完全融入雞肉裡，鹹香中帶著微辣，而黃燜雞的湯汁更是拌飯的佳品。

由於砂鍋比較重，不易攜帶又易磕碰，因此送往縣學的黃燜雞只能裝進食盒裡，味道得稍稍打點折扣。

今日食肆午間沒什麼人，姜菀便跟周堯一道去縣學送盒飯。兩人乘著縣學派來的車，不過須臾便到達了地點。

姜菀還未去過縣學學子們用餐的地方，他們去的時候，學子們的課還沒結束，因此飯堂內空無一人。

縣學的人很快就迎了出來，幫忙在食案上擺好每個食盒。幾乎是剛剛擺好，姜菀便聽見不遠處傳來了腳步聲。

最先進來的是秦姝嫻，她滿面倦色地走進飯堂，看見姜菀時眼神亮了亮。「姜娘子？今日是妳親自來送？」

姜菀笑道：「恰好無事便過來了。」又問道：「秦娘子看起來很疲倦，是晚間沒休息好嗎？」

秦姝嫻在一張食案後坐下，一邊打開食盒的蓋子，一邊道：「我昨日挑燈記誦文章，歇下時大約已經是子時。」

姜菀很詫異。「縣學的課業竟如此繁重，日日都需要唸到這麼晚？」

「自然不是。」秦姝嫻擺了擺手。「只因我一看到書卷上的文字便頭疼，因此得多耗費些時辰才能記住一篇文章。」

她看了看四周，壓低聲音道：「因為是顧老夫子交代的課業。他老人家每日早課第一件事，便是讓我們挨個兒背誦前一日學的文章，若是背不出來便要罰抄，嚴重的還可能挨手板。夫子這麼嚴格，我實在害怕得緊，不敢懈怠。」

姜菀心有戚戚焉。「背誦文章本就困難，何況每篇文章都有數百字，著實不好背。」

秦姝嫻點頭，隨即打開食盒的蓋子，深吸了一口氣。

「好香！」她舀了一勺湯汁品嚐，瞇了瞇眼。

與秦姝嫻比鄰而坐的另一位學子同樣打開了食盒，看到裡面的菜色，表情掠過一絲訝異。

「你的怎麼不是雞肉？」秦姝嫻好奇地偏過頭，恰好看見他食盒裡裝著的葷菜是蔥爆羊肉。

那人抿了抿唇，淡聲道：「我不愛吃雞肉。」

秦姝嫻後知後覺地看向姜菀。「姜娘子，這是妳特地準備的？」

姜菀點頭道：「送出盒飯的第一日，每份食盒下不是都附贈了一張問卷……一張紙嗎？上面的問題都是關於你們的喜好。」

「所以妳記下了每個人不喜的食物，若是當日的食單有這道菜，便更換為其他的？」秦姝嫻問道。

「正是如此。秦娘子，妳不吃魚，往後若是大多數學子次日的菜選擇了魚，我也會把妳的午食換成其他葷菜的。」姜菀道。

她覺得這是件再尋常不過的事，既然要做吃食生意，便該調查每個學子的喜好。好在縣學學子不算太多，也只有寥寥數人有不喜之物，這樣一來，她擬定食單時就不用太過費神。

她不再打擾秦姝嫻等人用餐，從食案旁轉身，卻正好撞上徐望的目光。

徐望身為教諭，卻未私下開小廚房，而是日日與學子們一道用午食。

姜菀見他神情若有所思，向他略一頷首示意後，便離開了飯堂。

飯堂外遍植樹木，姜菀在樹下的石凳上靜靜坐著，無聊地數著地上的落葉。

「姜娘子。」徐望的聲音在她身後響起。

「徐教諭有何事？」姜菀起身道。

他靜默了片刻，輕聲道：「這些日子，姜記食肆的生意是否恢復如舊？」

姜菀淡淡道：「還好。」

「那便好。」

說完這話以後，雙方又陷入沈默。

徐望澀然道：「方才我聽見了妳與幾位學子的對話，姜娘子，學堂飯食讓妳費心了。」

「徐教諭客氣了，這原本就是我的分內之事。」

這樣不鹹不淡的對話告一段落，學子們便陸續吃完離開了飯堂，姜菀見狀，便過去同周堯收拾起了每張食案上的食盒。

收拾完畢，她將明日的食單問卷整理好，便向徐望告辭。「徐教諭，我先行一步了。」

「姜娘子留步！」徐望忽然叫住她，緩緩從袖中取出一本薄薄的冊子。「之前的事多有得罪，這是一點薄禮，還望姜娘子收下。」

姜菀沒看他手中之物，只搖了搖頭道：「不必。」

「姜娘子，此物我想妳應當很願意收下。」徐望將冊子遞了過來。

此時碰巧吹來一陣風，拂開了第一頁。

姜菀低頭看過去，是一本字帖集。她詫異不已。「徐教諭這是何意？」

徐望喉頭輕微一哽，溫聲道：「我見姜娘子寫得一手好字，卻不曾師從哪位大家，便覺得妳很有天分。若是姜娘子願意，就請收下這本字帖集，這是我老師親自寫的，一筆一畫皆出自他手。」

他見姜菀默不作聲，便道：「先前我曾問過姜娘子是否識得我老師，是因為我從妳的字中窺見些許老師年輕時的筆跡影子。」

姜菀道：「徐教諭折煞我了，顧老夫子名滿京城，一手元直體遒勁清朗，豈是我能與之相較的？」

徐望懇切地說道：「我雖不才，可自幼跟隨老師習字，於書法上有些心得，看得出姜娘子的字雖然未經雕琢，但是也頗有骨氣，若不多加練習，豈非白白辜負了？」

姜菀沈默片刻之後，說道：「多謝徐教諭的好意。只是我家中早些時候已買過字集——」

徐望聞言道：「想來姜娘子確實對習字有興趣，市面上的字帖集或許不適合所有人，這本字帖是我當年初學書法時用的，私以為更適合姜娘子一些。」

他見姜菀神情平淡，又道：「還望姜娘子能收下，免得讓我抱憾。」

姜菀正想要說點什麼，卻聽見遠處傳來學子呼喚徐望的聲音。

徐望立刻上前一步，在姜菀還未反應過來時便將那本冊子塞進她手心，隨即轉身疾步離開，留下姜菀目瞪口呆。

「二娘子，這——」周堯試探著出聲。

「罷了，」姜菀垂眸看著那本冊子。「我們走吧。」

又過了幾日，天氣越發寒冷，晌午一過，天色便暗沈了下來，沒多久又飄起了雨絲。

姜菀接了姜荔回來，剛一進門便忍不住呵著手取暖，思菱跟宋鳶趕緊倒了熱呼呼的薑茶給她們。

只見姜荔捧著杯盞道：「還以為會下雪呢，誰知是雨……我最不喜歡雨天了。」

「如今已是十月底，想來初雪應當不遠了。」眼見雨勢越發大了起來，思菱便將食肆的窗子關緊，轉過身道。

「阿姊，今晚要吃鍋子嗎？」姜荔看著姜菀開始搗鼓銅鍋，便問道。

姜菀點頭道：「天冷了，吃些熱的鍋子好。阿荔，學堂是不是交代了課業？若是內容多，妳便先回房。」

「不多，蘇夫子只讓我們回來以後寫幾張大字，等後日再交上去。」姜荔摩拳擦掌，一臉躍躍欲試。「阿姊，我來幫妳吧。」

「別著急，」姜菀輕捏了捏她的臉。「先去準備涮火鍋的原料。」

葷菜準備了切得薄薄的羊肉、豬肉跟少許雞肉；素菜則有馬鈴薯片、豆芽、豆腐皮、木耳、香菇等。

根據姜菀觀察，此時的人們吃火鍋更習慣清湯鍋底。在煮沸的水中涮熟肉片後蘸著醬料吃，更能吃出肉質的鮮嫩肥美。

她擬寫火鍋單子時，也分了清湯跟其他鍋底，比如番茄鍋底、雞湯鍋底、蕈菇鍋底等。特地訂製的鍋子也分為好幾種，有分為兩個格子的鴛鴦鍋，也有適合一人吃的小鍋子，滿足不同食客的需求。

蘸料也分為辣與不辣的，辣之中又有酸辣、香辣、麻辣之分。雲安城居民的口味比較繁雜，有愛吃麻醬蘸肉的，也有愛吃純辣口的。

姜菀先做了麻醬蘸料。用蒜末、蔥花加上小米辣、醬油、豆腐乳與韭菜末，再淋上一些泡過八角、花椒等香料的水，澆一些熱熱的辣椒油，放進醋跟糖調味，最後兌入麻醬。

點上炭火，在鍋子裡加清水跟蔥、薑、蒜，待湯底咕嘟咕嘟燒了起來，姜菀就用筷子挾著五花肉與肥羊片放進煮沸的鍋底裡燙熟，等肉片變得微微捲曲、變了色澤，再撈出來，浸入鍋邊盛著蘸料的小碟子裡，讓蘸料的味道完全滲透肉片。

考慮到很多人接受不了麻醬獨特的味道，姜菀也準備了另外幾樣更令人易於接受的蘸料。她自己最愛的是酸辣口味，蒜泥加上蔥花與辣椒，再兌一些麻油跟醬油、醋，辣味不是那麼重，酸味又開胃下飯。

恰好今日是雨天，陰冷的空氣讓不少食客搓著手進了食肆，迫不及待點一道火鍋，三兩好友齊聚開吃。

晚食尖峰忙碌的間隙，姜記食肆等人忙裡偷閒塞了些點心充飢。後來，姜菀怕妹妹餓著，便替她盛了一碗糯米桂花糖粥。

乾桂花是秋日時桂花盛開時節從院中的桂花樹上採摘的，姜菀將桂花末洗乾淨曬乾後，便一直封存在罐子裡，今日才拿出來使用。

金黃色的桂花末撒在用豆沙與糯米熬出來的甜粥表面，姜荔吸了吸鼻子，雙手捧著滾熱的碗，乖乖坐在廚房角落安靜喝著。

等到打烊後，姜記眾人才終於有閒暇坐下來好好吃一頓鍋子。

見肉片在冒著泡的沸湯裡煮著，姜菀想起古人把兔肉火鍋叫做「撥霞供」。從前不理解這個雅名，今日一見，她頓時覺得很貼切。雖不是兔肉，但生肉片的顏色同樣泛著嫣紅，用筷子一撥，便如同雲霞翻滾，添了幾分綺麗。

這頓鍋子，幾個人吃得格外滿足。

姜菀舒服地靠在椅背上，有些昏昏欲睡。她又坐了一會兒，才打起精神同眾人一道收拾。

回到房間，姜荔還是一副精神百倍的樣子，她在燭火下攤開宣紙，說要趁著不睏，寫好夫子交代的作業。

姜菀先去漱洗了，等她回來，姜荔依然專注地坐在那裡，手裡握著筆，面色嚴肅地寫著一筆一畫。

見狀，姜菀在她身邊坐下，偏頭看了過去。

姜荔幼時短暫地學過一段時間的書法，不過後來課業中斷，她也漸漸手生了。直到去了松竹學堂，才在蘇頤寧的引導下重新開始逐字練習。

見姜荔寫得專注，姜菀心念一轉，從一旁的櫃子裡拿出徐望送的那本字帖，就著亮光翻看了起來。

看得出來，顧元直在編寫此本字帖時充分考慮了初學者的諸多問題。從落筆的力道到筆觸的輕重深淺，他都在例字旁添有詳細的註解，同時，一些常見的錯誤與不良習慣，同樣標記出來。

姜菀輕輕翻動著這本字帖。不得不承認，這確實比她先前買的更實用。

她心底翻湧著說不清、道不明的情緒。

初穿越時，她忙著解決各種糟心事，根本無暇安排自己的生活。當初買那幾冊詩詞集跟字帖集，其實也是反映出她內心深處的一點愛好。

可惜自從生意忙碌了起來，姜菀便顧不上這樣風雅的興趣了。她想起那位光臨食肆、頗有文人氣度的老者說過的話，不由得微微嘆息。

或許，自己真的能試著在書法方面多加練習，深耕其中？

「阿姊，妳又買了字帖嗎？」姜荔寫完一頁字，擱下筆揉著手腕，正巧看見姜菀對著那本字帖出神。

她眨了眨眼，語氣忽然有些低落。「阿娘曾說阿姊於書法上悟性很高，可惜後來沒能學下去。」

姜菀按了按太陽穴，覺得自己腦海中似乎並沒有這段記憶，遂問道：「阿娘何時說的？」

「阿娘生病的時候說的。那時阿姊忙著支撐家中食肆的生意，白日不得空，我陪著阿娘的時間便多了些。那日，妳為阿娘熬好藥，看著她喝下去後，就匆忙離開。阿娘端著空藥碗看著妳的背影，忽然苦笑著對我說了這句話。」

原來還有這麼一段往事……

姜菀想起徐蘅日記裡那娟秀的字跡，幽幽嘆了口氣。

趁著晨起尚未開張，姜菀囑咐周堯與宋宣將大堂一些較舊的桌椅搬走，再大掃除一番。她站在門口打量著大堂的空間與格局，心中默默思索著什麼。

由於店內空間有限，用餐尖峰期常無空位，以至於一些來晚的食客只能站在門外等。若是遇上雨雪天，等待的滋味就更加不好受。

食肆進門處與用餐大堂中間以一架屏風隔斷，進門處除了櫃檯，剩下的空間也不小，若是放上座椅，大約能坐八、九個人。

姜菀心想，若是在此處簡單設置幾個座位，便能紓解尖峰期等候空位的壓力。

至於食肆外面，夏日的時候，姜菀曾讓周堯在門口用竹竿跟藤蓆搭過一個簡易的遮陽棚，供排隊的客人避暑。若是想遮雨，在藤蓆上方加蓋一層油布，應當就能發揮效用。

姜菀越想越覺得此舉可行，便從庫房裡尋了些規制大致相同的椅子擺在櫃檯這一側，又叮囑宋鳶與周堯外出採購時順便買一些油布回來。

午後下起了大雨，食肆內的客人很少。姜菀在櫃檯後埋頭整理著今日自縣學收回來的問卷，一面翻看，一面在紙上記錄，好定下明日的盒飯菜品。

食肆的門被人推開了，宋鳶與周堯合力將買回來的東西在進門處放下，這才收起竹傘，拍了拍淋濕的衣裳。

宋鳶抹了把臉道：「這會兒的雨可真大啊。」

姜菀遞了乾手巾過去給他們兩人，道：「快擦擦吧。撐傘竟也不管用？」

宋鳶擦著臉頰道：「雨下得急，我們又趕著回來，一路小跑著，便淋濕了。」

姜菀見不少人正站在自家食肆窄窄的房簷下避雨，被風吹得瑟瑟發抖，便走過去道：「外頭冷，各位可以進來坐一坐，待雨停了再趕路。」

幾個正在避雨的人見食肆進門處擺著空椅子，便過去坐下。姜菀又為他們準備了熱茶水，好暖暖身子。

宋鳶將竹傘拎起，打算拿到院子去晾著。她擺弄傘柄時，沒注意傘面上有細碎的小水珠飛濺出來，恰好落在櫃檯上方擺著的一摞帳簿上。

姜菀眼明手快，連忙將那摞帳簿拿到一邊，用乾帕子擦了擦。她動作極快，衣袖將帳簿旁的一本薄冊子拂落在地，卻沒注意到。

旁邊一位客人發現了，向她說道：「店主，您的東西。」

第三十七章　擦肩而過

姜菀低下頭，才發現是那本徐望贈與的字帖。她將帕子放下，又挽了挽衣袖，這才俯身去撿。

誰知有人先她一步彎下腰撿起那本字帖，正要遞還給她，卻在看清內容時頓住了。

「沈——」

姜菀還未來得及喚出「將軍」兩字，就見沈澮盯住那字跡，手顫了顫，低聲道：「姜娘子，這本字帖……是何人給妳的？」

聞言，姜菀微怔，驀地想起他正是顧元直的弟子，必然認出了老師的字，便如實道：「是縣學的徐教諭。」

「原來是他……我該想到的。」沈澮苦笑，將字帖遞給她。「姜娘子按這字帖練字嗎？」

姜菀赧然道：「是。徐教諭堅持送我，我推辭不過，只能收下。我買過顧老夫子的字帖集，正好繼續照著他傳授的技巧練習。」

沈澮神情恍惚了一瞬，笑道：「老師的字最值得鑽研。他自小便勤學苦練，加上悟性與天分高，因此年紀輕輕便已有所成。」

他稍微翻看了一下字帖。「姜娘子的字確實是很有靈氣，假以時日說不定能有所成，這字帖很適合妳。」
沈澹步入雅間坐下，他見姜菀拿食單過來，便輕聲道：「姜娘子是否見過老師？」
「顧老夫子？」姜菀搖頭。「不曾見過。聽說他如今很少離開縣學。」
沈澹默默飲了口茶。「物換星移，老師已經不能再像過去那樣無牽無掛了。他年輕時最大的愛好便是遊山玩水、作詩作畫，每到一處，都會留下一些東西。」
說起顧元直，沈澹眉眼間滿是懷念。「我在他身邊唸書進學時，便常聽他說起自己過去如何策馬獨遊、遠眺群山；抑或是畫舫酌酒、水中望月。他口中的壯麗山河，是我年少時最嚮往的風景。」
他放下茶盞道：「正因如此，老師才寫下許多詩文。無論是有感於美景，還是與人相處，他都樂於透過筆墨抒發。」
姜菀一直安靜聽著，聞言道：「顧老夫子的文章確實很能感動人心，譬如那篇〈哀平章〉。我偶然在蘇娘子那邊拜讀過，光看文字，便感同身受。」
「平章……」沈澹輕嘆。「那年平章縣天降橫禍，令人扼腕嘆息，老師也頗為傷感。」
姜菀嘴唇微微一動，終究未提及阿娘的過往，只等沈澹心緒平復後，將食單遞過去道：「沈將軍點菜吧。」
她從裡間出來後，還在想著阿娘的事，不禁嘆氣。
又引著幾位客人落坐後，姜菀回到櫃檯將進門處的水漬清理乾淨，避免有人滑倒。

「客人裡面請，請問要散座還是雅間？」思菱站在門前，笑盈盈地招呼下一位進來的人。

那人道：「散座即可。」

姜菀覺得這聲音很熟悉，一抬頭，果然看見那位長者。

長者對她頷首致意。「小娘子。」

「老先生可安好？」姜菀淺笑著向他寒暄。

長者捋鬚一笑，道：「多謝小娘子關懷，一切安好。」

「您今日想吃些什麼？」姜菀帶他在大堂靠窗的位置坐下。

窗子旁的牆壁上掛了些字畫與裝飾品，長者不自覺被畫作吸引，多看了幾眼。

片刻後，他收回目光道：「小娘子的品味不錯，這幾幅畫的風格與妳店中的佈置相得益彰。」

「多謝老先生。」姜菀微笑。

這些畫是前幾日她去集市上淘來的，雖然並非名家大作，但畫風別有韻味、色彩清新自然，符合姜菀的喜好。她當時想著食肆的牆壁上似乎有些空空的，不如添置些畫作，這樣看起來更賞心悅目一些。

長者點好了菜，繼續欣賞起另外幾幅畫，看到其中一幅時，目光一凝，說道：「這幅畫……畫的是南齊山的桃花盛景啊。」

姜菀湊近了一些，果然看見畫作落款處題了一行小字，其中就有「南齊」兩字。她不曾聽過這座山的名字，遲疑了一下，道：「不知此山在何處？」

「南齊山緊鄰平章縣，景色很秀美。」長者有些感慨。「想當年，我正是愛四處遊玩的年紀。偶然間聽人說起南齊山的桃花最嬌豔，盛開時一片絢爛花海，愛花愛景之人千萬不可錯過。我心中嚮往，帶了兩個包裹就離家了。」

姜菀再度看向了那幅畫。單單看畫，便已是美不勝收，若是親眼所見，只怕流連往返。她被長者的話勾起一絲神往，忍不住問道：「那麼老先生看到了南齊山的桃花嗎？」

長者輕輕嘆息。「若不是一場意外，我原本能順利賞景的。只可惜人算不如天算，緊鄰著南齊山的地方，發生了沒人能預料到的災禍。」

姜菀瞬間便反應了過來。「是平章縣……」

「沒錯，那年平章縣爆發洪災。」長者看著姜菀。「小娘子的年紀並不大，竟也知道將近三十年前的舊事？」

姜菀抿唇，低聲道：「我……是聽家中長輩提起過才略知一二的。」

長者並未多想，說道：「我那時恰好在平章縣落腳，原本打算歇幾日便向西走，穿過平章縣攀爬南齊山。誰知大雨驟然降臨，河水潰堤，整個縣城受難。」

說到這裡，思菱端上了長者點的一碗紅豆銀耳糖水。

長者嗅著甜香，露出追憶的神色。「我與無數人一樣被困在平章縣，險些被洪水沖走，後來有一戶好心人收留了我。那時的我渾身濕透，只剩下寥寥幾樣貼身之物。」

他輕抿了一口糖水，說道：「我還記得，被他們救下的第一晚，他們便將家中僅剩的一點砂糖取出來，替我熬了一碗糖水。對當時的我來說，那碗糖水不遜於甘露。」

「敢問老先生，那次災禍中，平章縣是不是有很多人都與家中親人失散了？」姜菀小心翼翼地問道。

長者黯然點頭道：「蒼天無情，生生逼迫他們別離。」

姜菀想起阿娘，情緒有些低落。

長者沒注意她的神色，繼續說道：「待我能平安離開平章縣時，早已沒心情賞桃花。」他望著那幅畫，眸底有些眷戀。「自那之後，我只去過一次平章縣，卻沒能趕上桃花盛開的時節。如今我年近半百，再無少年時的強健體魄，只怕此生無法看一次南齊山的桃花了。」

「往後時日還多，您何愁沒有機會？」姜菀盡力讓自己的語氣聽起來輕鬆一些。「不過聽了您的故事，我也有些憧憬，來年定要去一趟南齊山。」

「借小娘子吉言了，希望我這把老骨頭也有那一日。」長者暢然一笑，低頭慢慢品嚐那糖水。

姜菀又待了片刻，便輕手輕腳離開。

她剛走出幾步，就見沈澹自雅間掀簾出來往外走，便上前道：「沈將軍慢走。」

沈澹聞聲看過去時，周堯正巧在收拾那長者前方一桌客人的殘羹與碗筷，將長者擋了個嚴實，因此沈澹沒留意到其他人，只朝姜菀點點頭，便踏出了食肆。

等到送走沈澹，姜菀見店內只剩長者一人，便鬆了口氣，在櫃檯後坐下，忙裡偷閒拿出那本字帖，順著上回看到的地方繼續琢磨起內容。

她邊看邊用手指輕輕在案桌上比劃，凝神思索筆觸與落筆輕重，越看越覺得從前自己對書法的理解只停留在表層。

直到頭頂傳來一聲咳嗽，姜菀才抬起頭，見那長者正笑咪咪地看著自己，遂起身道：「您要走了嗎？」

長者看著那本字帖，問道：「小娘子是在研習書法嗎？」

姜菀點頭道：「是。」

「覺得這字帖如何？」長者凝望著她。

姜菀遲疑片刻後，回道：「我不甚通曉書法之道，不敢妄加評斷。但對我而言，此本字帖的註解很詳細，讓我有了不少體會。」

長者目光柔和。「既如此，便說明它對妳很有幫助。小娘子，好好使用它吧。」

說罷，他便轉身離開了食肆。

姜菀看著他的背影，覺得這位老先生似乎也不是尋常人。

隔日晨起，姜菀簡單用過早食，就提前開始準備今日要售賣的點心。

她將梅干菜用溫水泡過後撈出來，瀝乾水分再切碎，在鍋中與肉末一起翻炒，再加入醬油跟糖，最後撒一把蔥花。等餡料冷卻，再包進事先準備好的麵團裡，捏緊口子後壓平擀成餅，在油鍋中煎至兩面金黃便完成了。

餅皮煎得很酥脆，咬開後滿口都是香噴噴的梅干菜與肉末，既能配上一碗雜糧粥當作晚食，也能捧在手裡邊走邊吃。

除了梅菜肉餅，今日食肆還推出香煎豬柳。豬柳選的是里脊肉，肉質最為鮮嫩，切成長條後用調味料抓勻醃製，再裹上麵糊下鍋油炸。雖然這會兒沒有麵包粉，豬柳的口感比較沒那麼酥脆，但是姜菀做好以後嚐了一口，覺得還是很不錯。

這兩樣點心剛出鍋時最為可口，若是放涼了，便差了點意思。因此姜菀與宋宣不停地穿梭在小攤車跟廚房之間，為的就是能售賣剛出鍋的點心。

昨日雨停了以後，眾人合力在食肆門口搭起一個寬大的棚子，又在上面覆蓋了一層油布。這樣的話，就算碰到雨天，食客也不必冒雨等候。

等一波客人散去的間隙，姜菀不禁搓了搓冰涼的手。

「師父，您若是冷，不如進去吧，這裡有我就行。」宋宣說道。

姜菀擺手道：「無礙。賣完所有點心就能收攤，回去準備晚食了。」

宋宣估算了一下剩餘的材料，說道：「大概還能各賣二十餘人。」

姜菀看了天色一眼，吸了口氣道：「若是這個時候能來個客人一口氣把這些全都買了，該有多好。」

她話音剛落，耳邊便響起一道爽朗的呼喊聲。「姜娘子！」

荀遐俐落地躍下馬，邊走近邊向姜菀招手。

「荀將軍可還安好？」姜菀笑盈盈道。

「一切都好。」荀遐看向擺放在小攤車旁的招牌。「今日又出新品了？」

「荀將軍想吃什麼？」姜菀向他介紹。「這是梅菜肉餅，分為原味跟辣味；這是香煎豬柳，可以按照喜好撒上各種醬料。」

荀遐看起來像是有公事在身，他匆促地掃了一眼，道：「既如此，兩樣我都嚐嚐吧。」

姜菀應下了，正要動手，卻聽荀遐問道：「姜娘子，妳這些食物還剩多少人份？」

宋宣立刻回答。「梅菜肉餅跟香煎豬柳各剩下約二十份。」

荀遐稍加思索後，爽快揮手道：「我全買了！」

他對上表情有些愕然的姜菀，笑咪咪道：「姜娘子別多想，這麼多點心，我一個人自然吃不完。正好我今晚當值，便給同僚們都帶一些。」

姜菀眨了眨眼，笑道：「那就多謝荀將軍照顧我們的生意了。」

她與宋宣互相配合，很快就把肉餅跟豬柳分開來包裝好，擔心荀遐不方便攜帶，又從店裡拿了一個小木箱出來裝。

荀遐付了錢，不忘問道：「姜娘子，這樣能列入『積分』吧？」

姜菀笑道：「自然是。」

她在荀遐的嘉賓箋上寫好資料，蓋上印章後才交還給他。「荀將軍收好，慢走。」

「姜娘子，等我有空的時候，就把箱子帶來還給妳！」荀遐很快便跨上馬疾馳而去。

東西瞬間全都賣完，可以收攤了，姜菀便跟宋宣一道把小攤車洗刷乾淨，推回院子。

等到姜菀回到食肆大堂時，思菱跟宋鳶正在專注地擦著桌椅。

姜菀心想距離晚食的時辰還有一會兒，就打算先餵飯給蛋黃吃。

她揭開門簾走進院子，看見蛋黃正趴在自己的窩裡，便輕喚道：「蛋黃，過來吃飯了。」

蛋黃動了動耳朵，卻沒從窩裡起身走出來，而是用一對烏溜溜的眼睛盯著姜菀，眼神裡滿是撒嬌。

姜菀知道牠是懶得動，不禁笑了起來。「你呀，還學會使性子了。」

她端著蛋黃的飯碗走了過去，一邊慢慢撫著蛋黃的頭，一邊輕輕哼著小曲兒。等到蛋黃吃飽，又牽著牠在院子裡晃了一會兒。

一人一狗走到側門旁邊時，蛋黃忽然停下步伐，警戒地看著門外。

姜菀正感到疑惑，又聽牠凶狠地朝門外狂吠了幾下。

她扯了扯牽繩，正要說話，卻聽見思菱在門外高聲喊道：「你是何人？在這裡做什麼?!」

接下來，一陣窸窸窣窣的腳步聲響起，聽起來像是有人快步離去了。

過沒多久，思菱從大堂穿過來進了院子，皺眉道：「小娘子，方才食肆外面有個古怪的人。」

「怎麼了？」姜菀拴好蛋黃，同思菱一道往大堂走過去。

思菱道：「剛剛來了一波客人，起初駐足門口問今日還有沒有點心，我說點心已經售賣完了，他們議論了一會兒後，有些人進了食肆，有些人離開了。」
姜菀認真聽著，問道：「然後呢？」
「原本我不在意，可其中有個客人一直半低著頭，看不清面容。我發覺他在那些人四散開來後依然不曾離去，而是一邊踱步一邊四處觀察。我心中疑惑，便多看了幾眼，他察覺到了，低下頭作勢要走。我悄悄在窗邊看著，卻見他走到側門外頭，想往院子裡面看。」
「難怪剛才蛋黃忽然一陣狂吠，想來是嗅到了生人的氣息。」姜菀道。
思菱倒吸一口氣道：「蛋黃也察覺到了？我見他實在形跡可疑，便出聲質問。那人嚇了一跳，立刻走遠了，動作很快，我沒來得及攔住他問個清楚。」
「小娘子，那會不會是什麼不懷好意的人？」思菱有些擔憂地說道。
姜菀擰眉道：「莫非那人是個竊賊，想伺機潛入食肆或是後頭屋舍行竊？」
思菱咬了咬唇，道：「小娘子，我總覺得那人一副包藏禍心的樣子，倒不像是什麼賊。」
一旁的宋鳶聽到這句話，順口道：「不是賊？難道是想對我們食肆做出什麼不利的事情來？」
姜菀道：「若真是如此，未免太明目張膽了吧？倘若真的想暗中使壞，怎麼說都該避開旁人的目光才是。」
思菱道：「那人其實也不算明目張膽，若不是我多看了幾眼，也不會發覺他竟扒著側門窺探。」

「可我們並不曾與誰結下冤仇啊。」宋鳶蹙眉。「誰會想對付我們呢？」

思菱小聲道：「萬一有人心中嫉恨呢？」

姜菀心頭一驚。「妳是說……」

思菱分析道：「因為陳讓出事，導致俞家酒樓栽了那麼一個大跟頭，不僅失去縣學飯堂那筆生意，連帶名聲也被敗壞，他們心中定然對此憤恨不已。」

姜菀邊思索邊說道：「但陳讓那件事完全是他自己造的孽，與我們毫無干係。難道俞家會僅僅因為自家生意受挫，而我們的境況越來越好，就心有不甘？他們家事業做得這麼大了，不至於連這點肚量都沒有吧？」

「小娘子說的也有道理，只是即便那人與俞家無關，也絕不正常，哪有客人不進店，反而想著窺探店家隱私的？」思菱說道。

幾人思考了半晌，也沒找出合理的解釋，只好各自去忙碌。

天氣冷，姜菀總想吃些熱呼呼又帶了甜味的東西。恰好廚房剩下不少饅頭，她也吃膩了白饅頭，便靈機一動，打算做個奶香烤饅頭片。

這東西的製作方法其實與「酥瓊葉」差不多，只不過會在饅頭片外裹上一層加了糖的牛乳後再烤，這樣奶香味會更濃郁。

打烊以後，幾人圍在爐邊一面烤一面吃，咀嚼時清脆的聲響此起彼伏。

思菱打了個哈欠，將手湊在爐邊取暖，說道：「聽說過些時日坊內有戶葛姓人家娶妻，包下俞家酒樓整整三層樓辦宴席呢。」

宋鳶好奇道：「那應當是大戶人家吧？」

關於這件事情，姜菀也有所耳聞，葛家是富商，出手才會如此闊綽。她用筷子挾起一片奶香烤饅頭片放入口中，沒說話。

思菱的嘴輕輕撇了撇。「不僅如此，聽說葛家與俞家似乎有親戚關係，才會把宴席設在他們家酒樓。」

「看來俞家酒樓前些時候傷的元氣就要補回來了。」宋鳶道。

周堯正默默翻動著爐上的饅頭片，聞言道：「就算俞家酒樓的生意能好轉，口碑也是一落千丈。」

「那是他們咎由自取！誰知道陳讓造的孽與他們有沒有關係？」思菱頗為憤怒。

第三十八章　初雪降臨

姜菀放下筷子說道：「永安坊的俞家酒樓只是分店，應當不會影響整個俞家的名聲吧？他們在京城各地經營了這麼多年，什麼大風大浪沒見過？」

「對了阿鳶，你們在俞家酒樓做過事，應當還算了解他們家的狀況吧？」思菱轉頭看向宋鳶。

宋鳶點頭。「多少了解一些。若是小娘子想知道，我可以慢慢說。」

思菱喝了口熱飲子，道：「左右這會兒無事，妳就說說吧。」

宋鳶看向姜菀，見她默許了，這才開口道：「俞家祖上以經商起家，最早從食肆做起，如今的事業範圍已經不限於飲食。這代的族長名叫俞翡，膝下共有三子一女，參與家中各種生意，其中俞娘子便是酒樓的掌管者。」

「也就是說，京城各坊每家掛著俞家招牌的食肆或酒樓，都需聽從這位俞娘子號令？」姜菀問道。

「正是。」宋鳶道：「我不曾見過俞娘子，卻聽俞家的夥計們提起過，她雖是女兒身，在經商一事上卻毫不遜於三位兄長，今年不過十八、九歲，便已將俞家酒樓經營得風生水起。」

思菱嘖嘖稱奇。「按理說，尋常人家都不希望女兒拋頭露面，而是盼著她早日嫁人，俞家倒是個例外。這樣的大家族，卻未將家中的生意盡數交給三個兒子，還顧念著這個女兒。」

宋鳶頷首道：「聽說俞翡曾說過，四個孩子中，俞娘子是最像他的。正因如此，他對俞娘子很偏愛，才會把俞家經營最久、相當於家中命脈的飲食生意交到她手裡。」

她喝了一口茶，繼續道：「據聞俞娘子做事果斷強硬，對手下人要求極為嚴格，有時候難免顯得不近人情。她又是個要強的人，不希望因為自己是女兒身而被三位兄長看輕，因此對生意格外用心。」

姜菀忍不住說道：「這位俞娘子的心志絕非一般人所及。」

其他幾人紛紛認同地點了點頭。

宋鳶像是想起了什麼事，補充道：「如今俞家酒樓的規矩便是各坊的分店事務由各自的掌櫃主管，再定期向俞娘子上報情況，俞娘子也會定期去各分店內查看。」

姜菀一聽到「掌櫃」這兩個字，忽然想起莫綺曾說過永安坊的俞家酒樓掌櫃盧滕與李洪關係匪淺，便問道：「妳聽過盧滕這個人嗎？」

宋鳶搖頭道：「不曾聽過。各坊的分店掌櫃都不同，我跟宣哥兒沒遇上他。」

思菱見姜菀神色怔忡，忙問道：「小娘子，此人有什麼不對勁嗎？」

姜菀猶豫了一下後，說道：「莫姨曾說盧滕與李洪熟識，讓我當心他兩人勾結做出什麼壞事來。」

「能與李洪那種東西來往的，想來也不是什麼好人。」思菱撇了撇嘴。

周堯說道：「若真如莫娘子所言，那我們就得提防那位掌櫃了？」

思菱擔憂道：「他會怎麼做啊？」

若想破壞食肆的生意，不外乎就是在食物的安全上動手腳。在這方面，姜菀還算安心，因為所有食物都是自己人經手，不會給外人可乘之機。

除了食物原料，還有調味料能動手腳。有了「潛香」這個前車之鑑，加上沈澹特別交代過，姜菀自會謹慎處理。

就怕還有什麼令人意想不到的地方……姜菀鄭重道：「防人之心不可無。不論俞家有沒有這種心思，我們都得小心防範，以免出了岔子。」

接下來幾日，食肆並無任何異常，姜菀稍稍放下心來。

持續半個多月的陰雨天讓人心情煩悶，好在這一日天終於放晴了，但天氣依然寒冷。

荀遐忙碌數日後終於得了空，將那日從姜記食肆帶走的小木箱帶來歸還。他與沈澹沒騎馬，一路散步走到食肆門口，發覺油布覆蓋的遮雨棚下正有不少人在排隊。

「今日供應油炸年糕跟芋泥奶綠！客人們不必著急，只管排隊就好。」姜菀喊道。

荀遐一聽便笑了起來。「姜娘子又想出了什麼新奇的點心？將軍，我們也去嚐嚐吧。」

沈澹沒說話，默默地站在隊伍尾端。

姜菀與思菱極有默契地互相配合，一面將炸好的年糕裝進紙袋裡，一面把鍋中滾燙的奶茶倒進竹筒裡封好口。

年糕切成了小塊，炸得外皮焦脆金黃，裹上一層姜菀自製的番茄醬或辣椒醬，再撒些孜然粉與芝麻，趁熱咬一口，外酥內軟，又香又辣。

至於芋泥奶綠，姜菀則是參考自己在現代喝過的配方，用芋泥加牛乳與茉莉綠茶在一起沖泡煮沸，可以根據口味輕重適當加一些糖。

姜菀剛把打包好的年糕跟奶茶遞給下一位客人，一隻手就伸了過來，把兩張嘉賓箋遞到她面前。

看到紙片上自己親手寫下的名字，姜菀抬起頭笑道：「兩位將軍來了。」

荀遐笑咪咪道：「要來還箱子的時候，聽見姜娘子的聲音，就想嚐嚐好吃的點心。」說話間，他跟沈澹已經各捧了一杯熱騰騰的奶茶在手裡。

「年糕還在炸，請兩位稍等。」姜菀專注地盯著油鍋裡逐漸變了顏色的年糕，待一面焦黃了再迅速翻面。

等到年糕出鍋以後，姜菀便在兩人的嘉賓箋上記錄相關資料。

荀遐忍不住問道：「姜娘子，我如今有多少『積分』了？」

姜菀默算了一下，說道：「七十八分了。」

「那妳當初說的『回饋抽獎』何時才有？」荀遐躍躍欲試地搓著手，大有一雪前恥的氣勢。

姜菀想笑，卻硬生生忍住了，一本正經地賣了個關子。「等到今年第一場雪的時候吧。」

荀遐雙手一拍，道：「姜娘子，妳就等我一展身手，拿下最大的獎吧！」

「那就靜候荀將軍佳音了。」姜菀淺笑。

說笑了幾句，沈澹與荀遐便先進入食肆裡坐下來點菜，姜菀則等到點心賣完才進門。她走進食肆大堂，就見荀遐跟沈澹所在的雅間布簾掀開著，兩人正在說著什麼。

荀遐瞥見姜菀，便道：「姜娘子，煩勞妳過來一下。」

等姜菀走進雅間，荀遐便道：「我待會兒可以去院子與蛋黃玩一會兒嗎？」

這樣帶著孩子氣的話從一位威風凜凜的將軍口中說出來，實在是有些違和感，特別是這位將軍的雙眸滿是渴望，充滿期盼。

姜菀略低了低頭，掩去唇角的笑意。「當然可以。不過荀將軍怎麼突然想找蛋黃？」

荀遐看了沈澹一眼，道：「沈將軍說起他從前養狗的趣事，我便想找蛋黃。」

「是在說烏木的事？」姜菀還記得這個名字。

荀遐微微一愣，顯然沒想到姜菀知曉細節。他不由得探究地看了看沈澹，隨即收回目光笑道：「姜娘子好記性，那正是沈將軍養過的狗。」

他喝了一口奶茶，道：「不過，姜娘子家的狗叫蛋黃，沈將軍的狗叫烏木，這兩個名字都是根據狗的毛色取的，不得不說，你們在取名上很有默契。」

姜菀哭笑不得。這兩個名字的風格明顯不同，難為荀遐連「默契」這個詞都用上了。她不自覺地看向沈澹，卻見對方也正看著自己，眼底微帶笑意。

她連忙撇開目光，說道：「那待兩位將軍用完晚食，便隨我去院子。」

荀遐等姜菀離開以後，才道：「許久不曾摸過蛋黃了，也不知牠會不會不記得我，衝著我叫啊？」

他看向默不作聲的沈澹，提醒道：「將軍，您不常來姜娘子這裡，待會兒可要小心些。」

沈澹面色如常地頷首道：「好。」

當他們來到院子後，姜菀便牽著蛋黃過來，荀遐正想上前，卻見蛋黃眼睛亮晶晶的，朝自己拚命搖尾巴。

他不覺驚喜道：「蛋黃？這麼久不見，你還記得我？你果然——」

下一刻，蛋黃親熱地上前繞著沈澹的腳邊打轉，時不時還抬起前爪拉扯他的袍角，想同他玩。

荀遐目瞪口呆道：「沈將軍？你……何時與蛋黃這麼熟稔了？」

沈澹半蹲下來，輕柔地撫著蛋黃，微微一笑道：「在你不知道的時候。」

蛋黃看了看荀遐，也認出了他的味道，乖乖任由他們兩人順著自己的毛髮撫摸。

「姜娘子，有蛋黃在，日子是不是變得有意思了？」荀遐突然感慨道。

姜菀點了點頭。「自然。牠雖不會說話，卻能理解我的情緒。我傷心時，牠會安靜地陪著我；我開心時，牠也會活蹦亂跳與我玩鬧。」

「可惜我每日待在家裡的時候很少，否則真想養一隻。」荀遐遺憾道。

姜菀笑道：「荀將軍若喜歡蛋黃，閒暇時可以隨時過來。」
她看向沈澹，補充道：「沈將軍也是。」
「哪好總是打擾姜娘子？」荀遐笑呵呵地擺了擺手。
他興致很高，又牽著蛋黃在院子裡玩耍許久，直到蛋黃累得不停吐舌頭，荀遐才抹了把汗說：「蛋黃的精力可真充沛。」
姜菀抬手攏好被風吹亂的髮絲。「我們平日經常顧不上牠，難得見牠玩得這麼盡興。」
沈澹一直在旁邊默默看著，待荀遐歇了一會兒，才道：「行遠，該走了。」
荀遐將牽繩交給姜菀，朝她一揖道：「姜娘子，多謝招待，我們這就告辭了。」
「兩位將軍慢走。」姜菀送他們出門，看著兩人的身影消失在暮色中。
她轉身返回院子中，對蛋黃說道：「今天玩得開心吧？」
蛋黃搖了搖尾巴，歡快地叫了兩聲。
天冷了，晚上姜菀都會把蛋黃的窩搬到屋裡，免得牠受凍。她看著蛋黃乖乖趴下，窩裡卻還是顯得空蕩蕩的。
姜菀想起現代養寵物的人們常會為自家的毛小孩準備絨毛玩偶或玩具，便也想縫製個小東西給蛋黃當伴。
只是她實在不擅長手工，其他人也忙得很，只能尋求外力幫助了。
又過了幾日，晨起時姜菀見天色陰沈沈的，一副隨時會下雪的樣子。

「不知今天能不能等來初雪。」思菱有些興奮地搓了搓手。「小娘子，若是能下一整夜的雪，明早起來便能堆雪人了。」

周堯提醒道：「若是下雪，天便會更冷，晚間需要燒更旺的炭火才能安寢。再者，如果下一整夜的雪，明早只怕門前會被雪堵——」

思菱「唉呀」了一聲打斷他。「我當然知道後果，但你為何不能想些有意思的事情呢？」

姜菀掩唇一笑。周堯顯然是個實在人，考慮的都是雪天給生活帶來的困難，思菱則多了些感性與浪漫細胞，考慮的是怎麼賞雪、玩雪。

傍晚，姜菀正望著天空，眼尾餘光卻見周堯已經默默抱著一些工具，打算加強食肆門前的遮雨棚，以防被積雪壓塌。

姜菀見狀，上前為他搭了把手。「小堯，有勞你了。」

周堯憨厚一笑道：「二娘子言重了。」

晚間安歇前，思菱去姜菀房中替她燒起了炭盆。臥房窗下有一處暖炕，也到了派上用場的時候。

姜菀盤膝坐在炕上，把那本字帖翻了出來，她倚著炕桌蘸著筆尖，發現今日恰好練到了「晚來天欲雪，能飲一杯無」這句詩，可說是相當應景。

練習了很多遍後，姜菀把寫滿字跡的紙張同數張練過的字放在一起對照了一下，發覺自己似乎有所進步。

她想起那位對書法頗有見解的老先生，打算等下一次遇到他時，把自己的字拿給他評價一番。

第二日，姜菀醒得很早。

屋內的炭燒盡了，但餘溫尚在。姜菀艱難地探出半個身子，剛想伸個懶腰，忽然覺得窗外很亮堂，略微一瞥，便看見漫天雪白。

雲安城的初雪，終於落了。

姜菀頓時睡意全無，迅速起身穿好了衣裳。

等她收拾妥當開門出來，就見思菱與宋鳶正對著院子中純白如棉被的地面不敢下腳，生怕破壞了這完整厚實的積雪。

這兩人尚在猶豫，蛋黃已經迫不及待地竄了出去，爪子在雪地上留下一行印記。幾人見狀，俱是無奈一笑，跟在蛋黃後面踏進雪地。

用完早食，眾人的身體與手心都暖了。待周堯打開食肆大門，他們便合力掃了一條路出來，被掃到一邊的積雪，能用來堆雪人。

姜菀蹲到地上伸手抓起一團雪，雙手不停揉搓拍打，雪球越滾越大，牢牢立在食肆門口。她又團了一個較小的雪球，放在上面作為雪人的腦袋。思菱則撿了兩根樹枝，插在雪人身側當作手臂。

宋鳶跟宋宣興致很高，很快又堆了幾個雪人出來。

姜菀數了數，六個雪人緊緊挨在一起，正好與姜記的六個人對上了。
雪人們手拉著手站在食肆大門旁，猶如門神一般歡迎即將到來的客人。
姜菀玩心忽起，從庫房尋了塊布條出來，在上面寫上「恭請光臨」四個字，然後把布條纏在樹枝上，分別插在一左一右兩個雪人身體裡。
六個或高或矮的雪人憨態可掬地站在那裡，集體拉著一張幌子迎接客人，頓時成為這條路上一道獨特的風景。
姜菀正滿意地端詳著這幾個雪人，卻聽見身後傳來一道聲音。「阿姊。」
她微愕地轉過頭，看見一個意想不到的人。「小八？」
吳小八與從前可說是判若兩人。他穿著乾淨厚實的衣裳，不再像過去那樣凍得牙齒打顫。他綻開笑臉，朝姜菀用力揮手，一路小跑過來。
「小八，你在暖安院過得如何？」姜菀問道。
吳小八說道：「多謝阿姊跟沈家阿兄帶我去暖安院，現在我能吃飽穿暖，還有夫子教我唸書寫字……阿姊，謝謝妳。」
姜菀拂去他髮梢的落雪，笑著說：「不客氣。今天下著雪，路不好走，怎麼出來了？」
吳小八這才想起什麼，連忙從懷裡拿了兩樣東西出來。「我……我想感謝阿姊與阿兄的恩情，但又沒有銀錢，只好自己做了些小東西，希望阿姊不要嫌棄。」
「什麼？」姜菀好奇地看向他的手。
吳小八雙手捧著一些似乎是用紙做成的小玩意兒，姜菀拿起一個看了看，發覺是一朵栩栩如生的紙花，花瓣用彩墨上了色，洇出淺淡的嫣紅。這紙花看起來結構簡單，然而對姜菀這個不擅長手工的人來說，想摺出來可不容易。

她不禁露出笑容道：「謝謝小八，好精緻的花。」

「阿姊，還有這個……」吳小八攤開了掌心。是兩張薄薄的剪紙人像，雖然邊緣跟輪廓有些不完整，但還是看得出是一男一女。

「這……」姜菀看著那個女紙人。「是我嗎？」

她把小像翻過來，發覺背面寫了一個歪歪扭扭的「姜」字。

吳小八臉蛋紅撲撲的。「這是我跟暖安院一位會剪紙的夫子學的，只是我笨手笨腳，剪出來的也沒有夫子的好看。

「還有這字，也是我拜託夫子教我寫的。」吳小八看著姜菀，眼底是顯而易見的忐忑。「阿姊若是不嫌棄，就收下吧？」

他見姜菀只盯著剪紙不說話，怯怯道：「阿姊若是不喜歡，那我來日再——」

話未說完，姜菀便彎下腰，張開手臂輕輕抱了抱他，在他耳邊柔聲道：「謝謝小八，阿姊很喜歡。」

不論是什麼東西，她眼裡只有這個孩子的一片熾熱心意。姜菀看著另一張男紙人，問道：「這一個是沈家阿兄嗎？」

吳小八點頭道：「阿姊能幫我把這個送給他嗎？」

「當然，放心吧。」姜菀摸了摸他的臉蛋。

「那阿姊，我先走了。」吳小八朝她揮揮手，小跑著離開了。

等小八跑遠了，姜菀才收回目光，臉上還帶著笑意。

她將剪紙小像貼身收好，打算等沈澹來時再轉交給他。

初雪一落，姜菀便按照當初對荀遐允諾的時間，展開了姜記食肆會員積分回饋活動。

午後，雪小了一些，出門的人變多了，姜菀便在遮雨棚下擺起案桌，又掛上一張寫有活動規則的單子。

今日的積分回饋活動暫時只有一種形式，便是憑藉積分兌換一定數額的折價券。姜菀打算等會員數量多一些以後，再舉辦積分換購跟消耗積分抽獎活動。

消息一傳開，很快就有不少姜記食肆的客人手持「嘉賓箋」前來兌換折價券。

第三十九章　誤會暗生

姜菀坐在案桌後，仔細核對每位客人的積分。

這種天氣在屋外一直坐著實在是種酷刑，即使面前有排隊的人群為她擋著，仍然架不住從四面八方灌過來、挾著雪花的風。

姜菀只能一隻手摟著手爐，一隻手執筆記錄每位客人扣掉的積分。宋鳶則按照積分數目，將相應的折價券遞給客人。

為排隊的最後一位客人兌換好折價券，姜菀迅速擱下筆，將雙手都捂在手爐上，覺得手指僵硬得快伸展不開了。

暖了一會兒手，姜菀遠遠地看見一個人踏著雪走過來，待那人走近以後，她不禁笑著說道：「秦娘子，許久未見了。」

秦姝嫻笑咪咪地上前道：「我聽說食肆舉辦『積分活動』了，正好我今日休課，便來瞧瞧。」

姜菀伸手去接秦姝嫻遞來的嘉賓箋，無意中觸碰到她的手，忍不住道：「秦娘子，妳的手好熱。」

秦姝嫻反握住她的手，驚訝道：「姜娘子，妳在外頭待了多久啊，怎的手這般涼？」

姜菀羨慕道：「是不是練武之人都這樣？不論是身上還是手心，都熱得像個小火爐。除了秦娘子，還有沈——」

她忽然意識到自己說了什麼，連忙剎住話頭。

「沈？哪個沈？沈將軍？」秦姝嫻訝異地挑眉。「妳是說，他的手心也這樣熱？妳怎麼知道？」

姜菀深吸了一口氣，強裝鎮定道：「我的意思是說，想必沈將軍也是這樣吧，畢竟你們都是學武之人。」

秦姝嫻輕易便被糊弄過去。「應該吧。按照他的功力，手只怕比我更熱。」

姜菀鬆了口氣，在心底默默告誡自己謹言慎行，別什麼話都往外說。

只見秦姝嫻忽然揉起了手腕，垮下一張臉道：「手熱歸手熱，我這幾日手腕倒是痠得很。」

姜菀問道：「怎麼了？」

秦姝嫻嘆道：「顧老夫子相當重視我們的書法，我日日都要磨墨提筆，練上許久的字。」

折價券發放完畢，姜菀收拾好東西，與秦姝嫻一道進了食肆。

姜菀延續剛才的話題。「顧老夫子是怎樣的人？記得秦娘子說他很嚴厲。」

在她的想像中，顧元直應該是個白髮蒼蒼、模樣威嚴的老頭子。

秦姝嫻落坐，手捧茶盞道：「初見時，我其實很懼怕他，畢竟他身為當朝大儒，名揚天下，加上他頭一回上課便立了許多規矩，我就更擔憂了。」

她抿了一口茶，又道：「何況我自幼便牴觸書卷跟文字，自然不想親近教詩書的夫子。」

秦姝嫻四下張望了一下，低聲道：「最重要的一點是，他曾是沈將軍的老師，卻因為昔日之事險些不認他這個弟子，以至於沈將軍至今都不願輕易提起這段過往，我便認定他是個執拗、不近人情的人，不過……」

姜菀看著她的神色，微微笑道：「聽秦娘子的語氣，看來顧老夫子並非如此？」

秦姝嫻用力點頭。「且不說別的，那些文字分明一動也不動躺在書頁中，可一旦靜下心來聽顧老夫子講授，便覺得文字好似有了生命一般，個個都活蹦亂跳的。」

姜菀頷首道：「看來，顧老夫子久負盛名，不是沒有原因的。」

「因此，雖然記誦那些文章對我來說依然有些吃力，可我卻不似從前那樣畏懼了。」秦姝嫻得意地揚眉。「我阿爹對此驚訝萬分，完全沒想到我竟然會主動看起書、練起字。」

能遇上一位好老師，學習真的會變成事半功倍的事情……姜菀笑道：「若是有機會，我也挺想聽一聽這位顧老夫子的課到底是如何有趣。」

當然，她更想聽顧元直怎麼講解練習書法的要領。

秦姝嫻的眼睛亮了亮。「姜娘子也想來縣學嗎？」

姜菀擺手道：「我已經過了能上學的年歲，況且，縣學不是一般人能進的，我只是隨口一說罷了。」

「聽說顧老夫子雖常年在縣學教書，但他也會偶爾在外講學，不論身分地位如何，都能去聽。姜娘子若是需要，我可以幫妳留意一下。」秦姝嫻道。

「那便有勞秦娘子了。」姜菀淺笑。

初雪降下，姜菀擔心姜荔在學堂的被褥跟衣裳不夠厚實，便從家中打包了一些衣物與鋪蓋，雇了輛車送去學堂。

姜菀抵達松竹學堂時，學子們正在上武學課。她便未多加打擾，而是直接將一應物品交給風荷院的張嬤嬤。

當姜菀打算離開時，恰好遇見蘇頤寧的貼身侍女青葵，青葵衝著她一笑。「姜娘子是來找我家小娘子的嗎？她正在見客，您可能得稍候一下。」

「多謝告知，不過我今日——」

姜菀正想說自己無事，卻聽青葵道：「您來得正巧，原本小娘子今日是打算給姜娘子傳信的。」

「蘇娘子有什麼事情嗎？」姜菀問道。

青葵道：「具體我也不清楚，只是聽小娘子說，有些事想當面同您說。」

莫非是阿娘尋親的事有線索了？姜菀心念一動，便道：「既然如此，煩勞帶我去見蘇娘子吧。」

走到蘇頤寧院子旁的亭子附近時，姜菀一眼便看見她正與一個人站在亭子裡說話，那人的身形看著很眼熟，似乎是……

下一刻，她看見那人從懷中取出一只描金盒子，遞給蘇頤寧。

蘇頤寧打開盒蓋，目光瞬間有些許波動，但最後還是輕輕搖了搖頭。

隔著一段距離，姜菀聽見她說：「多謝將軍，但我只想長長久久地經營學堂，讓更多孩子識字唸書，對婚事並無想法，或許……今生都不會嫁人，恐怕要讓將軍失望了。」

她將那只盒子還了回去。「此物貴重，我不能收下，還是請將軍把它交給日後真正的主人吧。人各有志，我實非良配。」

男人眉眼低垂，許久後才輕嘆一聲，道：「我尊重蘇娘子的決定。」

沈澹？

姜菀瞪大眼睛。這樣的場景、這樣的對話與情緒，怎麼看都像是……求婚失敗？

之前她聽蘇頤寧二嫂身邊的侍女說過，蘇娘子與一個年輕郎君來往密切，難道是沈澹？

可是……

「外頭冷，姜娘子還是進院子等吧。」

青葵的話打斷了姜菀的思緒，也讓亭子中那兩人同時看了過來。

姜菀沒來得及整理好心情，她的表情既驚訝又充滿探究。

沈澹眼底掠過一絲訝異，看著姜菀那彷彿洞察了什麼隱秘的眼神，很快就明白了她所思所想，不由得無奈，低頭輕嘆一聲。

蘇頤寧神色如常，提步走了過來，微笑著寒暄。「姜娘子，妳來了。」

「聽說蘇娘子有事找我。」姜菀收回目光，笑著道。

「正是，姜娘子請隨我來。」蘇頤寧示意她一道進院子。見沈澹正欲離開，姜菀猶豫了一下後，還是叫住他。「沈將軍……你今晚是否有閒暇來食肆一趟？我有些事同你說。」

沈澹注視著她，頷首道：「好。」

姜菀隨蘇頤寧進入書房，在窗邊坐下。屋內燒著炭火，溫暖如春，青葵又為她倒了熱茶。

蘇頤寧開門見山道：「姜娘子，前幾日我一位至交好友來訪，她於丹青上頗有小成，也鑽研過不少名家的畫作。我將姜娘子所言的『袁至』告知她，她百般思索後，卻說從未聽過此人的名字。」

她將姜菀暫時存放在此的摺扇取出，說道：「我也將此把摺扇給她看了，她說此畫的筆觸雖有些青澀，卻依然能看出繪者的造詣，此人定然不是常人。」

「既然如此，為何沒人聽過他的名字呢？」姜菀急切地問道。

蘇頤寧微微嘆了口氣道：「或許『袁至』這個名字並非真名，而是這位繪者的化名。」

化名？姜菀不解。

蘇頤寧解釋道：「我朝許多文人繪者在外行走時，若一時興起，不欲以真實姓名跟身分示人，便會在作詩作畫後留下化名。根據我的了解，許多人年輕時若是愛四處遊歷，很可能有多個化名，甚至每到一處就換一個名字。」

一旦這條唯一的線索是化名，那麼便意味很難找到此人了。

姜菀從蘇頤寧手中接過了摺扇，慢慢收攏在掌心，道：「多謝蘇娘子為我的事如此盡心盡力，事到如今，只怕難以完成阿娘的遺願了。」

「姜娘子，或許事情會有柳暗花明的那一天，妳切莫灰心。」蘇頤寧握著她的手安慰道。

姜菀深吸一口氣，笑道：「蘇娘子放心，我這個人不會輕易喪氣，左右我年紀還輕，還有很多時間能慢慢找。若注定無法找到這個人，那也無可奈何。」

兩人又說了幾句話，姜菀便起身告辭。

蘇頤寧送她走到院門口時，姜菀猶豫了一下，才輕聲道：「剛剛……無意間聽見了蘇娘子與旁人的談話，實屬無心，還望蘇娘子莫要介懷。」

聞言，蘇頤寧微怔，隨即淺笑道：「無妨，並不是些私密話，只是我需要給出一個答覆罷了。今日將話說開，此事就算徹底了結，往後我便能心無旁騖地經營松竹學堂了。」

她語氣輕柔溫和，面上也帶著淺淡笑容，可姜菀卻看見她眼底一閃而過的哀傷。

原來蘇頤寧還是不捨、難過嗎？

姜菀沈默半晌後，柔聲道：「蘇娘子，我想無論妳做出怎樣的選擇，妳都會讓自己的生活有意義、不留遺憾。」

蘇頤寧笑道：「多謝姜娘子，我會記住妳的話。」

告別蘇頤寧後，姜菀坐著來時的車回去。車身搖搖晃晃地前行，她的思緒也不斷起伏。

蘇頤寧非尋常女子，身在古代卻能說出「今生不嫁人」一話，這樣的魄力跟勇氣實屬難得。姜菀敬佩之餘，卻也有些憂心，蘇頤寧到底該如何面對蘇家給她的壓力呢？

想起方才沈澹那失魂落魄的樣子，姜菀心中浮起一絲感嘆。他親自上門求娶卻被拒絕，一定很難過吧？

姜菀忽然覺得今晚沈澹能答應自己來食肆做客，實在是很難得。若是換成旁人受到這種打擊，可能只想把自己封閉起來不見外人吧……

回到食肆時天色尚早，周堯與宋鳶正清洗著一個個竹編小筐，宋宣跟思菱則在洗菜和肉，為今晚的主打新品進行準備。

等到小竹筐清洗完畢，宋宣也將菜跟肉切成了合適的大小，姜菀便把不同的葷、素菜分類裝進不同的盆子裡，小竹筐外面則貼上了寫有編號的標籤。

「小娘子，妳說這是『麻辣燙』？」思菱問道。

姜菀點頭道：「『麻辣燙』的吃法是把這些生的菜與肉放在鍋中燙熟，再加入花椒、辣椒之類的東西，做出來的口味既麻又辣，就有了這麼一個名字。」

食肆大堂靠近廚房的地方特地放了張長條案桌，兩人將所有的小竹筐擺在上頭。長條案桌旁放了張小桌，用來擺放各種調味料，客人可以根據自己的喜好自行調配醬汁。

姜菀一面擺，一面懷念現代的麻辣燙材料，像是蟹柳、培根等。如今條件有限，只能做個簡化版的麻辣燙，把所能搜羅到的食物都擺上去，盡可能讓材料的種類豐富一些。

雖然沒有冰箱，天氣卻夠冷。姜菀昨日剁了肉餡捏成肉丸子，放在院子裡凍了一夜便成型了，今日正好能下鍋燙著吃。

準備好所有食材之後，時辰還早，姜菀便問道：「你們餓不餓？」

幾人對視一眼，皆點了點頭。

姜菀笑盈盈地說道：「我也餓了，反正這會兒沒客人，我們就吃點熱的。」

之前包好的餛飩剛好能下一鍋，姜菀跟著古書學了一種餛飩，名叫「梅花湯餅」，就是用鐵製的梅花形模具把餛飩皮按壓成花朵形狀，再包進餡料，用雞湯煮熟。朵朵梅花漂浮在湯上，既好看又好吃。由於和麵的水加了檀香末與白梅花，所以擀出來的麵皮也有淡淡的幽香。

外頭冰天雪地，屋內幾人喝著的雞湯、吃著餛飩，身體都暖和了。餛飩包的餡料除了肉末，還有蝦仁與玉米粒，吃起來又香又嫩滑。

除了餛飩，姜菀又煮了些玉糝羹。把蘿蔔搗碎後用水煮，再把白米研磨成碎末後丟入一起煮成粥。蘿蔔本就是冬日佳品，兌上白米煮爛，用木勺舀起一口，滿口糯香。

眾人吃飽喝足後，漸漸有客人上門了。

姜菀與宋宣在廚房燙熟各種食物，思菱等人則不厭其煩地向每位客人解釋「麻辣燙」的吃法。

「您先從這邊取一個小竹筐，再沿著這張案桌挑選食物，挑選完畢後把小竹筐交到這裡稱重。每只小竹筐都有編號，稱完重後，會由廚房負責煮熟，再送到您的桌上。這邊是各種調味料，您可以隨心調配出各種口味的醬汁。」

隨著介紹，眾人慢慢明白了怎麼享用麻辣燙，便依次排隊開始選擇食材。

麻辣燙端上來後，可以先喝一口熱湯。除了用豬骨熬的湯底，姜菀還額外準備了番茄湯底跟香辣湯底。

番茄湯底是酸甜口味的，單喝湯便很開胃；香辣湯底帶著鹹香味，湯汁滑進胃裡後，唇齒間會殘留酥麻感與香料的氣味，格外讓人上癮。

切成小塊的雞肉、五花肉肉質細滑，在湯中煮出了足夠的味道，再蘸上一口醬汁，滋味便更加濃郁。

姜菀聞著那些香味，覺得剛剛填飽的肚子又有了飢餓感。她舔了舔嘴唇，繼續熬煮湯底。

麻辣燙很受客人歡迎，一個晚上賣出不少。等到暮色濃重時，姜菀才想起今晚與沈澹的約定，不由得往食肆外看了幾眼。

趁著歇息的間隙，姜菀從懷中取出小八要送給沈澹的東西。因為剪紙小像單薄柔軟，她擔心用手拿來拿去會不小心扯斷，便用一張乾淨的手帕把小像連同紙花都包了起來。

姜菀叮囑在大堂的思菱留意外面，等沈澹來了就立刻告訴自己。然而一直等到食肆內只剩下兩、三位客人，沈澹還是沒出現。

隨著時辰漸晚，沈寂了一日的雪又下了起來。姜菀走到門口，仰頭看著純白的雪自漆黑的夜空緩緩飄落，給食肆外那六個雪人又灑上了一層銀裝。
「小娘子，站在門口不冷嗎？」思菱自姜菀身後遞來一個手爐，又摸了摸她冰涼的手。「快暖暖手吧。」
「沈將軍還沒來嗎？」思菱喃喃道：「莫非是雪勢太大，他便不想出門了？」
姜菀道：「他是守信之人，既然答應了，就不會食言。」
話雖如此，看著雪勢越來越大，姜菀心底還是有些不確定。
待食肆最後一位客人離開，姜菀仍然沒看見那道熟悉的身影。她嘆道：「看來今日他不會來了。」
姜菀伸手關上食肆大門，在門即將完全閉上的那一瞬間，她自門縫間看見不遠處疾步走來一個人。雪地難走，他的步伐卻很穩健。
她的動作頓住，遲疑了片刻。
下一刻，一隻手輕輕扣了扣門。沈澹低沈的聲音響起。「姜娘子。」
他還是來了。
姜菀把大門打開，看見沈澹的肩頭與眉眼處皆落滿了雪。他的眼尾帶著些許濕潤跟涼意，眸光卻與漫天飛雪的凜冽寒意大不相同，是溫潤且帶著暖意的，整個人的呼吸也因快步行走而略顯急促。
兩人就這麼沈默地對視了半晌，沈澹見姜菀不說話，也不著急，只靜靜等著她。
過了好一會兒，宋鳶走過來，疑惑道：「小娘子，為何站在門口？」

姜菀有如大夢初醒，連忙說道：「沈將軍請進。」

沈澹隨意找了個地方坐下，溫聲道：「姜娘子約我來此，所為何事？」

姜菀見他神色平淡，似乎已經掃去了白日的陰霾，便從懷中取出那方手帕遞過去。

沈澹微怔，遲疑著接過東西。女子的手帕應當是私密的貼身之物，而且上面似乎還帶著她的體溫與香氣……

他讓手帕躺在掌心，忽然生出一種異樣的感覺，不由得輕咳一聲道：「這是何意？」

姜菀道：「沈將軍打開來看看。」

沈澹垂眸，一向靈活的手居然罕見地頓了頓，這才慢慢解開手帕。

看著那用紙摺成的嫣紅花朵，又把那張小像拿在手裡端詳了片刻後，沈澹道：「這是……」

第四十章　英雄救美

「昨日小八來食肆見我，說為了答謝沈將軍的恩情，準備了微薄的禮物，託我轉交給您。」姜菀指了指那小像。「小像背後，寫著沈將軍的姓。」

沈澹翻轉小像，果然看到一個「沈」字。他微微揚唇道：「小八是個極好的孩子。」

他看著小像，忽然抬頭道：「姜娘子是不是收到了？」

姜菀取出另一條手帕，裡面包著一模一樣的紙花與小像。

沈澹仔細盯著那小像的邊緣，淡淡道：「上頭有輕微的撕扯痕跡，說明小八剪這小像時，這兩個紙人是連在一起的。」

說著，他將自己的小像湊了過來，把兩個紙人拼在一起。

姜菀低頭一看，果然見這兩張小像原本是手牽手連接著的。

此時，姜菀敏銳地察覺到氣氛好像有些不對勁，遂笑道：「沈將軍觀察得很仔細，我竟沒發現。」

沈澹淡淡牽了牽唇，看了她一眼，欲言又止。

在這個間隙，食肆外傳來坊門即將關閉的呼喝與擊鼓聲，沈澹目光一凝，起身道：「有勞姜娘子轉交。若是無事，我便先走了。」

姜菀見沈澹眉眼低垂，表情似乎還是有些抑鬱，便送他出門。

看著他在風雪中顯得格外凝重的神情，姜菀忍不住勸道：「沈將軍，既然蘇娘子一心只想辦好學堂，您何不尊重她的事業，就此放手，免得鬱結於心。」

她見沈澹的神色有些異樣，又道：「還請沈將軍珍重。慢走。」

沈澹站在原地，微低下頭看著姜菀，道：「姜娘子，妳覺得是我求娶蘇娘子被拒絕了？」

姜菀沒想到他說得這般直白，呼吸不禁一窒，訥訥道：「難道不是嗎？」

他閉了閉眼，那素來淡漠的神色頓時變幻多端、閃過各種情緒。

許久後，沈澹無奈地笑了笑，說道：「姜娘子誤會了，求娶蘇娘子的人並不是我。」

那您為何會說那些話？姜菀疑惑地看著沈澹，眼神裡寫滿了疑問。

沈澹吐出一口氣，沈聲道：「我是替人轉達的——箇中緣故錯綜複雜，恕我不能向妳說明。但我可以告訴妳，我與蘇娘子的交情淡如水，並無半分男女之情。那位……朋友有要事在身，無法親自前去，恰好他們兩人都信得過我，我便代為走一趟，算是了結此事。」

姜菀沒急著說話，心想：連求娶之事都要託人轉達，看來那個人對蘇頤寧的情意也不見得多深厚……

她回過神，見沈澹似乎在等自己回答，不禁赧然笑道：「是我一時多想，誤會了沈將軍，對不起。」

沈澹眉間一鬆，溫聲道：「誤會解開了便好，我也安心了。」

他頓了頓，又道：「只是我有些好奇，為何姜娘子這般肯定求娶蘇娘子的人是我？」

姜菀小聲道：「一是我親耳聽見你們的對話，二是……我瞧沈將軍自與蘇娘子說完話就鬱鬱寡歡，便以為——」

沈澹的唇角漾起一絲淡淡的笑，問道：「便以為我因為被蘇娘子拒絕而傷痛至極，情緒才會如此低落？」

他的語氣帶著一絲玩味，姜菀不覺窘迫道：「沈將軍說笑了。」

沈澹很快便恢復正經，說道：「姜娘子，我長至這個年歲，從未經歷此等事情。」

姜菀看著他，一時竟有些拿不准他說的是從未被人這樣誤解過，還是從未動過情。

沈澹說了這話之後便沈默了，姜菀為了不冷場，便配合著接話道：「原來如此。」

姜菀含糊的回答卻沒讓這一頁就此揭過，沈澹專注地看著她，不發一語。

食肆屋簷下，燈火搖曳，小娘子髮上簪著的一朵小小淡粉色絨花，隨著她的動作晃動。在這樣柔和的光影照射下，她烏黑的秀髮有如上好的綢緞般柔順光滑。

沈澹的喉頭輕微一滾，唇角若有似無地勾了勾，淡聲道：「我不曾經歷過男女之『情』，自然難知情字何解。」

說完，他靜靜看著姜菀，像是在等她的回應。

這便是正面回答了。針對沈澹這突如其來的剖白，姜菀想說些什麼，卻一時語塞。

外頭實在太冷，姜菀被一陣挾著雪花的風吹得打了個冷顫，思緒也有些凝滯，許久後才道：「那……望沈將軍早日覓得佳偶。」

沈澹挪步替她擋住凜冽寒風，道：「那便借姜娘子吉言了。天冷，姜娘子請留步。」

待姜菀完全站進食肆內，沈澹才轉身離開。

姜菀關上食肆大門，轉身靠在門板上輕輕吁了口氣，覺得自己實在鬧了一個大烏龍。不過，沈澹那一本正經解釋的模樣還真是可愛……

姜菀偷偷笑了笑，去了廚房收拾整理。

不知是不是這一日經歷的事情太多，又與沈澹說了那麼一番話，姜菀的心緒有些起伏，一時毫無睡意，快速漱洗後便窩進被子裡，抱著手爐，藉著燭火翻起了書。

她今日看的是顧元直編纂的一套文集，裡面收錄了不少名篇，既有前朝大家，也有本朝一些著名文人的作品。雖說是古文，看起來略顯晦澀，但名家果然是名家，字字句句都精妙絕倫，讀起來讓人回味無窮。

翻了幾頁後，姜菀的目光定格在一篇論述國家治理之道的文章，寫作的時間約是二十年前，文前還有一行備註，說明這篇文章的作者是當年參與科舉的一位考生。

姜菀恍然大悟，想來這是篇應試文。通篇讀下來，她不由得肅然起敬，能在有限的考試時間內寫出含義深遠又具深度的文章，這位考生應當取得了不錯的成績吧？

她翻到作者處，看見那裡寫著兩個字：徐蒼。

這個名字好像有些熟悉，似乎在哪聽過……

姜菀想了半天還是沒頭緒，便推測自己也許是哪日無意間聽人提起過吧。

她打了個哈欠，將書冊放在枕下，吹熄了燭火歇下。

隔天起床後，姜菀巡視了一下店內，發現最裡側的牆面掉了不少牆皮碎屑，掉在牆邊的桌上。幸好當時並無客人在，否則若是掉進飯碗中，少不了引起一番風波。

趁著這個機會，姜菀檢查了其他地方，清理了一些有礙觀瞻的粉塵，又摘下一些看起來隨時有可能掉落的裝飾品，請泥瓦匠重新粉刷牆壁。

粉刷完畢，姜菀望著那一片雪白的牆壁，思索著是買幾幅畫掛上去填補空白，還是另作他用。

正細細思索著，她腦海中忽然跳出那位長者的話，說是京城不少食肆跟酒樓都會為文人墨客提供一片區域供他們揮灑筆墨，若是僥倖能有能流傳於世的，食肆的身價也會跟著上漲。

之前姜菀只覺得店內空間有限，怕是沒多餘的位置用來做賦詩作畫的雅事。然而今日一看，若是在此處闢出一小塊牆面，懸掛上紙張，旁邊放置筆墨，也未嘗不可。

此處正好挨著幾間雅間，與大堂的散座有一定的距離，且正對食肆正門，視野也好，是個不錯的地方。

姜菀頓時興起，對著那塊牆面比劃了半晌，最終敲定新用途。

她打算買些筆墨與紙張放在牆邊的一張小案上，心想不知是否能請誰先帶頭寫一幅字掛在此處，好吸引更多人仿效。

然而這頭一位人選實在無從尋找，姜菀別無他法，只好先將那片區域空下來，等日後有機會再加以改造。

傍晚時分，姜菀開始準備今晚的飯食。

肉丸子湯做起來容易，把凍好的肉丸子加上番茄末，再放些菜葉，打幾顆雞蛋進去，便香氣撲鼻。

之前姜菀從坊內一家專門賣各種糧食的鋪子買了不少米線回來，打算用來當作主食。米線在景朝並不是什麼稀奇玩意兒，只是本朝居民食用它的時間不長，使它並不如麵來得受歡迎。

她用豬骨加了少許雞、鴨肉熬煮湯底，再加上不同的配菜，做成多重口味的米線。一碗米線端出來，再點綴些菜葉跟豆芽、金針菇、木耳絲，切幾片臘肉與熟雞蛋均勻平鋪在米線上，既好看又好吃。

剛將米線盛進碗裡，尚未動筷子，姜菀忽然聽見大堂傳來幾聲清脆的碎裂聲，似乎是碗筷落地了，緊接著是叱罵聲。「你這小二做事怎麼如此不當心？這樣滾燙的湯若是澆在我身上，該如何是好?!」

姜菀立刻起身快步走了出去。此時食肆內只坐了一桌客人，她看見周堯正滿臉通紅地站在那案桌旁，不住躬身道歉。他手中的托盤殘留著一些湯汁，腳邊是碎成幾瓣的白瓷碗，冒著熱氣的湯汁在地面上蜿蜒。

她走過去輕聲道：「這是怎麼了？」

周堯見她過來，便道：「我方才給這位客人端米線來，誰知不慎腳下一滑，摔了碗筷。」

姜菀低頭看向地面，發覺除了米線湯汁，還有不少自店外帶進來的雪水污漬，想來周堯是不小心踩了上去。

她看向那位客人，微笑道：「對不起，這是我們的疏忽，我們給您重新準備一份米線，您看行嗎？」

那是個衣飾華貴的青年郎君，他神色驕矜，一舉一動都透著散漫。他臉上有些酡紅，身上也散發著酒味，滿不在乎地看了姜菀一眼，說道：「這麼嚴重的事，妳就這樣打發我？」

姜菀耐心道：「此話何意？」

青年指著腳下說道：「我這靴子可是上好的羊皮做的，卻被你們潑上了湯汁。」

姜菀盯著他那靴子看了半晌，也沒看出哪裡濺上了，便道：「這位郎君，您的靴子似乎沒有弄髒。」

她指著地上的湯汁道：「他是在案桌外端著米線準備擱在桌上的。這碗米線在此處滑落，湯汁也散落在這附近，而您坐在案桌裡側，腳又沒伸出來，如何會被濺到？」

青年惱羞成怒，喝道：「妳的意思是說冤枉你們?!」

姜菀微笑道：「我只是陳述事實。我們可以為郎君更換碗筷跟食物，但郎君不能隨意污人清白。」

青年被她的話說得臉上青白交加，頓時用力拍了一下桌子道：「你們食肆就是如此待客的？若是如此，別怪我給妳點顏色瞧瞧！」

姜菀心中不耐，向周堯道：「先收拾碗筷，再端一碗米線過來，這邊我來處理。」

「二娘子……」周堯頗為遲疑。

「快去。」姜菀催促道。

待周堯離開後，姜菀收起笑容，道：「郎君要怎樣？」

她一頭烏髮綰成髮髻，粉嫩的臉頰在燈火的映照下顯得分外嬌美。

青年吸了吸鼻子，似乎從這小娘子身上嗅到了若有似無的香氣。

他睇著眼打量姜菀，見她雖穿著厚實的衣裳，卻看得出身姿窈窕；臉上雖粉黛未施，卻依舊明媚。想不到這市井之間，也有這樣嬌豔的容色。

酒意上湧，青年撫著下巴故作姿態道：「我在這坊內也算有些名聲，只要我一句話，妳這食肆可得掉一層皮！」

他這囂張的語氣讓姜菀煩躁不已，也不知是哪裡來的混世魔王，藉著酒勁到處發瘋。她道：「那郎君希望我們怎麼做？」

也許是她溫和的語氣讓青年誤以為這是示弱，便得意洋洋道：「我也非胡攪蠻纏之人，只要妳將我這隻靴子擦乾淨，此事就一筆勾消，如何？」

說著，他竟把腳直接搭在案桌上。

姜菀忍著噁心，不去看那烏黑髒污的靴底，冷著臉道：「恕難從命。」

美人冷了臉，更勾人了。青年一笑，說道：「小娘子如此不馴，莫怪我不顧情面。」

姜菀說道：「若是郎君沒別的事，我便不奉陪了。」

說完，她轉身欲走，卻被那青年一把扯住衣袖，調笑道：「小娘子如此姿色，卻整日與油煙相伴，豈非辜負了？」

與那青年一道來的幾人也是一副輕浮的模樣，見狀便起鬨道——

「明之，你若是喜歡這小娘子，不如帶她走？」

「就是啊！」

青年先是呵呵一笑，隨即煩悶道：「算了，我那未過門的娘子素來剽悍，訂親時便逼我立下字據，此生不准納妾，更不許豢養外室。」

那幾人嘖嘖道——

「明之，這是往火坑裡跳啊！你這娘子如此強勢，就差叫你入贅了。往後想邀你出來吃杯酒，怕是難了。」

「這個月月底才要成婚，悔婚還來得及啊！哈哈哈哈！」

又有人煽風點火。「帶回家是不行了，偷個香應當可以吧？明之，你家娘子又不在這裡，莫非你怕她，不敢妄為？」

青年被這話一激，立刻瞪大眼道：「夫為妻綱，她敢給我立規矩？我今日偏要逆著她！」

說著，他的手指搭上姜菀的手腕，同時笑著湊近她，深深吸了一口氣。

與此同時，姜菀另一隻手端起桌上半溫的茶水，手腕一翻，直接潑在青年的臉上。

茶水順著青年的面頰流了下來，很快濡濕他的衣領與前襟。

青年原本正醉眼迷濛，被這麼一潑，頓時清醒不少，喝道：「好大的膽子！竟敢用茶水潑我？妳這小娘子也太不識抬舉！」

他抓住姜菀的手腕。「來，替我擦乾淨這靴子，我便既往不咎！」

姜菀被他攥得手腕生疼，怒道：「這位郎君，我們只是失手摔了你的碗，已經答應賠償，你為何這般糾纏不休？」

她說話間吐息如蘭，那青年露出了淫邪的神色，另一隻手順勢在她臉頰撫了一把，又沿著她的下巴往下延伸。

姜菀差點嘔吐，再也顧不上什麼，揚手便是一巴掌，狠狠打在他臉上。

清脆的聲音響徹店內。

此時思菱跟宋宣外出採買，尚未返回，廚房內的周堯跟宋鳶慌忙關了火跑出來，宋鳶喝道：「放開我們家小娘子！」

周堯不由分說便要去拉那青年的手，卻被跟著青年來的幾個人壓制住，怎麼掙扎都無濟於事。

宋鳶嚇得臉色發白，鼓起勇氣想上前理論，卻被姜菀的眼神制止，示意她出門去找人。

青年怒火中燒，道：「妳敢打我?!」

姜菀冷笑道：「郎君若是想尋歡作樂，怕是來錯了地方！我雖長在市井，不是大戶人家的小娘子，卻也容不得你這般輕侮！」

宋鳶打算出去找坊正過來，剛跌跌撞撞跑出店門，就險些與一個人撞了個滿懷。看清來人，她就像是遇見了救星一般，喊道：「求您救救我家小娘子！」

那青年挨了一巴掌，自覺顏面盡失，抬手便掐住姜菀的脖子，陰惻惻道：「我看妳是不想活了！」

姜菀頓時覺得咽喉處發緊，呼吸也變得困難。她拚命想掰開他的手，耳邊聽見周堯憤怒的大喊聲與他拚命想掙脫的碰撞聲。

那鐵鉗般的掌控讓姜菀難受不已。此刻兩人距離很近，她神志迷濛之際，忽然聞到一股奇異的香味。

姜菀努力睜大眼睛，就見青年眼底赤紅，眼神毫無焦距，整個人彷彿失常，含含糊糊說些讓人聽不懂的字句。

有那麼一瞬間，姜菀以為自己會窒息而死。她拚盡了全力，正想一腳踢出去，忽然感到咽喉處一鬆，原本緊緊勒住自己的力道瞬間消失，模模糊糊間，看見那青年狼狽地跌趴在地，額頭磕在地磚上，滲出了血。

姜菀脫離了他的掌控，驚魂未定，腳底一陣發軟，險些跌倒在地。

下一刻，她身後貼上一個帶著暖意的懷抱，熟悉的薄荷梔子香襲來，一隻手臂牢牢攬住她的腰肢，把她護在懷裡。

姜菀好半晌才找回意識，咳了幾聲後，低聲道：「沈……」

「先別說話。」沈澹抬手輕輕按在她咽喉處那道顯眼的手印上。

他的掌心溫熱，姜菀下意識放輕了呼吸，感覺到那裡的疼痛稍稍減弱了一些。

原本壓著周堯耀武揚威的幾個人，已經倒在地上哀號起來。

周堯跟宋鳶第一時間衝到姜菀身旁，宋鳶擔憂地問道：「小娘子還好嗎？」

呼吸了一會兒新鮮空氣，姜菀勉強說道：「放心，我沒事。」

沈澹見那平日總是笑意盈盈的小娘子此刻臉色蒼白、鬢髮散亂，顯然受了極大的驚嚇。她靠在自己身前輕輕顫抖，模樣是他從未見過的脆弱與無措。

想起方才踏進食肆時目睹的那一幕，沈澹的心揪了一下。幸好自己今日因為記掛著一樁事在此時來到姜記食肆，幸好自己來得及出手，否則……

沈澹閉目輕輕一嘆，不願去想會發生什麼事。他攬在姜菀腰身處的手臂緊了緊，竟有些不敢放開她。

第四十一章　提高警覺

沒多久，坊正帶著侍從趕了過來，他見店內一片狼藉，瞠目結舌，正要喝問發生了什麼事，卻見那青年忍痛開口道：「你是什麼人？竟敢……竟敢對我……」

他這會兒清醒了一些，後知後覺地想起剛剛的情形。

自己不知怎的掐住了那小娘子的脖子，還沒反應過來便眼前一黑，肩頸處一陣劇痛，下一刻便跌在地上，牙齒狠狠咬在嘴唇上，滿嘴血腥味。

那人下手極重，毫不留情。青年正要怒罵，卻見他淬了冰一般的眼神掃過來，不禁一個哆嗦。

宋鳶努力冷靜下來，將剛才的事說了一遍，周堯還補充了幾句。

坊正聽了，神色嚴肅，當場便命手下人將這幾個青年都制住帶走。

接著，他轉身看向沈澹，小心翼翼道：「在下辦事不力，驚動了沈將軍。」

沈澹淡聲道：「這幾人的問訊就有勞你了。」

「是。」坊正恭敬地行了一禮，帶著眾人離開。

出了這種事，宋鳶便去外面掛上打烊的牌子，隨即與周堯默默收拾起了現場。

姜菀看著沈澹，啞聲道：「多謝沈將軍救命之恩。」

沈澹扶著她坐下，這才問道：「那幾人究竟是什麼來頭？」

姜菀搖頭道：「不知，但瞧那打扮，應當是顯貴人家的子弟。」

她雙手攥緊落在身側，苦笑道：「可能以為自己身分了得，又看我勢單力薄，便想仗勢欺人。」

沈澹唇角繃得很緊，想到那人的嘴臉，只覺得自己下手太輕。

「沈將軍。」姜菀聲音輕柔。

沈澹以為姜菀受了那樣的委屈，定是想傾訴幾句，卻聽她說：「剛剛，我察覺到了一些不對勁的地方。」

「什麼？」他斂眉。

姜菀吸了口氣，低聲道：「那人發狂時，眼底紅得駭人，口中還唸唸有詞，就像……就像失心瘋一般，並不似簡單的醉酒。」

沈澹想起自己的來意，心頭一凜。「我明白妳的意思。今晚，我是為一樁事來的，便是天盛的香粉。」

「願聞其詳。」姜菀的表情嚴肅了起來。

沈澹見她的臉色在燈火下顯得憔悴，心中不忍，柔聲道：「妳今日受了驚嚇，不如早些歇息。」

姜菀搖頭道：「我沒事，起初確實是嚇到了，但已經平靜下來。況且有沈將軍及時出手，我只覺得安心，所以沈將軍請說。」

沈澹看著那雙隱約泛著水光卻鎮定的雙眸，心弦一顫，許久後才頷首道：「好。」

宋鳶沏了壺熱茶送來，兩人相對而坐。

「之前我曾同姜娘子說，秦娘子所中的毒源於天盛產的一種草藥，且這些日子，有不少來自天盛的藥材跟藥粉流入我朝集市售賣。最近，我們發覺有一種東西在不知不覺之間流入不少府宅。」沈澹眉頭微蹙。「此物名叫『斷腸散』，服用時多是以鼻吸入或以水吞服。」

姜菀思忖道：「這名字聽起來像烈性毒藥。」

沈澹道：「名字雖然駭人，成分亦有害，但服用此物後並不會頃刻間要人性命。」

「然而長久下來，只怕還是會『斷腸』吧？」姜菀道。

沈澹點頭道：「雖然此物傳入時間不長，但我已詢問多位郎中，均說根據此物的原料來看，一旦服用過量，便會使人神思高亢、心緒激盪，甚至還能令人短時間內陷入癲狂。長期服用，必會致使體內毒性堆積，從而有斃命的可能性。」

「既如此，此物有什麼特別之處能流傳開來呢？」姜菀疑惑。

沈澹答道：「少量服用的話，能緩解某些病痛，而且……」

說著，沈澹的神色變得有些不自然。他遲疑了半晌，方道：「它能使人在某些時候……格外精神煥發。」

某些時候？姜菀原本還想再問，然而看著沈澹的表情，她忽然明白了什麼。

……難怪。

沈默了片刻，沈澹才道：「今晚那個人，妳從他身上聞到了什麼味道？」

姜菀整理了一下思緒，道：「是一種似曾相識的詭異香氣。沈將軍，服用斷腸散之後，是否也能聞到什麼氣味？」

沈澹頷首道：「是。我雖未曾聞過，但聽郎中說，那氣味初聞是香味，但細細一嗅便有些刺鼻而辛辣，並非任何熏香或尋常香料的味道。」

「那麼，此物是不是會令人上癮？服用後便難以戒除？」姜菀問道：「若沒有及時服用，服用者是不是會痛苦難耐？」她繼續道：「我觀那人眼底赤紅，額頭也俱是汗珠，好似疾病發作一般，不知是否與此物有關？」

沈澹沈吟道：「姜娘子的問題，我會令人嚴查。眼下最大的難題，便是『斷腸散』並非直接自天盛那邊傳入我朝，而是有人在原料傳入後加工製作，暗地裡售賣。」

「沈將軍的意思是，有人與天盛裡應外合，做出此等惡行？」姜菀皺眉。

沈澹道：「若此物完整從天盛傳入，我朝便可直接封禁，然而那些原料是治病時會用到的幾味藥，我朝由於地域與氣候的緣故，尚未大規模種植，全仰仗外邦輸入，因此不可能完全禁止流通。」

「那麼當務之急，就是找出暗中作惡的人。」姜菀道。

沈澹點頭道：「姜娘子說得一點都沒錯。目前我們要從服用者下手，順藤摸瓜找到背後之人。」

兩人說了許久的話，沈澹的目光時不時會看向姜菀那掩在衣領後的掐痕。

他攏在袖中的手動了動，克制住想替她抹去掐痕的衝動，緩聲道：「姜娘子頸上的痕跡，怕是要塗些藥才能快些淡去。先前贈與姜娘子的傷藥是否還有？若是用完了，我再派人送一些過來。」

姜菀淡笑道：「沈將軍給的藥還有，畢竟這樣的傷『可遇不可求』，並無什麼用藥的機會。」

她語氣輕鬆，沈澹心底卻越發苦澀。他甚至覺得，若是自己早些過來，或許就能徹底阻止此事發生，她也不必受這樣的苦楚。

明明經歷了那樣令人驚恐的事，姜菀卻試圖保持清醒，在幾欲窒息中辨別出那人身上異樣的味道。事後，她雖受了驚，卻還是強撐著精神與自己談正事。

其實，她若是想痛痛快快哭一場，自己同樣能陪著她……

沈澹的思緒被帶著啜泣的聲音打斷。「小娘子，您……您還好嗎？」

姜菀抬頭，就見思菱站在前方，滿臉憂心、眼眶泛紅。

思菱沒想到自己只是與宋宣出了趟門，回來便是這副光景。她剛剛見門口掛了打烊的牌子，進來就見姜菀正在與沈澹說話，只道是有什麼私事，便輕手輕腳回了院子。

然而，周堯跟宋鳶見他們回來，立刻忍著怒火，說出剛才發生的事。

思菱與宋宣面面相覷，不敢相信自家食肆竟遇上這種狀況。他們相偕來到大堂，想關心一下姜菀。

姜菀搖頭笑道：「妳瞧我，好端端地坐在這裡呢，不必擔心，都過去了。」

這輕描淡寫的話語讓思菱更難受了，她哽咽著上前，低聲道：「我不該在那個時候出門。若是我跟宣哥兒都在，人多勢眾，那夥歹人或許就不會如此猖狂了。」

宋宣則輕聲道：「師父，我——」

「你們不要愧疚，」姜菀起身輕拍著兩人的肩膀。「人有旦夕禍福，無人能預料。再說了，也不是什麼大事，我就是受了點驚嚇而已。」

沈澹看著食肆眾人驚魂未定，便起身道：「姜娘子，時候不早了。妳……好生休養，日後店內儘量多留些人手。」

他猶豫了一下，又道：「若此人真的牽涉『斷腸散』之事，背後勢力只怕難以捉摸，短時間內可能無法水落石出。不過單就對方鬧事的行為，最遲後日便會給妳一個交代。」

姜菀對他淡淡一笑。「多謝沈將軍。」

沈澹微一頷首，出了食肆的門，走進漫天風雪中。

待他離開後，思菱才緊緊抱著姜菀道：「小娘子，往後我們一定萬分當心！」

姜菀柔聲道：「好了，莫再哭了。」

今日之事確實驚心動魄，想起沈澹提到的「斷腸散」，姜菀秀眉一擰，覺得往後京城還不知會因此生出多少事端來。

方才聽聞那青年不日就要娶妻，卻在外面這般胡作非為，也不知哪家小娘子這樣倒楣，所嫁非人……

休息了一晚，姜菀覺得自己緩過來了一些。

食肆正常開張，今日照例要送點心給松竹學堂，姜菀打算做馬蹄糕。

買了現成的馬蹄粉，做起來倒是不麻煩。姜菀先把清水加入糖與少量菊花煮出淡雅的菊香味，再撇去菊花末。

馬蹄粉兌水後攪拌成無顆粒的粉漿，再把粉漿倒入放了糖與菊花的清水中，一面用火煮，一面加入荸薺，待煮成熟透的糊狀後，倒入模具，冷卻後切成小塊食用。

這樣做出的馬蹄糕不僅有糖的清甜，還有菊花的香味，口感細滑軟糯，又有嚼勁。

另一邊，宋宣在做炸蘑菇。

炸蘑菇用的是秀珍菇，撕成細長條，先加鹽擠出水分，再裹上蛋液、芡粉，撒些花椒粉，炸出來金黃酥脆，鹹香可口。

把送往學堂的點心備好交給周堯，姜菀與宋宣就把剩下的點心擺在食肆門口的案桌上。香味隨風飄遠，沒多久便吸引來了客人。

姜菀看著幾個約莫十六、七歲的小娘子結伴走了過來，其中一人笑道：「四娘，這是妳最愛吃的馬蹄糕，還不快多買些？」

被稱作四娘的女郎笑著對姜菀道：「店主，來三袋馬蹄糕。」

等著姜菀打包的間隙，四娘身旁的人道：「再過些時日妳便要嫁人，往後只怕不能這般自在了。」

四娘輕嗤一聲道：「葛大郎那個紈袴草包想約束我？休想！」

她身邊的女郎抿嘴笑道：「是了，我們四娘最有主意，哪會受他擺布？」

說話間，姜菀遞上了打包好的糕點，看著幾人漸漸走遠。

如果她沒記錯的話，俞家酒樓將要承辦的那場宴席，正是葛家的婚宴。

天底下真有這麼巧的事？姜菀不禁搖了搖頭。

如沈澹所說，那天的事很快就解決了。衙門召姜菀前去問話，最後判那青年要暫拘牢內幾日，且要親自上門向姜菀道歉。

姜記發生的事畢竟沒鬧出人命，只能這樣處理。自那日後，坊內巡邏的人手較從前更多，聽說是京兆府為了防止心懷不軌之人鬧事，下令各坊加緊巡視，尤其是食肆、酒樓這樣人潮流動大的地方。

如此一來，姜菀安心了不少。

姜菀也知曉了那名青年的來歷。他名叫葛爍，家中經商，極其富裕。其父年過四十才得了這個兒子，此後再無子嗣，因此家中長輩都極溺愛這個獨苗，把他慣得無法無天，整日不務正業，只知道到處吃喝玩樂，三天兩頭便約狐朋狗友喝酒打牌。

那位買了馬蹄糕的女郎，正是葛爍未過門的妻子，王氏四娘。聽聞兩家一向交好，才定下這門婚事。

俞家酒樓正是因與葛家有些親戚關係，才攬下這樁好差事。葛家出手闊綽，這場婚宴若是成了，俞家酒樓便能恢復不少元氣，一掃這些日子的頹勢。

過了沒幾天，葛爍在衙門的人押送下來到姜記食肆賠禮。

姜菀雖然早有準備，卻還是被他的模樣嚇了一跳——葛爍就像變了個人，他臉色發黑、眼窩深陷，眼底下是濃重的烏青，如同孤魂野鬼一樣。

他雖道了歉，口齒也還算清晰，但那神態看起來彷彿丟了半條命。若不是衙門的兩個人半拉半攙著他，恐怕葛爍早已如一灘爛泥般倒在地上了。

姜菀越發確信他應該是服用了「斷腸散」，否則怎麼會是這副人不人、鬼不鬼的樣子？然而衙門的人似乎對此毫無反應，姜菀不禁猜測，莫非他們已經查出背後的真相？

等葛爍一走，宋鳶就咋舌道：「這個人是……鬼上身了嗎？怎麼好像得了不治之症，馬上就會斷氣一樣？」

周堯也說：「他和那日真是判若兩人。」

思菱撇嘴道：「這種顯貴之家的子弟哪裡受過這種罪？恐怕是在牢裡嚇得半死才會這樣吧？」

姜菀想起葛爍那樣子，不禁一陣惡寒。「罷了，不提他。」

此刻，街道另一頭，一身紫袍的京兆尹崔恆負手立在街角，同身旁沈默不語的郎君道：「怎麼？人都來了，不進去見見那位小娘子？」

他話中的戲謔顯而易見，沈澹卻是不動如山，淡淡道：「何必驚動她？我只需見到葛爍向她道歉便好。」

崔恆瞇眼一笑道：「洎言，我還沒問過你，你與這位姜娘子究竟是何種交情？」

沈澹神情極為平淡。「食客與店主。」

「是嗎？」崔恆笑得別有深意。「尋常店主能讓你這般牽腸掛肚？還特地叮囑我命人加緊京城各坊的巡查。」

沈澹瞥了他一眼。「那是京兆尹的職責所在，卻要我提醒。」

「好好好，是我失職了。」崔恆失笑。「不過你也知道，我原本就有這個意思，只不過在你的提醒之下，將這命令提前了而已。」

沈澹揚唇不語，目光落向那熱鬧的小食肆，看著那小娘子如往常般笑盈盈地招呼客人。他的眉眼瞬間柔和。

「泊言，莫非你真的對那小娘子起了心思？」崔恆看著他的神色，問道。

沈澹沒說話，只輕輕抿了抿唇角。

「泊言，你莫要怪我說話直白。」崔恆不再開玩笑。「若你將之視為一段露水情緣，我自不會多說；若你發自真心，那我不得不勸你幾句。那小娘子雖頗有姿貌，但她長於市井，又是商戶女，出身怕是與你不太匹配。」

雖然景朝不特別抑商，但商人終究處於社會底層，常被輕視。

崔恆見沈澹不說話，又道：「以我們的身分，娶妻之事，門當戶對是最要緊的。」

沈澹反問道：「所以當年你也只看門第，不問真心？」

崔恆笑著說道：「我與娘子是青梅竹馬，門第固然相配，情意也作不了假。」他佯怒道：「好你個沈泊言，我可是在為你的婚事操心呢，你反倒編排起我來了。」

沈澹眸色沈沈，說道：「我從不屑什麼露水情緣，若非真心，我斷不涉足其中。」他說完便率先舉步離開。

崔恆跟在他身後，笑著搖頭道：「罷了罷了，你沈洎言一向說一不二，從不把旁人的非議放在心上。今日之事，就當我沒提過。」

兩人一前一後，消失在道路盡頭。

這日午食，姜菀將一大碗熱騰騰的水煮肉片端上桌，那麻辣鮮香的氣味頓時讓姜記眾人吞起了口水。

水煮肉片選的是最鮮嫩的豬里脊，切成薄片用鹽、醬油與胡椒醃製，再用蛋清跟芡粉抓勻至細滑而不乾的狀態。

下鍋時先煮鋪底的蔬菜，再下肉片，把煮熟的肉片均勻鋪在蔬菜上方，淋上湯汁，撒上蔥、薑、蒜與辣椒、花椒，最後澆上熱油。

就著麻辣的水煮肉片，眾人不禁比平日多吃了幾碗飯。

姜菀舔了舔唇，放下飯碗，滿足地瞇了瞇眼睛，覺得這幾日的風波與心中的煩悶，都被這頓香氣撲鼻的午食撫慰了。

飯後，她與思菱一道出門散步，順便遛一遛蛋黃，卻聽見左鄰右舍都在議論著什麼。她凝神聽了半晌，捕捉到幾句關鍵訊息——

「那葛大郎被關進監牢的事你們都知道了吧？聽說那王家的小娘子鬧著要退親了！」

退親？姜菀想起那個愛吃馬蹄糕的王四娘。當日聽她說話，便知是個眼裡容不下沙子的女郎，怎能忍受自己的郎君是這種人？

只是在這個朝代，女子退親可說是相當罕見，她卻毅然決然這麼做，想來是忍無可忍了。

那些人感嘆，說這王四娘真是潑辣得很，眼看婚事在即，竟然鬧著要退親。

當然，也有人覺得她矯情胡鬧。「葛大郎不過是多喝了幾杯酒，略胡鬧了一番，又不曾鑄成什麼大錯，她多擔待些又怎樣？往後成了親，磕磕碰碰的事還多著呢！」

眾人眼中的葛爍只是「醉酒誤事」，卻絕口不提他平日浪蕩的作風與花天酒地的行為。

此事一傳十、十傳百，坊內很快便人盡皆知。姜菀留神聽了幾耳朵，並未聽到什麼有關「斷腸散」的訊息。

想來即便衙門要調查此事，也會暗中進行，以免打草驚蛇。

第四十二章 藥物成癮

幾日後，荀遐與秦姝嫻相偕來訪。

秦姝嫻一進門便直接衝去廚房找姜菀，上上下下仔細看了她半晌，才嘆道：「姜娘子，我昨日從縣學回家，聽說了前幾日葛大郎做的事。」

姜菀問道：「此事已經傳得人盡皆知了嗎？」

秦姝嫻的面色是少見的嚴肅。「原本是聽說葛大郎喝醉了在坊內大鬧，誰知沈將軍說當日他竟在姜記食肆胡來！」

她湊過去看姜菀的脖子，隱約還能看到上頭的印子，不由得皺緊眉頭道：「他下手可真狠，妳一定很疼吧？」

見秦姝嫻面露不忍，姜菀安慰她道：「我沒事，沈將軍及時救了我。」

荀遐長嘆一聲道：「幸虧沈將軍碰巧來尋妳，否則……」他沒再說下去。

會怎樣呢？姜菀沒去想。她故作輕鬆道：「事情都過去了，兩位先坐，看看想吃些什麼吧。」

秦姝嫻的心思顯然不在食物上，草草點了一道粉蒸肉跟一碗熱騰騰的胡辣湯，就拉著姜菀在雅間坐下道：「姜娘子，此事並未完全了結。」

「秦娘子知曉什麼內幕？」姜菀問道。

「妳知道葛爍有個未過門的娘子吧？兩人的婚事就定在這個月。」秦姝嫻喝了口茶，儼然一副說書人的姿態。

姜菀點頭道：「那位王娘子曾來買過糕點，當時我聽她話裡話外都是對葛爍的不滿與不屑。」

秦姝嫻道：「我與她有幾分交情，因此對此事略知一二。這門婚事是她阿爹一意孤行定下的，她眼光極高，自然看不上葛爍這樣不學無術、品行低劣的人，因此對這門親事一直很抗拒。

「葛爍被抓進監牢一事，葛家人原本瞞著王家，沒想到還是傳了出去。王家面子上過不去，便出言質問。葛家辯稱葛爍只是不小心喝醉酒，並未做什麼傷天害理的事，還怪王家小題大作。」

說到這裡，秦姝嫻輕嗤了一聲道：「按照葛家的道理，難道要等他鬧出人命才算大事？」

她飲了口茶潤潤喉嚨，壓低聲音道：「然而四娘不知從何處聽到流言，說葛爍不僅僅是醉酒生事，還——落下一身的病。」

姜菀回想起那日葛爍的樣子，道：「衙役押他來道歉時，我瞧他那樣子便不大正常。」

秦姝嫻道：「聽說當時參與審訊葛爍的，有一位郎中。」

「郎中也去審訊犯人？」姜菀很意外。

「尋常犯人用不上，但葛爍在監牢中出現一些不同於常人的狀況，因此衙門便請來郎中。」

葛爍被拘期間莫名其妙神志失常，在監牢內又是以頭撞地、又是抓撓牆面，還發出奇怪的嚎叫聲，著實把獄卒給驚著了。

起初衙門以為他在裝瘋賣傻，想藉此逃避刑罰，然而觀察了一些時候，發覺葛爍不似作偽，便請郎中為他看診。

「郎中怎麼說？」姜菀蹙眉道。

秦姝嫻道：「郎中具體說了什麼，只有衙門的人知道，但自葛爍出獄，不少人都悄悄議論，說他那模樣實在古怪。有人說，他根本是……縱慾過度，身子虛透了。」

一旁的荀遐輕咳一聲，引得秦姝嫻不滿地看他一眼。「做什麼？」

荀遐表情有些尷尬，低聲道：「有些話，妳要說得委婉些……」

秦姝嫻擺擺手道：「罷了，點到為止，姜娘子應當明白。」

「此事有確切證據嗎？」姜菀皺眉。

秦姝嫻道：「怕是沒有。葛爍不是傻子，去那種地方必會避開人。知曉內情的恐怕只有他那幫狐朋狗友，他們自會幫忙隱瞞。四娘藉著探病為由設法見上葛爍一面，發覺他果然不似常人，一看便是得了重病，立刻同她阿爹跟阿娘說了，執意要退親。」

她喝了口茶，又道：「葛家那邊自是堅決不承認，只葛爍養尊處優慣了，在陰暗潮濕的牢房待了幾日，凍著了又受了驚嚇才會如此，將養幾日便好了。葛家還特地請郎中去，當著四娘的面給葛爍把脈。」

姜菀道：「郎中既然是葛家請的，當然不會說葛爍有問題。」

秦姝嫺頷首道：「正是如此。那郎中說葛爍並無大礙，四娘無可奈何，只得悻悻而歸。因為此事，她阿爹還狠狠訓斥她，說她一個女兒家這般不顧體面。」

姜菀問道：「那這門婚事退不成了吧？」

秦姝嫺嘆了口氣道：「是啊。葛家一口咬定葛爍一切安好，四娘也沒辦法。」

她沈吟道：「我與四娘的交情雖然沒特別深，但就我所知，她絕對不會就此屈服。」

荀遐忍不住道：「可是父母之命，她該如何反抗？」

秦姝嫺滿臉無奈道：「是啊，她阿爹非要把她往火坑裡推，旁人再生氣也無法干涉。」

此時飯菜端了上來，荀遐便道：「先吃吧。」

秦姝嫺拿起筷子，又對姜菀說道：「姜娘子，過些日子顧老夫子會開始四處講學，若是妳想聽，不妨去看看。」

「講學？」姜菀重複了一遍。「老先生會在京城內設壇嗎？」

「會。我聽徐教諭說，顧老夫子過完年會去京城幾處較大的學堂講課。」

「有哪些學堂？」姜菀問道。

荀遐說道：「松竹學堂也在其中。姜娘子想去聽？」

姜菀點頭道：「我這些日子一直在練習書法，想向顧老夫子請教一下。」

說了這麼久的話，秦姝嫺實在餓了，對著面前的粉蒸肉大快朵頤。

粉蒸肉用的是五花肉，用蔥、薑、水跟醬油、糖醃製過，裹上米粉，蒸熟後軟糯而不膩，有淡淡的清香。這時候沒有現代那種專門用來蒸肉的米粉，姜菀便將大米加上桂皮、丁香、八角略炒一下，再磨成米粉。

見秦姝嫻吃得專心，姜菀不再打擾，起身去了大堂。

臨走時，秦姝嫻跟荀遐站在櫃檯處跟姜菀說了一會兒話。

「姜娘子好生刻苦。」秦姝嫻看著姜菀那勤學苦練的字跡嘆道：「妳若在縣學，顧老夫子一定很喜歡妳這般虛心又勤勉的弟子。」

姜菀道：「秦娘子折煞我了。縣學學子眾多，不乏比我天資更聰穎也更努力的人，便是秦娘子妳，也不輸旁人啊。」

「若妳說的是武學課，我會欣然接受妳的讚美。」秦姝嫻笑道：「不瞞妳說，縣學並非妳想像中那般莊重。不少學子雖出身官宦之家，在課業上卻不認真，反而疏懶成性。顧老夫子從不看出身，那些顯赫之家的學子若是犯錯，他訓斥起來照樣毫不留情。」

荀遐道：「以他的資歷跟威望，即便退隱多年，但門下學子遍布朝堂，連聖上都格外敬重他，遑論尋常官吏了，那些學子們對他只有乖乖聽話的分。說來也巧，他那些得意門生中，除了沈將軍從武，其他人可都是文官。」

姜菀問道：「當年沈將軍是怎麼拜在他門下的？」

「沈將軍啊……」秦姝嫻正想解釋，卻被荀遐的咳嗽聲打斷。

他衝著姜菀露出了神秘的微笑。「姜娘子若好奇，可以直接去問沈將軍，他一定很樂意為妳解釋。」

姜菀尷尬一笑道：「荀將軍說笑了，沈將軍公事繁忙，此等小事還是別打擾他了。」

荀遐笑呵呵道：「這怎麼能算打擾呢？沈將軍他——」

他還想再說幾句話，秦姝嫻卻像是發現了什麼，忽然扯了扯他的袖子示意他噤聲，接著對姜菀道：「姜娘子，我們先告辭了，改日再來。」

待兩人離去，姜菀才輕吁了口氣。不知為何，她覺得雙頰有些熱。

她對沈澹的過去，確實有那麼點好奇。如荀遐所說，沈澹本是文人出身，那他為何會突然從武呢？

這個人的過去，真的是個謎。

姜菀正想著，下一刻，她掛念著的人出現了。

今日沈澹穿了身素色衣袍，向姜菀打招呼。「姜娘子。」

他的目光不由自主地落向她的衣領處，再一開口，語氣就帶了些關切。「傷好了嗎？」

姜菀怔了怔，點頭道：「已經好了，有勞沈將軍記掛。」

沈澹頷首。「那便好。今日過來，除了……探望姜娘子，還有一樁事要告訴妳。」

姜菀會過意來了，道：「請沈將軍隨我來。」

進入院子中，沈澹在石桌前落坐，面色變得嚴肅。「葛爍那日的行為舉止，確實與『斷腸散』有關。姜娘子應當還記得他那日的樣子吧？」

「他當時情緒激動、怒氣上湧，額頭冒出汗珠，面色變幻、雙目發紅，口齒不清地念叨著一些聽不真切的字句……」姜菀說道：「沈將軍的意思是，這些症狀正是服用『斷腸散』導致的？」

沈澮點頭道：「這些日子，京兆府的人也在暗中探查。據說服用了『斷腸散』的人一旦受到外來的言語刺激，便會暴怒，隨之發作，變成我們見到的那種樣子。依據服用者的中毒程度深淺不一，症狀持續的時間也有長有短。」

姜菀道：「我聽說葛爍在監牢內也發了狂。」

「發狂是因他體內之毒爆發，又因身在獄中，沒能及時服用解藥——」沈澮緩聲道：「解藥便是『斷腸散』本身。它既是此毒之源，又是唯一的解藥。一旦接觸此物，便再也無法離開它，否則便會生不如死。」

姜菀陷入沈思，覺得自己似乎遺漏了某一件事。

沈澮道：「京兆府現下對各坊的巡視已加緊，姜娘子可稍安心，但不能放鬆警戒。」

姜菀點頭道：「我明白。」

說完正事，沈澮起身道：「既如此，便不打擾姜娘子做生意了。」

「沈將軍不用些什麼飯菜嗎？」姜菀問道。

沈澮微微一笑道：「我尚有公務在身，今日先離開，來日一定前來叨擾。」

他的衣角在風中翩躚飛舞，姜菀的目光不自覺地落向他腰間佩飾上正在隨風飄動的流蘇上，那被腰帶束著的腰身窄勁而不顯羸弱，果然是習武之人……

沈澹忽然輕咳一聲，打斷了姜菀的思緒，只聽他道：「接下來這些時日，我或許無暇常過來食肆，姜娘子多保重。」

姜菀覺得他這叮囑的語氣有些微妙，沈默了一會兒後才道：「沈將軍也保重。」

沈澹輕輕牽了牽唇角，轉身向外走去。

姜菀看著他的背影，心想自己的疑問或許還需要很久以後才能解開。

隔日是晴天，陽光雖不耀眼，卻有些許暖意。看著明朗的天色，姜菀頓時覺得心情也變好了。

午食姜菀做了雞翅包飯，這是在現代時她常吃的料理，但做起來並不容易。為雞翅去骨需要極大的耐心，若是急躁了，便會破壞雞翅的原有結構，影響包飯的外型。姜菀邊剔骨頭，邊向宋宣講解做這道菜的要領。

如今宋宣的手藝越發純熟，不論是做菜還是點心，都難不倒他，但或許是年紀還小，偶爾會失去耐心，需要磨一磨性子，才能更上一層樓。

雞翅包飯是烤出來的，雖然沒有烤箱，但既有烤爐，也可勉強一用。烤過之後，雞翅的外皮變成焦黃色，輕輕撥開外皮，裡面的糯米混合著玉米粒、胡蘿蔔粒，顏色鮮亮，散發著誘人的香味。

剩下的玉米粒正好做些飯糰，既好吃又能飽腹。姜菀在心底遺憾地嘆了口氣，心想若是能加上起司片，再稍微加熱，一定好吃得不得了。

做好飯糰，周堯正要裝箱送去學堂，姜菀略一思索後，說道：「今日我也去。」

她昨夜半夢半醒之間猛然想起一件舊事，醒來後心中有些不安，決定今日去學堂問一問莫綺。

很快就到了松竹學堂，姜菀將點心交給學堂的人，交代周堯看著學子們享用，這才轉身去了莫綺的住處，誰知卻沒人在。

姜菀等了片刻也沒等到人回來，只好先行離去，打算改日再來。

今日天朗氣清，姜菀想在外面散散步再回去，反正食肆下午要賣的點心已經事先做好，距離準備晚食的時間也還早，她便囑咐周堯先回食肆。

姜菀慢慢走著，眼看便要穿過巷子走到大路上了，卻見迎面走來一人，正是莫綺。她的臂彎上挎著籃子，手中還提了不少東西。

「莫姨？您怎麼獨自一人買了這麼多東西？」姜菀迎上前去。

莫綺擦了擦額頭上的薄汗，笑道：「飯堂的食材剩下不多了，我便去買了些。」

說著，她將東西放在腳邊。

兩人在距離巷口有一段距離的地方站定。莫綺瞧著姜菀，道：「阿菀，妳今日是來給學堂送點心的嗎？」

姜菀點頭道：「對，方才去了莫姨的院子，見空無一人，便猜您大概是出門去了。」

接著，她壓低聲音道：「這些日子，他……可曾出現？」

莫綺四下掃了一眼，見周圍並無旁人，便搖頭道：「不曾。我想，他定然不耐煩整日同我周旋，而是會去別處尋樂子。」

「話雖如此，莫姨還是要事事當心。」姜菀道。

「阿菀，之前妳叮囑我，說凡是出門時，必得有人陪同。這些日子我都依言做了，並無異常，我不好意思總是耽誤那些護衛大哥的正事，因此今日便一個人出門了。」莫綺笑了笑。「好在沒什麼事。」

姜菀想起過去莫綺身上那些傷痕，不由得道：「但是以李叔那暴戾的性子，誰知他會做出什麼事來——」

事情偏偏就是這麼湊巧，姜菀話音還未落，驀地聽見身後傳來一道陰惻惻的嗓音。「姜娘子，枉費我們鄰居一場，妳竟在背後如此編排我。」

這句話讓兩人不禁瑟縮了一下，同時驚惶地朝聲音來源處望去。

李洪自巷口走了過來，他臉上滿是密密的鬍渣，頭髮也亂蓬蓬的，身上還有一股熏人的酒氣。

莫綺厭惡地皺眉，防備地後退了一步道：「你又來做什麼？」

李洪咧嘴一笑，露出泛黃的牙。「蕓兒不是在這所學堂唸書嗎？我自然是來看她的。」

莫綺微微屏住呼吸，冷冷道：「蕓兒這會兒正在上課，你見不到她的。」

李洪嗤笑道：「怎麼？我想見她，妳還不肯？妳別忘了，妳我雖已和離，但她永遠都是我李洪的女兒。」

莫綺面色冷淡。「李洪，蕓兒長這麼大，你何曾關心過她半分？從前你尚且嫌棄她，今日又這般惺惺作態做什麼？你到底有何目的，直說就是，何必打著看雲兒的幌子？」

李洪大概是沒想到從前溫和柔順的莫綺也有連聲質問自己的時候，不禁惱怒地提高聲音道：「好啊，如今妳是越發伶牙俐齒了，竟然敢頂撞我——」

「我們已經和離了，你有什麼資格對我說這種話？」莫綺輕輕咬住嘴唇，忍住心底的憤怒。

姜菀察覺到莫綺的情緒，便握住她的手，給她力量。

李洪轉而看向她，皮笑肉不笑道：「姜娘子，剛剛妳是怎麼說我的？

「暴戾？」他獰笑著一步步逼近她們。「妳一個外人，倒是說說看我如何暴戾了？」

姜菀下意識地往後退，沈聲道：「你想怎樣？」

莫綺擋在姜菀面前，喝斥道：「李洪，我們之間的事與阿菀無關，你少在這裡胡亂撒氣！」

李洪不知被她哪一句話刺激到了，額頭青筋直跳，喝道：「與她無關？妳別以為我不知道！若不是她三番兩次攛掇，就憑妳，怎敢與我和離?!」

「和離是我自己的主意，你不必攀扯旁人！」莫綺咬牙道。

「是嗎？」李洪語氣鄙夷。「就憑妳那蠢笨無能的樣子，怎能想出假摔的法子來陷害我？事後妳還敢在衙門痛哭流涕，口口聲聲控訴是我把妳推下了閣樓?!」

莫綺雙肩微顫，一時之間竟說不出話來，姜菀忍不住道：「李叔，莫姨與您多年夫妻，為您操勞生意與家事，您為何要如此羞辱她？」

「妳多什麼嘴？」李洪猛然轉過頭來，狠狠瞪視著姜莞。
姜莞清楚地看見他眼底的血絲跟唇角流出的涎水，這似曾相識的場景，讓她心頭一沈。

第四十三章　陰魂不散

李洪不再看姜菀，轉而死死盯住莫綺道：「當初妳靠漫天大謊騙過了衙門，將妳摔斷腿的罪名安在我頭上，逼得我掏空這些年的家底，賠給妳夠多的銀錢作為『補償』，這錢妳拿得安心嗎？」

「李洪，你少血口噴人！」莫綺顫著手指向他道：「那些銀錢的數目是按律令來的，即使我的腿沒斷，單單是這些年你加諸在我身上的拳腳跟傷疤，也夠那個數了！」

「妳少誆我！從前是妳犯了錯，我才對妳動了幾回手，難道郎君不能管教娘子嗎？哪裡要賠那筆銀子？還不是因為妳裝模作樣，在衙門哭訴是我害妳斷腿，妳才有了這筆錢！」

李洪猛然伸手掐住莫綺的下巴，口中的濁氣盡數噴在她臉上。「誰知道妳是不是憑著這張哭起來可憐兮兮的臉誘惑他們？」

莫綺用力掙脫他的手，冷冷說道：「你到底想怎樣？」

只見李洪的胸口猛力起伏，面上紅一陣、白一陣，變幻莫測。

姜菀瞧見了，內心驚疑不定。

許久後，李洪的怒氣稍稍平息了，道：「我今日不是來同妳翻舊帳的。實話告訴妳，我沒別的事，就是想來見見知蕓。」

「當初不曾和離時，你百般嫌棄她，今日為何想來看她？」莫綺語帶防備。

「衙門雖判我們和離，卻沒說不准我見自己的女兒。」李洪急躁了起來。「若是妳百般阻攔我見她，不要怪我去衙門告發妳做的事！」

景朝律令雖允許夫妻和離，卻未限制和離後雙方與子女見面的權利。

莫綺心中有數，無奈之下只好鬆口。「好，我答應你。但學堂管理森嚴，外人不得隨意入內，你就在門口看蕓兒一眼吧。」

李洪哼笑一聲道：「外人？妳還真把自己當成這學堂的人了。」

莫綺不理會他的冷嘲熱諷，只默默拎起腳邊的東西，姜菀見狀，順手拿過一只籃子跟在後面。

三人走到門外，莫綺向僕從說明情況，他看了李洪半晌，道：「外人不可擅入。」

「那煩勞您幫忙通報一聲，讓知蕓出來一趟。」莫綺道。

僕從過去找知蕓了，莫綺便向姜菀道：「阿菀，妳先回去吧，不必陪我守在這裡。」

姜菀內心抱持著某種懷疑，只道：「正好，我有東西想託蕓兒帶給阿荔，便也在此等她吧。」

莫綺想說些什麼，卻又打住了。過了一會兒，知蕓走了出來。

知蕓看見莫綺，笑著問道：「阿娘，為何站在門口不進來？」

她話音剛落，便看見自莫綺身後走出來的李洪，笑容頓時一滯。

李洪走上前去，盡力裝出了慈愛的表情。「蕓兒，過來。」

知蕓站在原地訥訥道：「阿爹。」

李洪不滿地皺眉道：「妳站在那裡做什麼？過來，讓阿爹瞧瞧妳啊。」

知蕓不敢動，求助地看向莫綺。

莫綺道：「蕓兒，不怕，妳讓他看妳幾眼，他就會走，否則……」

無奈之下，知蕓只好一步步慢慢走過去，在與李洪有一人之隔的地方停住，雙手無措地揪著衣角。

李洪想摸一摸知蕓的頭，卻被她下意識躲開了。他面色一僵，強忍著沒發飆，只道：「阿爹許久沒見妳了，帶妳出去走走好嗎？日日在學堂裡唸書，悶壞了吧？」

知蕓搖搖頭說：「不悶，有阿娘陪我。」

這話讓李洪的臉色陰沈了幾分。他忍了忍，儘量耐著性子道：「妳記不記得上個月是阿爹的生辰？從前妳都會給阿爹準備禮物，今年卻漏了。阿爹也不想要什麼，妳陪阿爹四處轉一轉，就當全了阿爹的心願，好不好？」

知蕓到底還是個孩子，見他這副樣子，一時不知如何應對，看向了莫綺。

「李洪，你——」

李洪看向莫綺道：「怎麼，我就這點心願，妳都不肯滿足？妳放心，我只同她待一會兒便會走，往後我再也不會來找妳們。」

這話讓莫綺眉眼一動，淡淡道：「如此甚好。」

李洪嗤笑了一聲。「如此便遂了妳的心願，妳一定很高興吧？」

說著，他向知蕓道：「走吧。」

知蕓稍稍猶豫了一下，終究還是提步隨李洪走開，莫綺放不下心，跟在他們身後。

姜菀本想跟過去，李洪卻冷冷道：「姜娘子，妳一個外人就不要來打攪我們了。」

她不禁語塞，只好站在原地，目送著三人越走越遠。

眼看他們走到距離學堂夠遠的巷口，路上行人匆匆而過，無人留意。

姜菀看見李洪停下步伐，同知蕓說了幾句話，知蕓似乎遲疑了一下，隨即用力搖頭。

他又對著莫綺說了什麼，莫綺反應很劇烈，堅決地搖了搖頭。

李洪看起來很不甘心，又說了一番話，就見莫綺手一抬，一巴掌打在他臉上。

這一個巴掌出去，李洪滿臉的難以置信。他盯著莫綺半晌不說話，緩緩將手搭在知蕓的肩頭。

姜菀正覺得眼睛盯得有些痠，便閉了閉眼，然而下一瞬間，卻聽見了莫綺的驚呼聲。

「李洪！你要做什麼?!」

那三人的身影頓時消失了，聽見知蕓的哭喊聲，姜菀心中一凜，快步跑上前去。

巷子內，李洪正死死掐住知蕓的脖子，整個人陷入癲狂，彷彿對外界的聲音毫無反應，只惱恨地對著知蕓咒罵，那些字句斷斷續續且破碎不堪，讓人聽不真切。

知蕓被她阿爹一雙大手掐住，無力掙扎；莫綺拚命扯著李洪的衣袖，用力捶打他，卻無濟於事。

這麼一看，姜菀心中的猜測基本上得到了證實。李洪此刻的樣子，與那日的葛爍一模一樣。

她驀地憶起許久之前，李洪出現在食肆門外的時候，已出現了這種症狀。那時的他抖著手從袖中取出一個小瓷瓶，深深吸了一口後便漸漸恢復正常。

原來『斷腸散』那時就有人使用了？

姜菀迅速上前，用力想掰開李洪鐵鉗似的手臂，同時放聲呼喊。「來人啊，救命！」

她聲音極大，驚動了恰好在長樂坊內進行例行巡視的坊丁。那兩人對視了一眼，慌忙奔了過來。

在眾人合力之下，終於使李洪鬆開對知蕓的桎梏，他頓時癱軟在地喘著粗氣，眼睛瞪得大大的。

知蕓被莫綺攬在懷裡，整個人嚇傻了，呆呆地張著嘴說不出話來。

莫綺心疼地抱緊她，喊道：「蕓兒，不怕了，阿娘在這裡！」

李洪癱在地上一會兒，清醒了些，開始掙扎起來。

兩個坊丁按住他，其中一人對莫綺道：「這是何人？妳識得他嗎？」

莫綺咬唇，低聲道：「他是我……女兒的阿爹。」

那坊丁震驚道：「他竟對自己的親生女兒下這種狠手？這……」

李洪清醒過來後，第一個反應是拚命伸手在衣衫裡摸索著。他的手腕抖得厲害，一個小瓷瓶從他手邊滑落，滾落在地，正巧停在姜菀腳邊。

姜菀彎腰撿起小瓷瓶，隔著瓶塞，隱約能聞見一股極辛的刺激性氣味。

對上李洪癲狂中帶著渴望的目光，姜菀沈吟片刻，未將東西遞給他，而是問道：「這是何物？」

坊丁這才注意到那小瓷瓶，他將東西接了過來，道：「似乎是藥？你有什麼陳年舊疾，需要隨身帶藥？」

莫綺顯然也不知情，表情疑惑。

坊丁正要打開瓶塞看看裡面是什麼，卻見李洪狂躁起來，張開五指拚命抓撓著地面，口中發出怪聲，有如野獸。

莫綺與知蕓大驚失色，不知李洪這是中了什麼邪。

緊接著，李洪掙脫束縛，猛地將那拿著小瓷瓶的坊丁衝撞倒地，像抓寶貝似的那小瓷瓶攥在手心裡，拔出瓶塞便往口中倒了些粉末進去。

過沒多久，他眼底的血色淡去，整個人的呼吸也平穩了下來。

那坊丁爬起身，立刻跟另一個人將李洪按在地上，一疊聲地喊人。沒多久，又來了幾個身強力壯的坊丁，合力抓住李洪。

坊丁怒罵道：「老實點，跟我們回去問話！光天化日之下竟敢行凶，眼裡簡直沒有王法！」

李洪張了張嘴想要辯解，卻發不出聲來。他毫無反抗餘地，被幾個坊丁拖著離開。

經過姜菀身邊時，他惡狠狠地瞪著她，目光滿是憎恨，彷彿下一刻便會衝上去了結她的性命。

姜菀被他這麼一瞪，忽然不寒而慄。

當周圍的一切重新歸於平靜，知蕓的情緒終於穩定下來，莫綺眼眶含淚，向姜菀道：「阿菀，對不起，又把妳牽扯進來了。」

姜菀深吸了一口氣，問道：「莫姨，方才到底發生了什麼事？」

莫綺為知蕓擦了擦臉頰的淚，慢慢道：「他說自己如今捉襟見肘，問我能不能借些銀錢給他。」

她頓了頓，又道：「我告訴他這是癡心妄想。如今我們橋歸橋、路歸路，兩不相干，他即便餓死了，也與我無關，那筆銀錢是這些年來我受苦的代價。他叫囂著說，若我不肯，他就要去衙門告狀，還要日日來學堂找我，讓所有人都知道我當初……我當初是如何陷害他的。」

莫綺繼續道：「我痛罵他厚顏無恥，給了他一巴掌。他被激怒，頓時像被鬼附身一般，面色青白交加，眼底血紅。我害怕極了，想拉著蕓兒走，誰知他突然暴起，一把將我們拖入巷內，還掐住蕓兒的脖子。」

說到這裡，莫綺按住胸口喘了口氣道：「阿菀，他這副模樣實在太恐怖了。從前他雖易怒，卻未曾像這樣著了魔似的，這……究竟是怎麼回事？還有，剛剛那個小瓷瓶，竟有如他的身家性命一般重要。」

姜菀心念一動，問道：「莫姨，您從前見過他服這種藥嗎？他是否曾染過什麼病？」

莫綺搖頭道：「不曾。他很少生病，我不曾見他服過這種藥。」

那應當是和離以後的事了。

姜菀思索了一下，道：「莫姨，往後您跟蕓兒要事事當心。如果這是……是染了什麼惡疾所致，一旦他發起狂來，難保不會傷害人命。」

「阿菀，妳也一樣，」莫綺握住她的手。「我怕他會記恨妳、報復妳。終究是我對不起妳，明明是我與他的私事，卻總是把妳牽扯進來。」

說著說著，莫綺的眼眶紅了。

姜菀反握住她的手，道：「莫姨，快別說這話了，您過去也給了我們不少幫助啊。」

目送莫綺帶著知蕓進入學堂後，姜菀這才拿出手帕，從地上捏起一小撮粉末，這是剛才李洪倒入口中時散落的，沒躲過她的眼睛。

她將手帕摺好，轉身離開。

姜菀回到食肆時已隔了許久，眾人正有些擔憂，見她回來才鬆了口氣。

只見姜菀笑著說：「在外頭逛著逛著，一不小心就誤了時辰。」

她未提剛才發生的事情，一臉輕鬆道：「正好，也該準備晚食的菜品了。」

陸續有客人來了之後，姜菀便進入廚房，看著案板旁的陶盆裡裝著豬大排。宋宣事先捶打過肉排，讓肉質變得鬆散一些，便於加黃酒、鹽醃製入味。

姜菀快速切好蔥段跟薑片，起鍋燒油，將蔥、薑爆炒出香味。豬大排裹上一層蛋液跟芡粉，在鍋中煎到兩面微微金黃，再倒入適量的水，放入醬油與一些桂皮、八角等香料，用小火慢慢燉煮，及時翻面，並加入少許糖調味，等汁水變得濃稠後再煮片刻，便可盛盤端出。

醬燒大排收汁時不能全部燒乾，否則會讓肉排的口感大打折扣。熬出來的醬汁還能當作澆頭，關火後再於大排上澆一層。純瘦肉不如五花肉肥瘦相間且耐咀嚼，添些澆頭，能讓肉不至於太乾太柴。

每晚做出的第一道菜一向是試驗品，食肆幾人會輪流品嚐，確保各方面都恰到好處。

等大夥兒確認醬燒大排沒問題後，宋宣就著手燉煮，姜菀則開始煮菠菜蛋花湯。

菠菜的營養價值高，能夠疏通血脈、止渴潤燥。這個時候的人們常叫菠菜是「紅嘴綠鸚哥」，瞧那翠綠的菜葉與紅色的根鬚，確實有那麼點意思。

姜菀為客人們上菜時，每桌都額外贈送了一小碟小菜。她笑著說道：「這是我們自家醃的脆蘿蔔丁，爽脆微酸，不論是下飯還是配著白粥吃，都極為合適。」

上完這一波菜，姜菀回到櫃檯，將客人的點單紀錄整理歸類。她暫且得了些空，便倚著櫃檯看客人們享用餐點，見大家眉開眼笑的，她也覺得心情舒暢。

趁著這空檔，姜菀從櫃檯最底下的抽屜裡取出自己昨日練的字。有時午後買點心的客人不多，她便會忙裡偷閒，偶爾提筆寫幾個字。她將幾頁紙張並排在一起對比，覺得自己似乎有小小的進步，但狀態卻又不太穩定。

正思索著該如何進一步提高水準，姜菀的眼尾餘光就見一男一女走進來，看起來是新客人。

姜菀站起身露出笑容道：「兩位客人裡面請，想吃些什麼？」說著，她把今日的食單遞了過去。

這兩人像是夫妻。那郎君模樣雖然嚴肅，但看向身旁的娘子時，眼底都是笑意。他的目光淡淡掃過被姜菀隨意放在一邊的紙張，若有似無地看了那字跡一眼，這才低頭看向食單。

兩人低聲說了幾句話，那郎君便向姜菀道：「隨意上幾道招牌菜便可。」

姜菀問道：「郎君跟娘子是否有什麼忌口的？」

那女子原本正對著牆上的一幅畫出神，聞言微微一笑道：「無。小娘子不必擔心。」

說著，兩人便步入大堂。姜菀見他們的衣著打扮不似常人，又見那女子對著大堂內吵鬧的食客略皺了皺眉，便喚思菱道：「帶那兩位客人去雅間坐。」

思菱應下了，那女子眉眼一鬆，淡笑著看了姜菀一眼，轉頭同那男子說了句什麼。

「小娘子，那兩位客人沒點菜，只說隨意，我們該準備什麼？」思菱為難道。

姜菀略一思忖，道：「今晚的新品各準備一份，再加一份『酥黃獨』吧。」

「酥黃獨」是姜菀從書裡學來的，其實就是煮芋頭。特別之處在於這道點心需要把煮熟的芋頭切片，刷上杏仁粉、香榧子粉，再煎成淡淡的白色。

剛剛那女子專注看著的畫，內容是兩位老友冬夜相對而坐，一同煮芋頭，深夜秉燭閒話，畫旁還題了一句詩「雪翻夜缽裁成玉，春化寒酥剪作金」。

那篇文章提到「酥黃獨」的作法，結尾便附上這麼一句詩，看似寫景，卻隱約透出冬夜品嚐微白的芋頭薄片時的讚美。至於牆上這幅畫，便是將這位名家的文字描繪出來。

姜菀見那女子似乎很喜歡那幅畫，便為他們準備了這道點心，也不知是否合他們的心意。

食肆雅間內，崔恆看著面前的菜品，同身旁的人道：「如何？這家食肆還合妳的口味嗎？」

崔恆的娘子祁氏看著那道冒著熱氣的酥黃獨，微笑道：「甚好。這位姜娘子不僅心細，還是個懂詩書的人，竟與我想到了一處去。她掛在店內的那幅畫我很喜歡，卻未曾聽過那繪者的大名。」

只見崔恆頷首道：「我也瞧見了她練書法的紙張，寫得一手好字，在市井之中確實難得。」

祁娘子壓低聲音道：「如你所說，沈將軍對她……」

崔恆咳了一聲，沒回答，原來是有人過來了。

姜菀端著那碟蘿蔔丁進來，笑道：「兩位請慢用。」

待她離開後，崔恆才道：「妳說泊言？他總是一副淡淡的樣子，表現得並不如我們所想的那般在意。」

祁娘子輕笑道：「那你何以言之鑿鑿說他對這食肆的小娘子別有心思？」

崔恆道：「我與他相識多年，自然知道他的性子。他寡言少語，就算真上心了，也不會多說什麼，但那心思總會從眼角與眉梢跑出來。」

他輕嘖了一聲道：「只可惜，這小娘子雖然是蕙質蘭心，出身卻低了些，否則與泊言還是頗為相配的。」

祁娘子道：「說起這件事，你就三句不離出身跟地位，當真無趣。泊言都不在意了，你想這麼多做什麼？他若是動了心，便會想辦法解決橫亙在兩人之間的阻礙。以他的本事，這並不算什麼難處，問題在於他是否願意這麼做。」

崔恆道：「泊言不是濫情之人，這一點我相信他。」

「那便等著看他會怎麼做了。」祁娘子說著，為崔恆挾了一筷子菜。「好了，少說幾句，快吃吧。」

第四十四章　無心插柳

姜記食肆內掛的畫，大多是從市場淘來的。

據那些店家說，他們所售賣的作品分為兩類，一類是能以假亂真的名家大作贗品，一類則是冷門的字畫，繪者大多不為人所知。姜菀認為擺假畫在店內實在不妥，便淘了些「小眾」字畫，好歹是真跡。

掛在店內最高處的一幅畫，與那女子中意的畫，都是姜菀幾日前才買來的，畫作的落款都是「漁舟居士」。據店家說，這兩幅畫是幾年前他從一位朋友手中買來的，是這位繪者為數不多的畫作之二。

除了那幅關於酥黃獨的畫，另一幅是純粹的山水風景畫，與這位漁舟居士的名字相呼應，格外純淨素雅。

畫中人是個頭戴蓑笠、身披蓑衣的漁翁，正獨自坐在水邊垂釣。水天一色，天地間唯他一人，有種說不出的孤寂。

姜菀正欣賞著那幅畫，忽然聽見身後推門的聲響，便開口道：「客人裡面請。」她一邊說，一邊轉過身來，卻在看到來人時愣了愣，笑容淡去。

「……徐教諭。」姜菀道。

徐望沒回她的話，目光轉向那幅畫，素來平靜的面龐顯出一絲驚訝。「姜娘子，這兩幅畫……妳是從何處得來的？」
姜菀遲疑道：「是我從字畫店中買來的，有何不妥嗎？」
徐望神色怔忡，好似陷入什麼久遠的回憶，過了許久，他才淡淡一笑道：「並無不妥，只是讓我想起了……一位故人。」
「徐教諭識得『漁舟居士』？」姜菀問道。
徐望頓了頓，搖頭道：「不曾聽過。此人似乎並不聞名於世，姜娘子為何會買下這兩幅畫？」
姜菀指著第一幅道：「這幅畫的內容正好是食物，又是冬日的景致，這個時候掛在店裡正合適。」
「那另一幅呢？」徐望緊接著問道：「這一幅似乎與食肆無關。」
「或許是因為我很喜歡這幅畫中的景致與意境吧。」姜菀道：「天地無窮無盡，水波粼粼，漁翁獨自一人垂釣，看起來很寂寥，但四周的景致卻用了些略濃的色彩，無形中沖淡了那種悵然的情感。」
「喜歡嗎？」徐望再度看向那幅畫，眼底浮起一些複雜的情緒，似是懷念，又像是傷感。他低聲道：「可這幅畫在創作時並不被人看好。」
「徐教諭說什麼？」姜菀沒聽清。
「姜娘子不覺得這幅畫有許多缺點嗎？」徐望輕輕嘆了一聲。
姜菀坦然道：「不瞞徐教諭，我對畫作並無多深刻的了解，自然不明白你所說的『缺點』為何。對我這般不通丹青技藝的尋常人來說，喜歡一幅畫，僅僅是因為在我眼裡，它夠有韻味跟情致。」

徐望說道：「姜娘子是否覺得此畫的色調太過死氣沈沈，絲毫不見繪者的情緒波動，有如潭水一般死寂？」

姜菀認真看著那幅畫，過了一會兒才輕搖頭道：「與其說死寂，不如說是……空寂。此畫確實色調清淡，但我並未覺得死氣沈沈。」

她指了指畫作角落裡細小的花花草草道：「雖說畫中的主人翁略顯寂寞，但其餘各處都是蓬勃的生命，因此我想整幅畫還是充滿生機且討喜的。」

徐望又怔怔出了一會兒神，才溫和道：「多謝姜娘子一席話。」

他拉回正題道：「姜娘子，這個時辰是否還有點心售賣？」

姜菀轉身去廚房確認了一下，回來後答覆道：「點心不多，還剩一些糖漬山楂，不過山楂性涼，不可多食。」

徐望道：「舍弟近日嘴饞，央我買些點心給他嚐嚐鮮，我正好從縣學回去，便順路替他帶一點回去。」

提起那個熊孩子，姜菀就被迫回想起不愉快的記憶。她沒什麼表情，只安靜地挾起數顆山楂裝進紙袋裡。圓滾滾的山楂去了核，裹著一層透明晶瑩的糖衣，顯得可愛極了。

等徐望離開了以後，姜菀便將剩下幾顆山楂用竹籤串好，沈默地吃了起來。

她邊吃邊看著那兩幅畫，總覺得剛剛徐望話裡有話。莫非……他與這繪者有什麼淵源？

打烊後，姜菀坐在臥房裡，這才打開手帕，端詳起了那少少的粉末。粉末呈深褐色，質地極為細膩。姜菀不敢湊近去聞，怕自己不小心吸進去，但即使隔了一定的距離，仍能聞見那辛辣苦澀的味道。

思來想去，姜菀打算將這東西交給沈澮，由他進行調查。然而之前沈澮說過他這段時日恐怕無暇來食肆，荀遐身為他的同僚，想必亦是如此。

姜菀總覺得自己像是藏了顆定時炸彈一樣，不由得在心底祈禱能快些把粉末交出去。

因此，兩日後的傍晚時分，秦姝嫻過來時，姜菀便問起了荀遐與沈澮的近況。

「妳說他們倆？」秦姝嫻嚥下口中的東西。「這些日子怕是都不得閒了。」

她來的時候，姜菀正好剛蒸出一鍋玉米麵窩窩頭。

姜菀在做的時候，先用沸水燙玉米麵，又在麵中加了少許糖，待溫度降下去後才揉成團，捏成寶塔形，用手指按出一個深陷的窩，這樣蒸出來更鬆軟。

一鍋金黃色的窩窩頭，散發著麵點獨有的香氣。

秦姝嫻實在是餓了，吃得很急。她吃完了兩個窩窩頭，忽然想起一件事，道：「姜娘子，縣學飯堂的付師傅要回來了。」

姜菀一愣。她險些忘了此事，道：「他回來以後，就不用送盒飯了？」

秦姝嫻遲疑地點頭道：「按理說是。畢竟付師傅待在縣學多年，不會輕易離開。」

她瞧著姜菀的神色，道：「這樣一來，我就吃不到姜娘子準備的午食了……」

姜菀神色如常，笑道：「妳休課的時候可以隨時來。」

雖然不用再送盒飯讓她心中有些遺憾，但也能坦然接受。畢竟這只是縣學午時的過渡期，不是常態。再者，這項業務只是錦上添花，自己還有食肆的事情要打理呢。

不過，既然即將與縣學結束合作關係，那是不是該尋找下一項外快了呢？

姜菀一面想，一面在秦姝嫻面前放了一碗雞肉粥。嫩滑的雞肉切成丁，跟米放在一處煮，滿滿的肉香味與米香味，吃起來很容易飽。

「剛剛說到哪了？」秦姝嫻用手帕揩了揩唇角。「說到荀大郎跟沈將軍是吧。」

姜菀看著她迷糊的樣子，忍不住笑道：「是。」

秦姝嫻道：「禁軍這段時間很忙，因為再過些時日，聖上即將大婚，宮內與宮外都會嚴加戒備，杜絕一切意外發生。」

「大婚？」姜菀有些意外。「聖上如今才大婚嗎？」

「自然不是。」秦姝嫻壓低聲音。「聖上已經二十好幾了，先前曾立過一位皇后，但先皇后娘娘沒幾年便病逝了，一直到現在才迎來第二位皇后。算算時間，該有五年了。」

姜菀感慨道：「聖上真是長情。」

秦姝嫻點頭道：「是啊，大家都說聖上對先皇后娘娘一片深情，以至於她仙逝多年也不肯立后。聽說這回是太后娘娘百般催促，說聖上這個年紀一無皇后，二無皇子，實在不妥。」

姜菀驚訝道：「聖上膝下沒有皇子？」

「正因如此，太后娘娘才會如此焦急，因為先帝這個年紀時已經有了五子六女。」秦姝嫻道：「聖上後宮不是沒有妃嬪，卻只有兩位生育過，且都是公主，江山後繼無人，太后娘娘怎能不急？」

她握住木勺，舀了一口粥吞下去，又道：「這次選定的皇后是太后娘娘極為滿意的，因此她吩咐此次大婚一定要大辦，雖是繼后，該有的儀制與典禮卻絕不能遜於當年。」

姜菀點點頭道：「原來如此。」

秦姝嫻喝完了一整碗粥，意猶未盡地放下木勺，道：「姜娘子有什麼事要見他們兩位嗎？」

姜菀猶豫了一下，搖頭道：「並不是什麼要緊的事，無妨。」

秦姝嫻不知想到了什麼，狡黠一笑。「我還以為妳想見沈將軍呢。」

姜菀被她說得臉一熱。「秦娘子說笑了，我……為何想見他？」

秦姝嫻眉眼彎彎，沒繼續說什麼，只起身道：「我吃飽了，該走了。」

姜菀送她到食肆門口，推開門，外面的冷風吹了進來，秦姝嫻不由得打了個哆嗦。

她正要離開，正好有兩人從外面進來，議論道──

「今晚可真是熱鬧啊！」

「誰能想到那位王娘子竟如此剽悍，直接帶人衝進青樓，把葛大郎抓個正著？」

「聽說她找過去的時候，葛大郎正醉生夢死呢！」

秦姝嫻瞪大眼睛，連忙抓住那人問道：「你們在說什麼？哪個王娘子？」

「自然是那位月底就要出嫁的王四娘了。」那人道：「妳不知道嗎？就在今晚，她領著人衝進青樓，當場抓住正在尋歡作樂的葛大郎。王娘子堅決要退親，說她絕不接受未婚夫君婚前便流連青樓。葛大郎惱羞成怒想毆打王娘子，反被她搧了一巴掌，葛大郎急怒攻心，似乎瘋了。」

「瘋了？」秦姝嫻以為自己聽錯了。「他怎麼個瘋法？」

「葛大郎光著半邊身子躺在青樓外又哭又笑，還時不時用頭去撞地，念叨著些旁人聽不清的話，可不是失心瘋了？葛家便說是王娘子逼瘋了自家兒子，要王家給個交代呢！」

聽到這裡，姜菀幾乎可以確定葛爍與李洪一樣，中了「斷腸散」的毒。

秦姝嫻急了，向姜菀道：「姜娘子，我過去看看四娘的情況，告辭。」

姜菀看著秦姝嫻匆匆地走遠，不由得替那位王娘子感到不值。

這件事第二日便傳遍了，坊內人人都知葛爍婚前狎妓被未婚妻當場抓到，之後更在眾人面前丟盡了顏面。

思菱與宋鳶也從旁人口中得知此事，思菱啐道：「無恥的負心漢！訂了親還這般荒淫無度，根本沒把他未過門的娘子放在心上！」

「也不知王娘子能不能擺脫這樁婚事。」姜菀微微蹙眉。「若是無法退親，那她婚後的日子注定不會太平。以葛爍的德行，這次若是再輕輕揭過，往後他只會變本加厲。」

幾人議論了片刻，各自嘆息著去忙碌。

廚房裡，姜菀先洗白菜，再把粉絲用熱水泡軟，就聽見思菱道：「小娘子，我一想到葛爍那日在我們食肆做的事，便覺得害怕。好在這些日子坊內太平了不少，我也時常看見坊丁巡視。」

姜菀有些走神，想到昨日那對夫婦臨走時，那郎君還問了自己一句。「這些日子，小娘子不曾再遇到鬧事作亂的人了吧？」

她不明所以，只點了點頭。

他頷首道：「如此便好。」

姜菀一頭霧水，不明白他這話是何意。

那郎君偕娘子轉身離開時，恰巧遇到了熟人，那人向他行禮，口中道：「崔府尹。」

……京兆府尹？

這些日子京城各坊正是接受京兆府的指示，增派人手日夜巡邏。她也曾覺得奇怪過，葛爍之事並不算太轟動，僅在坊內有小範圍的影響，且沒出人命，怎麼看都不至於驚動京兆府，可偏偏在此事以後，京兆府才下了這種命令。

姜菀見那位崔府尹同熟人點頭示意後，才同他娘子一道離開。

思菱不由得道：「小娘子，這位崔府尹如此和氣，還親自問候我們，挺讓我意外的，而且他的口吻，就像與我們頗為熟識一般。京兆府尹是個很高的官吧？我以為這樣的高官會不苟言笑的，沒想到他卻如此平易近人。」

「不過他是怎麼知道葛爍那件事的呢？」思菱不解。

姜菀想了想，道：「或許是縣衙向他稟報了？」

思菱忽然像是想起了什麼，開始在食肆櫃檯下的儲物櫃翻找東西。最後，她找出一本冊子，快速翻了幾頁後，笑道：「小娘子可還記得，中秋時他曾買過我們家的月餅呢。」

她指著冊子上的訊息說：「這個崔姓人家，應該便是他。我記得，他來取月餅的時候，人在馬車裡，只遣了僕從下來取。小娘子為他打包時，我還暗自想此人怎麼這般神秘，躲在馬車裡不露面，後來，我聽見旁邊幾位客人紛紛喚他『府尹大人』。」

姜菀揉了揉額角道：「中秋訂購月餅的客人甚多，妳居然還記得。」

思菱道：「如此說來，他還是我們的老主顧呢。」

姜菀笑了笑，沒再說話，只低頭繼續洗菜。

白菜粉絲煲清淡而鮮美，姜菀在其中加了些油豆腐、香菇，撒上些薑絲跟蔥花，再放一些切碎的紅辣椒調味。這樣煮出來的湯，鮮香中帶著細微的辣，還隱約嚐到大白菜菜葉特有的微微清甜味。油豆腐吸滿了湯汁變得蓬軟，每一口都能嚐到鹹香味。

另一邊，宋宣打散原本的粉紅色肉餡，在鍋中翻炒到顏色發白，再倒入醬油。

宋宣事先將茄子切成長條，加少許鹽醃製並擠乾水分，在油鍋中翻炒到茄條表面微微焦黃，便能撈出瀝油，最後再與炒香的肉末放在一處，很快就能出鍋了。

菜端上桌以後，食肆諸人便開始享用今日的午食了。姜菀用白菜粉絲煲的湯汁泡著米飯吃，更是回味無窮。

飯後，姜菀清算了一下近期的帳務。她伸手覆在帳簿上出了一會兒神，卻聽見食肆門外傳來腳步聲，接著，門被推開，有人走了進來。

由於這個時候點心尚未完全做好，只零星擺了幾樣出來，因此姜菀習慣性地開口道：「點心還在做，煩勞客人稍待片刻。」

她說罷，卻不見回應，不由得疑惑地抬起頭，結果對上了一張冷冰冰的臉。

那女郎面色平淡、喜怒難辨，只靜靜地看著她。

姜菀很快就認出來，這便是那位要與葛爍退親的王娘子。瞧她的神色，似乎頗為不悅，難道有什麼事情與自己有關，需要她親自上門來問話嗎？

她試探著道：「請問小娘子有什麼事嗎？」

王四娘開口道：「之前葛爍是不是曾在妳家食肆酒後發狂行凶，因此被關進衙門監牢幾日？」

姜菀點頭道：「是。」

王四娘道：「原來是妳。」

這些話的語氣極為平淡，姜菀心中有些打鼓，不知她的來意是什麼。

王四娘輕聲道：「我曾是他未過門的娘子，我姓王，名叫凝霜。」

曾？那就意味著現在已經不是了？姜菀看著王凝霜，等她繼續說下去。

王凝霜略微停頓了一下，說道：「前幾日的事情妳應當也有所耳聞，我今日來是想向妳道謝的。」

雖然嘴上說著要道謝，可王凝霜的表情卻絲毫沒放鬆。

「不知何謝之有？」姜菀不解其意。

王凝霜緩聲道：「我已經與葛爍正式退親了，從此再無瓜葛，我終於擺脫了這個人。」

她見姜菀面露不解，便道：「促成我與他解除婚約的關鍵因素，並不是他流連青樓的荒淫行徑，也不是他婚前狎妓這令人詬病的行為，而是他牽扯進一樁性質嚴重的異域案子裡，身為關鍵人物，其所作所為實在可疑，如今已經被衙門提審了。

「有了這樣的罪名，我阿爹終於鬆了口，對葛家施加壓力，迫使他們主動解除婚約，我也得以成為自由身。」說到這裡，王凝霜的面色終於如冰雪消融，有了些暖意。

姜菀暗暗想著，這位四娘子還是個冷美人，雖然高興，卻不曾像尋常人一般開懷大笑，而只是矜持地抿著唇。

「姜娘子，可否向我說說那日葛爍在食肆內是怎樣發狂的？」王凝霜道。

姜菀如實講述整個過程，連細節也說得很清楚，王凝霜聽完以後，冷笑道：「他有今日的下場，完全是咎由自取！」

「他那日在食肆裡的模樣，便是與此案有關？」姜菀見王凝霜點頭，又問了一句。「不知這案子具體是什麼情況？」

王凝霜秀眉輕蹙，說道：「我只知道，他所有的癲狂，都與一種名叫『斷腸散』的藥物有關。」

果然如此。

「此案已經為衙門所知了嗎？」姜菀心想他們的效率倒是挺高的，不聲不響便揪出了與此物有關的人。

第四十五章　公廚職缺

王凝霜道：「那日我手下的人大鬧青樓，激怒了他，使他當著眾人的面失去控制，這樣大的動靜，自然瞞不過衙門。」

她唇角微勾。「而且他第一回被抓進牢裡時接連幾日都沒能服用那藥物，才會那般瘋癲。在那之後，衙門就起了疑心，不僅令郎中把脈，還設法拿到他平日隨身攜帶的藥物。」

姜菀疑惑地問道：「既然衙門有所察覺，為何當時沒繼續拘禁他，而是放他出來胡作非為？」

「因為衙門對此事沒有十足的把握，又怕打草驚蛇，無法查出真相，便未公布郎中的診斷，也未繼續關押他。」王凝霜撥弄著腕上的鐲子。「我若早知此事，之前便不會貿然要求退親，應等到證據確鑿時，一鼓作氣才是。」

姜菀輕吁了口氣，真心實意道：「雖說歷經了一些波折，但我還是要恭喜王娘子得償所願。」

王凝霜淡淡笑了笑。「雖說此事不是出自妳之手，但妳也算無意間促成這一切。不知姜娘子當時受的傷可痊癒了？」

姜菀摸了摸自己的脖子，笑著說道：「不過是些輕微的痕跡，已經好了。」

王凝霜不易察覺地鬆了口氣，道：「我今日來便是同妳說此事，既然已經說清楚，便告辭了。」

她轉身正要走出去，又停住步伐道：「妳家食肆的糕點我很喜歡，待我改日得了空，還會再來買。」

姜菀見王凝霜面無表情，心想這可一點都不像喜歡的樣子。

王凝霜似乎知曉她心中所想，輕輕扯了扯唇角道：「姜娘子，我生來便是一副冷冰冰的面孔，即使心中欣喜，也不會明確地表現出來。但我從不會說違心的話，妳放心，我是真的很喜歡。」

沒想到自己的心思被她猜得一清二楚，姜菀微覺不好意思，道：「王娘子說笑了。」

恰好此時，宋宣從廚房探頭出來道：「師父，玉露團蒸好了，也印好了花樣，現下就端出去嗎？」

玉露團是京城很流行的一樣甜食，將豆粉烤乾，加上一些可食用的香料蒸入味，凝結成霜粉後再拌上糖蜜酥酪，按壓進模具裡印上花，顏色瑩白可愛，口味清甜中帶著幽香，很受歡迎。

姜菀看向王凝霜，果然見她眼底有所波動，本要邁出去的步伐停住了，她不由得抿嘴一笑。「王娘子要不要嚐嚐剛做好的點心？」

王凝霜矜持地輕輕咳了一聲，淡淡道：「也好。」

姜菀為她打包好玉露團，順便推銷了一下食肆的嘉賓箋。

王凝霜道：「我曾聽家中姊妹說起這『嘉賓箋』，只是一直不曾了解過。」

她打量著那張紙片，道：「果然有些意思，那便辦一張吧。」
事畢，王凝霜提著那包糕點，頭也不回地離開了。
姜菀看著她的背影笑了笑，真是個很有個性又可愛的小娘子啊！
她心想，既然調查斷腸散一事已經初見端倪，那麼自己應當盡快交出從李洪那邊得來的粉末，好知道那是不是斷腸散。
姜菀不放心將東西交給別人，決定等沈澹有閒暇時再拿給他。
這日開門營業後，姜菀清掃著店內，等思菱跟宋鳶外出採買回來。
如今姜記食肆在坊內也算是聲名鵲起，不少人會特地來買點心。晚間的客流量就更大了，人多的時候，姜菀甚至覺得食肆空間不夠用。
自家食肆也算是時來運轉了？姜菀邊想邊打掃，卻聽見一陣急促的腳步聲，思菱率先走進來說道：「小娘子，葛家與王家退親的事情已經傳開了。」
姜菀並不驚訝。「這是遲早的。」
思菱說道：「還有一件事。由於這兩家的婚事告吹，婚宴自然辦不了了。」
宋鳶跟在她身後進來。「坊內的俞家酒樓原本指望靠這一場宴席翻身，好恢復過去的盛況，看來是不能了。」
葛、王兩家分支茂盛、人口眾多，又都是富庶之家，一旦兩家結為百年之好，必然要宴請族中所有親戚，若能承辦這場婚宴，定會有豐厚的盈利，可惜婚事作罷，俞家的心願也就此落空。

思菱哼笑道：「要我說，這些都是他們俞家從前沒能積德，才會落得今日這般田地。」

當初俞家酒樓挖走陳讓也就算了，還四處散布流言，說姜家苛待學徒，對陳讓不聞不問、處處冷落，他們不忍看陳讓懷才不遇，才主動聘請他。

那時姜家自顧不暇，沒精力澄清謠言，只能眼睜睜看著自家小二接二連三離開。

姜菀淡聲道：「凡事有因就有果，我相信每個人做的事都會在往後得到某種回應。」

「小娘子的話有理。」思菱笑咪咪道。

禁軍司內，沈澹正在燈下翻閱公文，幾乎忘記了時辰。

荀遐進來時，手中捧了一碗雞蛋羹跟一碟烤饅頭片，輕輕擱在沈澹手邊，道：「將軍，您一整日沒吃東西了，末將讓公廚做了些吃食，您嚐嚐吧。」

沈澹又看了片刻，才將公文推到一旁，沈默地吃了起來。

「幾日之後便是帝后大婚，待此事了結，我們就能喘口氣了。」荀遐嘆道。

他見沈澹眉眼低垂，猛然想起姜菀的囑咐，便道：「將軍，今日末將出宮辦事，回程時路過姜記食肆，姜娘子讓末將給將軍帶一句話。」

此話一出，荀遐果然看見沈澹的神情有了些波動，更加相信自己的猜測。

沈澹嚥下了食物，淡聲問道：「什麼話？」

荀遐稍加思索，便道：「姜娘子說，她有一樣重要的……禮物要送給將軍，請將軍得了空就去見她一面。」
沈瀊握著木勺的手一頓，眉眼一抬道：「姜娘子真的這麼說？」
荀遐遲疑了一下，訕笑道：「差不多吧。」
沈瀊深知荀遐喜歡誇大事實的習慣，沒什麼特別的反應，只說：「知道了。」
荀遐見狀，便道：「將軍，姜娘子真的是這樣同末將說的，她還說是一件非常重要的東西，一定要親自交給將軍您。」
他突發奇想。「難道她知道將軍的生辰快到了，準備了賀禮？」
沈瀊對他異於常人的思維感到無奈。「你想哪裡去了？姜娘子怎會知曉此事。」
荀遐一拍腦袋，道：「是末將疏忽了。既然不是禮，她會給將軍什麼重要的東西呢？」
沈瀊略一思忖後，道：「她說這話時的神情如何？」
荀遐撓了撓頭道：「好像……很嚴肅。」
沈瀊沒說話，心中卻已有數。姜菀行事素來穩妥，既然百般叮囑荀遐一定要轉告自己，就說明她一定拿到與那事密切相關的證據或線索，才會這麼迫切地想交給自己。
沈瀊點頭道：「待聖上立后一事塵埃落定，我便會出宮去見她。若你這幾日得了空，可以轉告她一聲，讓她莫要著急。」
荀遐道：「末將明白。」
他等沈瀊用完飯食，才道：「將軍這幾日辛勞，不如早點歇息。」
沈瀊輕捏眉心，搖頭道：「無妨。儀典當日駐守各宮門與宮道的禁軍名單都已核對過了吧？」

荀遐道：「已核對了多遍，將軍安心。」

沈澹想起一事，道：「這幾日你無暇去松竹學堂吧？」

荀遐在沈澹對面坐下，給兩人各斟了杯熱茶，道：「是，上一次去還是數日前了。末將已與蘇娘子說過，她調整過了這些時日的學堂課程。」

他覷著沈澹的神色，小聲道：「將軍，末將與蘇娘子說明此事時，她雲淡風輕的，並無半分多餘的情緒。」

沈澹淡淡道：「她便是這樣的性子，並不會被這些事牽絆。」

荀遐小心地掩上房門，這才返身回來，同沈澹道：「末將原本以為她心思細膩，難免會有些悵然，畢竟她與聖上有多年情分，不是一朝一夕能割捨的。」

他見沈澹默不作聲，忍不住道：「將軍，先前您替聖上前去傳話時，蘇娘子也毫無反應嗎？」

沈澹回憶起那日，不知怎的，率先跳入腦海的不是蘇頤寧的話，而是姜菀目睹一切時那驚訝的神情。

思及此，他暗自揚了揚唇，這才回答荀遐的問題。「那日我轉達了聖上的話，她並無半分訝異，只是重申自己往後的打算，堅決地回絕了聖上。」

荀遐嘀咕道：「若是她當年不出宮，興許……」

「人各有志。」沈澹說道：「蘇娘子雖與聖上相識多年，但這種情分並不足以讓她捨棄一切、徹底委身於宮廷，不得自由。」

其實，聖上雖然託他去問蘇頤寧，但心底早已知曉她的答案，只是不得到準信，總有些不甘心。

沈澹身為旁觀者，明白這兩人各有各的無奈之處，囿於種種因素，注定無法結為眷侶，如今這樣，已經是最好的結局了。

他說道：「聖上的事，還是莫要隨意揣測了。」

荀遐點頭稱是，兩人各自去歇息。

與縣學飯堂當初簽下的盒飯契約後日便要到期，姜菀便趁這日午間送飯時去了趟縣學，打算當面與徐望說說此事，同時確認一下付師傅是不是回來了。

縣學的人得知她的來意，道：「教諭還在處理公事，小娘子隨我過去之後，可能還要等一等。」

他領著姜菀去徐望辦公的地方，守在門外的人有些面熟，姜菀記得那次被帶進縣學問話時，此人便短暫地看守過自己，似乎姓薛。

果然，領路的人對他欠身道：「薛郎君，這位是姜記食肆的店主，今日過來，是想與教諭確認飯堂之事。」

薛致自然認得姜菀，記得她險些被冤枉，也記得她能勞動沈將軍大駕，親自登門為她澄清。他點了點頭道：「隨我進去吧。」

姜菀跟在薛致身後一路往裡面走，最後停在一間書房外。

薛致入內通報，片刻後便返身出來，說道：「姜娘子請進吧。」說著替她打起了簾子。

徐望正立在窗下，不知在端詳著什麼，聽到姜菀走進來的動靜，才緩緩轉過身，向她頷首道：「姜娘子。」

姜菀從袖中取出昔日與縣學簽下的書契遞過去。「徐教諭，我今日來是為了此事。如無意外，姜記與貴學堂的契約後日到期，不知往後徐教諭如何打算？」

徐望示意她坐下，這才道：「不瞞姜娘子，負責午食的付師傅已經回來了，只是舟車勞頓，我許他歇息幾日。」

姜菀點頭道：「既如此，那麼往後縣學便不需要食肆日日送午食了吧。」

徐望道：「是。這些日子有勞姜娘子費心了，縣學諸人對貴食肆每日送來的盒飯都讚不絕口。」

姜菀微微一笑。「多謝肯定。」

了卻此事後，姜菀便表示要告辭。

徐望送她到門邊，卻在她準備離開時開口。「姜娘子。」

姜菀轉過頭，看向他道：「徐教諭還有何事？」

徐望溫聲說道：「縣衙的公廚缺了個位置，近日應當會張貼告示，姜娘子若是有意，可以一試。」

他說的縣衙，自然是永安坊隸屬的青雲縣。青雲縣的衙門位於永安坊隔壁的啟平坊，距離永安坊很近。

姜菀若有所思道：「公廚？那裡的人需要日日留守衙門吧。食肆平常生意繁忙，怕是抽不出空閒。」

徐望道：「公廚空出的位置，是負責製作各種點心的。縣衙平日的餐飯都有專人負責，點心的需求相對而言較少，但也不能沒有。」

姜菀聽他解釋，漸漸明白了過來。

縣衙飯堂分工明確，做點心的原本是一位經驗豐富的老師傅，然而前些日子這位老師傅染了病，加上年事已高，竟沒能撐過去。因此如今縣衙的一日三餐依然如故，只是少了點心。

由於縣衙的公務繁忙，眾人早已習慣正餐之餘有點心，驟然沒了這項福利，自然不習慣。縣衙便本著招賢納士、擇優選取的原則，打算對外張貼告示，統一招募。

姜菀說道：「既然是點心，那麼便不似餐飯那樣需要及時供應。」

徐望點頭道：「是。縣衙供應點心有固定時辰，一般是一日兩次，如此一來便不用日日駐守。聽聞姜娘子天天為長樂坊的松竹學堂送點心，想來已有了經驗，或許縣衙也會採取此種方式。」

姜菀微微點頭，向徐望道：「多謝徐教諭告知，待我回去慎重思考一番後，再作決定。」

「姜娘子慢走。」徐望道。

姜菀返回食肆，將此事告知眾人，宋宣問道：「師父是如何想的？」

「縣衙上下人數應當不少，若我們參與此次競爭，甚至中選了，往後只會更加勞累，不過……也有好處。宣哥兒，你怎麼想？」

宋宣猶豫了一下道：「師父，我不怕累。」

姜菀心中也是這麼想的。按徐望所說，縣衙一日供應兩次點心，即使不能採用配送的方式，也不需要像準備正餐那樣耗費太多精力。若是能配送，那麼便更加好辦了。

她打定主意後，便留心縣衙何時張貼告示。

由於縣衙不在永安坊內，姜菀少不得要日日多走一些路，從縣衙門口經過。正因如此，姜菀才知道原來吳小八所在的暖安院，便位於啟平坊最南側的一條巷子裡。

暖安院平均分布在雲安城內，雖不是每個坊都有，但幾乎是相鄰的兩坊中必定會有一個。雖說啟平坊跟永安坊住了許多達官顯貴，可也不乏貧窮之人，而暖安院與縣衙開設在一處，縣衙也能起到一定的監管作用。

這日，姜菀從啟平坊回到食肆，正好是午食時分。她提著一些從外頭買回來的麵餅，笑咪咪地說道：「今日中午我們吃餅捲菜吧。」

麵餅極薄，擀得圓圓的，用小火煎熟，表面帶著微黃的色澤，很是柔軟。姜菀打算把先前自製的醬料拿出來塗抹在餅皮上，再捲上現炒的菜，便可成為一頓美味的午食。即使不捲菜只吃餅，也有屬於麵食的香味。

她去廚房削了幾顆馬鈴薯，切成絲洗乾淨，加上辣椒絲在鍋中翻炒，再放少量的醋，就做成了一道酸辣馬鈴薯絲，剩下的青椒則跟雞蛋一起做成辣椒炒雞蛋。

有了兩道配菜，姜菀想了想，將今日才送來的新鮮豬肉取出來，挑出肥瘦相間的豬腿肉放入鍋中，再加上蔥、薑，待豬肉煮軟，再略微浸泡片刻後撈出，瀝乾水分切成薄片，整整齊齊擺在盤子裡。

她再把蒜搗碎成泥，加入鹽、麻油跟醬油，再放上少許辣椒醬，最後均勻地澆在肉片上。

蒜泥白肉的肉片必須切得厚薄適中，這樣淋了蒜泥醬料以後才能入味，咀嚼起來蒜香味與鹹香相間，不會太過油膩。

她做好這幾道菜，宋宣也煲好了的湯——是最清淡的白蘿蔔湯。

幾人把菜與湯端上桌，一手攤開麵餅，一手拿筷子挾適量的菜鋪在餅上捲起來，一口下去是幾種菜混合在一處的酸、辣、鹹味，再吃幾口蒜泥白肉，喝一口熱呼呼的湯，滋味美極了。

用完午食，姜菀與宋宣開始準備點心跟晚食的材料，周堯便去了趟長樂坊，把姜荔接了回來。

「阿姊，最近我都不曾見過荀夫子呢。」姜荔坐在院子，一邊吃點心，一邊看著正在擇菜的姜菀。

姜菀道：「荀夫子是不是在忙公事？」

聞言，姜荔道：「我聽他向蘇夫子說，這些時日宮中有事，因此不得空。」

是為了立后之事……姜菀心中有數，道：「等過完這些日子就好了。這些時日沒有武學課，是否有些懷念？」

姜荔猛點頭道：「雖然說蘇夫子生怕我們悶壞了，會留時間給我們鬆鬆筋骨、活動拳腳，但沒有荀夫子教導，我總覺得自己有些動作做得不到位。好在，有子昀時不時幫我看著，還會提醒我一些細節。」

「陸子昀？」姜菀憶起了那個小郎君。

「對。」姜荔道：「我聽荀夫子說，子昀的底子很不錯，還說等子昀長大後，一定要去參與禁軍選拔，才算不辜負這副身子骨。」

「那有他當妳的同伴，練起武來應當事半功倍吧。」姜菀道。

姜荔雙手托腮道：「那是自然。不過其他小娘子也一樣，她們在荀夫子跟我的雙重鼓動下，對武學也逐漸感興趣起來，我不是獨自一人了。」

看著興致勃勃的妹妹，姜菀不由得微微一笑。

她忽然想起秦姝嫻先前的一句玩笑話。「食肆有位常來光顧的阿姊對武學很感興趣，她聽說妳亦是如此，曾說過想見見妳。」

第四十六章　師徒再遇

姊妹倆正在說笑，宋鳶就從大堂探出頭來道：「小娘子，有位秦娘子來訪，說是有話對您說。」

「阿荔，我說的就是這位阿姊。」姜菀領著妹妹去了大堂，果然看見秦姝嫺正在翻看今日的點心單子。

「秦娘子。」姜菀上前向她打招呼，見秦姝嫺好奇的目光落在她身後的姜荔上，便道：「這是我那對武學很感興趣的小妹。」

秦姝嫺恍然大悟道：「是妳啊！我先前聽妳阿姊提過。」

姜荔羞澀地點了點頭，喚了聲。「秦阿姊。」

秦姝嫺打量著她道：「原本我想與姜娘子的小妹切磋一番，但小娘子年歲尚幼，我還是不以大欺小了吧。」

姜菀笑道：「切磋不敢稱，但秦娘子若是得閒，可以與阿荔交流一番。」

「一言為定。」秦姝嫺伸出手與姜荔輕輕擊了擊掌。

說完此事，秦姝嫺才想起自己的來意，道：「姜娘子，之前妳不是拜託荀大郎向沈將軍傳話嗎？昨晚荀大郎夤夜回府，匆匆留下口信，命荀府的人白日送給我，便又趕回皇宮。

「他說，沈將軍最遲後日便會到食肆見妳。姜娘子，還請稍待。」秦姝嫺一字一句複述了一遍口信。

姜菀點點頭道：「知道了，多謝秦娘子代為傳達。」

「小事一樁。」秦姝嫻手一揮，還是沒忍住心底的好奇。「姜娘子，妳有什麼禮物要送給沈將軍嗎？」

這是何等的誤會啊，姜菀連忙解釋。「不是禮物，只是一件……一件重要的東西。」

秦姝嫻見她神色平淡，不像要送人禮物的樣子，只好道：「看來是我多想了。我曾聽荀大郎說起，沈將軍的生辰就在近期，還以為妳想送他禮物呢。」

姜菀愣了愣，說道：「沈將軍快過生辰了？」

秦姝嫻微微皺眉。「我記得他的生辰似乎是個很特殊的日子……」

她凝神思索了一會兒，說道：「荀大郎說過，沈將軍的生辰是大年初一。」

大年初一，是個辭舊迎新、萬象更新的好日子。

姜菀回過神，對上秦姝嫻的目光，道：「我並不知此事。」

秦姝嫻笑了笑。「沈將軍話少，不會主動提起此事。好了，不說這個了，姜娘子，我晚食便在妳這裡用吧。」

「秦娘子請便。」姜菀將食單遞給她。

秦姝嫻迅速吃完點心跟晚食後便匆匆忙忙地走了，臨行時還苦著臉道：「我明日便要回縣學，今晚還得溫書。」

姜菀啞然失笑，心想古往今來的學子開學前大概都是這個狀態吧。

她收拾好秦姝嫻用餐的碗筷，又去了趟食肆門外，將小攤車上兩樣售空了的點心重新補上。

忙完這些，姜菀活動了一下肩膀，一轉眼卻看見了熟悉的人。「小八？」

吳小八側身對著她，不知在盯著什麼看，被姜菀喚了兩遍才回神。他露出笑容，上前說道：「阿姊，我今日在啟平坊看見一個很像妳的人，是妳嗎？」

姜菀點頭道：「是我。我路過暖安院時還想著怎麼沒見到你。」

小八憨憨一笑。「可惜當時離得遠，我沒追上阿姊。阿姊怎的忽然去啟平坊了？」

姜菀猶豫了一下，道：「有些事情，便去那邊走了一趟。」

「小八，你方才在看什麼，那麼專注？」姜菀問。

小八聞言，警戒地看了看四周，才靠近姜菀小聲道：「阿姊，我剛剛看到一個人在食肆外徘徊，探頭探腦了半晌才離開。」

「什麼模樣？」姜菀蹙眉道。

「個子不算高，皮膚很黑，眼睛狹小又瞇成縫。」小八努力描述。

姜菀想起思菱見過的那個可疑人士，不由得疑竇暗生，會是同一個人嗎？

「阿姊？妳沒事吧？」小八見她神色凝重，不禁道：「那是壞人嗎？」

姜菀摸摸他的頭，道：「阿姊也不知道，但還是要謝謝小八告訴我這件事。」

她又問了小八幾句話，得知暖安院平日並不束縛人，他若是得了空便能出門逛逛，只是不能太晚回去。

姜菀順手打包了些點心遞給小八，道：「阿姊不知你喜歡吃什麼，就都裝了些，帶回去慢慢吃吧。」

她又問：「急著走嗎？要不要進來吃過晚食再回去？」

小八下意識拒絕。「不用麻煩阿姊了，我——」

「不麻煩，外面冷，跟我進來吧。」姜菀牽著小八進店，又讓宋宣按照孩子的飯量煮了碗雞湯麵，再端兩樣小菜上來。

她把筷子跟勺子遞過去，小八呆呆地接過，聞著那濃郁的雞湯香味，吹了吹，用筷子挑起幾根麵條吃了起來。片刻後，他忽然眼眶一紅。

「這是怎麼了？」姜菀以為他被雞湯燙得舌頭痛，柔聲道：「不著急，慢慢吃。」

小八用力搖頭道：「我沒事，只是……想起了阿娘還在時，也是喜歡煮麵給我吃。」

他眨著濕潤的眼睛，小聲說道：「阿姊，謝謝妳。妳是除了我阿爹跟阿娘之外，對我最好的人了。」

姜菀輕嘆一聲，說道：「不用道謝。」

小八沈默地將麵與菜吃得乾乾淨淨，起身道：「阿姊，我……今日付不起這飯錢，但妳等等我，我一定會想辦法——」

「小八，」姜菀輕柔地打斷他。「無妨，快要到新歲了，就當是阿姊送你的一點禮物，好不好？」

她見小八皺著眉，便道：「小八，若你真的想付錢，不如替阿姊再剪幾張小像？阿姊很喜歡你的手藝。」

小八雙眸一亮，忙點點頭道：「好。」

他抹了抹嘴，依依不捨地告別姜菀離開。

送走小八，姜菀不禁開始思索起他說的那個人到底是誰。

姜菀再度經過青雲縣衙時，終於看見了那張告示。

告示上寫著，縣衙急招擅做點心之廚，意者可以先登記資料，縣衙近日會用適當的方法擇定最終人選。

這張告示吸引了不少人，等人少了一些，姜菀才上前寫下自己的資料。

登記完之後，走出一段距離，姜菀就聽見身後傳來一陣腳步聲。她回頭一看，竟又遇見了小八。

「小——」

姜菀剛要喊他，便見小八靠了過來，朝自己低聲道：「阿姊，他就是那日我看到的人。」

順著小八指的方向，姜菀看見一個正在仔細察看告示的人。此人雖面生，但看他的衣裳與行為舉止，應當是個做飲食生意的同行。

姜菀微蹙眉，莫非是哪個想生事端的同行冤家？

她見那人也在登記處寫下自己的資料，隨即匆忙離開。

姜菀看了半晌，沒能想出個頭緒，只好作罷。她又與小八說了幾句話，這才回了永安坊。

這日晚間，沈澹終於出現了。幾日未見，他似乎清瘦了一些，眉宇間是顯而易見的疲態。

姜菀迎上前去道：「沈將軍來了，快坐吧。」

沈澹進入雅間坐下，無聲地嘆了口氣。

「沈將軍這些日子很辛苦吧。」姜菀道。

沈澹輕輕牽了牽唇道：「還好。只是到底誤了與小娘子的約定，實在愧疚。」

姜菀面上微熱，道：「沈將軍公務繁忙，也是理所應當的。」

她沈默了一會兒，這才開口說道：「沈將軍，我有一樣東西要交給您。」

姜菀取出包裹著那粉末的手帕，又將那日李洪之事簡單說了一遍。

沈澹觀察起那粉末，說道：「若如妳所言，那麼這李洪應當也服用了『斷腸散』。」

姜菀道：「那一日的衝突過後，李洪已被坊丁帶走，如今不知在何處。」

她又問道：「沈將軍是否聽聞了前幾日發生在坊內的一樁事？也是與『斷腸散』有關的。」

沈澹頷首道：「葛大郎正是服用了此物，才會當眾出醜，因此王家才能順利退親。」

姜菀問：「那葛爍現在怎麼樣了？」

他捏了捏眉心。「據我所知，他仍被關押，若是此事不查清，他恐怕不得自由。根據京兆府那邊的消息，『斷腸散』的來歷與流通尚存許多謎團，不是一朝一夕能查清楚的。」

沈澹將那粉末收好，說道：「我會設法把此物轉交給相關人等，由他們查清是不是『斷腸散』，小娘子請安心。」

交出這個燙手山芋之後，姜菀徹底地鬆了口氣。她看著沈澹沈默的側臉，想說些什麼，卻一時語塞。

好在這個時候，思菱送上了沈澹點的飯菜。見他吃了起來，姜菀便藉機走了出去。

這個時候，客人幾乎已經坐滿食肆，櫃檯處有不少坐在那裡等候的客人。姜菀等一桌客人結了帳離開，便立刻招呼下一位客人。

那位客人緩步上前，慈祥一笑道：「小娘子，我又來叨擾了。」

姜菀定睛一看，正是那位長者。她笑道：「您來了，快請進吧。」

長者所坐的地方恰好對著角落牆壁處那片空白，他抬眸，饒有興致道：「小娘子打算如何佈置那裡？」

姜菀順著他的目光看過去，笑道：「我打算將那處留給滿腹才華的文人墨客，若他們不嫌棄，可以在此揮灑筆墨，留下字畫。」

「說起來，小娘子的字練得如何了？我記得先前曾看過妳的字跡。」長者和藹一笑。

姜菀赧然道：「我悶頭苦練，卻不知成效如何，若老先生願意，不知可否看一看我近日練的字？」

長者欣然點頭道：「自然可以。」

姜菀將一疊紙張拿來遞給他，長者一張張看過去，沈默不語。

她心中忐忑，卻見長者已經看完了最後一張，淡淡笑道：「小娘子確實下了一番苦工，只是依然存在一些問題。不知小娘子是如何練習的？」

姜菀輕聲說道：「便是照著顧老夫子的字帖練的。」

長者眉梢輕動道：「看得出小娘子努力學習顧元直的字，只是難免失了些妳自己的味道。小娘子不妨適時丟開字帖，憑著自己的內心落筆，或許能有不一樣的收穫。」

他又指著幾個字為姜菀詳細說明，一字一句簡潔明瞭，卻直擊要害。

姜菀不由得佩服起他來，心想這老先生原來是個極懂書法的高手，果真深藏不露。

聽了他一席話，姜菀由衷道：「多謝老先生指點。」

長者呵呵一笑道：「小娘子很有天分跟悟性，好好練習，定能有所得。」

接著，他恍若不經意地說道：「小娘子日日練習顧元直的字帖，可曾見過他本人？」

姜菀不好意思地笑了笑。「不瞞老先生。我確實很想向顧老夫子討教，只是過去礙於身分低微，沒有機會。聽聞顧老夫子過些時日會在其他學堂講學，我很想前去一聽。」

長者微微笑了，道：「求知上進之心最難得，與身分無關，小娘子不必妄自菲薄。在我看來，凡是求學之人，均不分高低，什麼士農工商，並沒有什麼難以跨越的鴻溝。」

他又道：「據我所知，顧元直應當會在五日後去長樂坊的松竹學堂講學。」

姜菀心想，這長者水準如此之高，說不定與顧元直相識也未可知。她欠身道：「多謝老先生告知，我一定會去的。」

長者沒再說話，只笑咪咪地飲了口茶。

姜菀正要拿著他的單子去後廚，卻聽見身後有人前來，接著是沈澹的聲音。「姜娘子，我——」

未說完的語句，卡在了喉嚨裡。

姜菀回過頭，就見沈澹目光劇烈波動，神色驟然變得黯淡。

許久後，她聽見他輕聲道：「老師。」

隔天，姜菀聽秦姝嫻帶來顧元直講學的消息，她也按時來到松竹學堂。

按照顧元直的安排，他今日會先單獨為學堂的學子授課，隨後才開放給外人旁聽。姜菀心知顧元直的名聲必然會吸引來不少人，然而抵達學堂外時，她還是被等候的人群嚇呆了。

由於學堂平日嚴禁他人隨意出入，蘇頤寧為了保持秩序與學子的人身安全，將對外講學的地方設在學堂最北端的一處開闊樓閣裡，並命令僕從嚴格把守每個角落，防止有不軌之人混進學堂，同時限制參與人數，每個人都要實名登記。

姜菀事先便與蘇頤寧提過，蘇頤寧欣然同意為她留下一個名額。她在門前登記了名字，便跟隨眾人從學堂的角門進入，一路來到講學的地方。

眾人在僕從安排下於閣樓上就座，等待顧元直到來。

姜菀隨意觀察了一下四周，發覺不少模樣文雅的青年人，懷中都抱著書冊與包裹，一臉求知若渴。

她記得開春以後便會迎來春闈，想來這些歷經了秋闈的士子，肯定會抓住一切機會勤學。

春闈一向由禮部負責，不過有時天子會親自任命一些德高望重的文人大儒參與評定。顧元直雖遠離朝堂多年，但聲名不減，也有不少人猜測他會不會評定來年參與會試的考生。即便顧元直不參加評定，能聽上他一次講學，也是獲益匪淺。

四周吵嚷不已，姜菀聽見不少人在議論史書典籍中的內容，放眼望去，青年郎君居多，像自己這樣的年輕小娘子可說是寥寥無幾，畢竟科舉考試只有男子參加的分。

既然在場的女子為少數，難免有些人用好奇與探究的目光看著姜菀，猜測這個小娘子到底是來湊熱鬧，還是真的懂學問。

姜菀鎮定自若、目不斜視，手中緊緊抱著買來的那些書籍。

沒多久，顧元直來了。他面容嚴肅、精神矍鑠，一現身，吵鬧聲便平息了下去。

姜菀看著那熟悉的面容，還是有些難以想像他就是顧元直。

這個幾次光臨食肆、看起來平易近人的老先生，竟會是沈澹那不敢提起的恩師。

想起沈澹跟他老師之間的恩怨，姜菀暗自嘆息，將思緒轉移到顧元直講學的內容上。

顧元直針對兩個方面講解，一是作文章的要領，二是書法的精髓。姜菀並不精通文章，只聽了個似懂非懂、一知半解，她對於書法更感興趣，聽得格外認真。

他看起來雖然嚴肅，可一旦開始講學，就恢復成那個姜菀熟悉的和藹老先生，他的言語簡潔俐落，沒有一句贅述，字字精準。姜菀眼尾餘光看見身旁那些青年士子全凝神傾聽，時不時在紙上記錄，顯然是大有收穫。

顧元直說完內容，為眾人留下了提問時間。他在回答一個人的提問時，似是有所感觸，說道：「昔年我曾有一學生，才思敏捷、見解獨到，常作精妙之文，只可惜他並沒有……」

他輕輕嘆息一聲，沒再說下去。姜菀聽見此話，總覺得像是在說沈澹。

想起五日前，她聽見沈澹那聲艱澀卻又小心翼翼的「老師」時，還未反應過來。下一刻，她就見那位方才還滿臉笑意的長者忽然換了一副面孔，眉眼沈了沈，語氣難辨喜怒。

「原來你還記得我是你的老師，」顧元直淡淡道：「泊言。」

兩人的對話讓姜菀愣怔了許久，終於明白了過來。

——原來此人便是他的老師，如今縣學的夫子，顧元直！

難怪他對書法的要領那般嫻熟，關心自己對於那本字帖的使用感想，更對自己的練習成果給出準確又專業的評價，甚至還熟知顧元直講學的具體時間與地點……原來，當朝大儒顧元直早已出現在自己身邊。

姜菀屏住呼吸，悄悄去看沈澹的反應，卻見他的神情是從未見過的忐忑與恭謹。

沈澹緩緩開口道：「自從老師回京，弟子還從未登門拜見您，是弟子的錯。」

顧元直起身掃了他一眼，道：「聽聞你戰功赫赫，年紀輕輕便已極得聖上的賞識與器重，看來，你當初的選擇是正確的。」

沈澹嘴唇輕顫，卻不知該說些什麼。

顧元直負手緩緩走了出去，經過沈澹身邊時，他飽含傷感的眸光緩緩掠過自己的愛徒，神情依然冷肅，卻未再開口，只默然離開。

直到顧元直走遠，沈澹依然站在原地，雙手緊握成拳。

姜菀走向他，輕聲道：「沈將軍，您……沒事吧？」

兩人距離極近，她能聽見他略顯急促的呼吸聲。

過了一會兒，沈澹才慢慢搖了搖頭，道：「無事。姜娘子這些日子常見到我老師嗎？」

姜菀將顧元直來過食肆幾次的事簡單說了一遍，沈澹怔了怔，道：「原來如此，我生生錯過了多次見到老師的機會。」

「沈將軍為何不直接去見他？」她柔聲問道。

沈澹低聲道：「我心中有愧，又有近鄉情怯之感，以至於遲遲未去拜見老師。」

第四十七章　雀屏中選

姜菀深知沈澹對過去仍有解不開的心結，才會不敢面對顧元直。她想了想，道：「我雖僅與顧老夫子有幾面之緣，但他應當不是不講道理的人，若是你們之間有什麼誤會，何不解釋清楚？」

沈澹淡淡笑了笑。「老師心地仁善，也極愛才。姜娘子為人有誠信，又有一顆體恤弱者的心，加上在書法方面也很有天分，老師自然欣賞妳。」

姜菀被他誇得雙頰泛紅，一時說不出話來。

「正因為老師心繫百姓，我卻做出與他意願相悖的事，」沈澹垂眸。「所以我才不敢面對他的目光。有心結的，或許只有我而已。」

他說此話時，眼底情緒浮動，姜菀只覺得自己的心彷彿被狠狠敲了一記。「沈將軍……」

沈澹輕嘆一聲，向姜菀道：「不打擾姜娘子了，告辭。」

姜菀看著他走出食肆，走入茫茫夜色中，只覺得那背影顯得格外寂寥。

他所說的心結到底是什麼？當年他又因何棄文從武？

耳邊熱切的討論聲讓姜菀回過神，她意識到顧元直的講學已經結束了，有不少人正圍著顧元直，向他提出疑問。

待人群散去後，姜菀才拿著字帖朝顧元直走了過去。

「姜小娘子，」顧元直和藹一笑。「我就知道妳一定會來的。」

自從知道了那位老先生便是顧元直，姜菀面對他時便不自覺地緊張起來，她將那本練字的字帖翻到其中一頁，向顧元直請教有關書法的問題。

顧元直解釋完畢後，看她的目光又多了幾分讚賞。「小娘子於書法上的悟性與見解確實難得，我有幾位學生亦是如此，若有機會，我真想讓你們見一見。」

姜菀忙道：「您謬讚了，我承擔不起。」

「且不說旁人，便是妳知曉的沈澹，他年少時也寫得一手好字，不過多年過去，只怕他早已荒廢了。」顧元直斂了笑容，說道。

看來沈澹確實是顧元直心目中數一數二的弟子，否則也不會時常掛在嘴邊念叨。姜菀看著他的神色，總覺得顧元直是個嘴硬心軟的人，他提及沈澹時，雖然語氣冷淡，但眼底還是有掩不住的驕傲與讚許。

她笑了笑，道：「多謝顧老夫子，改日若是有機會，我一定會向沈將軍好好請教。」

姜菀回到食肆，正巧見宋宣正在院子清理剛剛宰殺的雞，她暫時拋開顧元直跟沈澹的事，將注意力放到今日要上的新品——蔥醋雞。

宋宣負責為雞褪毛、去除內臟，姜菀則準備製作這道菜所需的醃製材料與醬汁。她將蔥搗爛，用紗布裹起來擠出蔥汁，再加少許醋跟醬油、麻油、辣椒，調成蔥醋汁。

醃製雞肉的材料是用蔥、蒜加上少許酒跟鹽、醬油製作的，務必將雞肉醃製入味才能下鍋油炸。要下兩遍油鍋，才能讓雞肉的外皮變得金黃酥脆，肉質鮮嫩可口。

雞肉出鍋後切成塊，澆上醬汁，再撒些蔥花，便能食用。雞肉外酥裡嫩，酸辣味與蔥香味交織，既好吃，又有營養價值。這是本朝常見的一道菜，冬日吃起來別有一番風味。

午後姜菀在做點心時，思菱問道：「小娘子，縣衙招工選拔何時開始？」

姜菀搖了搖頭。「不知道。那張告示上只是說擇期，並未給出準話，也沒說選拔的方式。」

思菱沈默半晌後，道：「若是中選了，小娘子打算每日抽空去縣衙做點心嗎？還是縣衙允許我們把點心送過去？」

姜菀道：「我也不清楚，但若只是做點心，應當花費不了太多精力與時間。」

思菱低聲嘀咕道：「也不知這一回俞家酒樓會不會同我們競爭。」

說起俞家酒樓，姜菀神情一凜，問道：「這幾日，我們食肆外是否有什麼形跡可疑的人流連徘徊？」

思菱道：「不曾見到。小娘子難道聽說了什麼事？」

姜菀把小八的話完完整整地告訴思菱，她聽罷，皺眉道：「怎麼又是這種事？我們安安分分經營，為何總有來歷不明的人在附近遊蕩？」

「但願是我多心了。」姜菀嘆道。

兩人正說著話，卻見遠處走來幾個青年郎君，看起來年歲都不大。幾人似乎在尋找什麼，看見姜記的招牌後，隨即走了過來，為首者問道：「今日有什麼點心售賣？」

姜菀指了指一旁的木牌道：「客人請看。今日主推的點心是芝麻餅、梅花糕，飲子則是核桃仁粥。」

「每樣各來幾份吧。」當中一人道。

姜菀與思菱動作俐落地打包好點心，連同盛了核桃仁粥的竹筒一起遞了過去。

那幾人也不客氣，當場品嚐起來。嚐完了以後，他們並未多說什麼，很快便離開了。

這幾位來也匆匆、去也匆匆的客人並未引起姜菀注意，她很快便將此事拋在腦後。直到幾日後，她收到縣衙的通知，告訴她姜記食肆被選中了，往後將正式負責製作縣衙每日的點心。

姜菀完全不曉得縣衙究竟是怎麼評選的，怎麼自己稀里糊塗便被選上了？直到她前往縣衙後，看到那似曾相識的幾人，這才明白過來。

原來那日默不作聲前來買點心的，正是縣衙的幾位官員，他們微服走訪各個食肆跟點心坊，透過逐一品嚐的方式，選出最合他們胃口的一家。

「最終選中小娘子，也有妳家食肆的口碑與旁人力薦的緣故。」縣衙一人如是說道。

姜菀讀出了他的弦外之音，想必俞家酒樓的那場風波並未完全消弭，不可避免地在眾人心目中留下不太好的印象。她暗嘆一聲，心想經過此事，又要與俞家槓上了。

然而事已至此，她只能把握好這個機會。姜菀確認了一下，得知縣衙管制森嚴，她若是負責製作點心，必須在衙門內的廚房製作，不能採取配送的法子。

姜菀對此早有心理準備，畢竟縣衙不比學堂，規矩跟要求都更多。好在做點心不算費時，她即便日日奔波，也不會太過辛苦。

回到食肆後，姜菀特別交代宋宣，若是自己因做點心趕不及回來，晚食須由他操持。

不僅如此，其他三人也要多多留心，最重要的便是要看好院子與大堂的門，不要讓客人碰上蛋黃，以免發生意外。

這一日晚間，顧元直風塵僕僕地來到食肆，看起來彷彿是剛從外地奔波回來的。他依舊坐在平日常坐的位置，抬頭便能看見牆上那幅繪著南齊山桃花美景的畫。

姜菀按照他的要求上了一碗熱騰騰的湯麵跟兩樣小菜，顧元直握著筷子說道：「小娘子可知，我前些日子去了一趟南齊山山腳下，雖未登山，但也近觀了山上風景。」

姜菀還記得他曾說過的遺憾，聞言笑道：「這個時節雖沒有桃花盛開，但您也算是了卻了心願。」

顧元直點點頭，道：「我此次先去平章縣見老友，順道去了南齊山。」

他幽幽嘆道：「盛景雖在，人卻難見。我曾與一位朋友約定好一道去爬南齊山，然而終究是失約了。」

姜菀試探問道：「老先生是想起了舊友嗎？」

「那年我暫住平章縣，在那期間結識了一個人。」顧元直的神情滿是懷念。

「您曾寫過〈哀平章〉，文章中提到，您多年前曾在那裡停留過一段時日，莫非便是那時？」姜菀問道。

顧元直頷首道：「小娘子說得沒錯。那篇文章記敘的是我二十歲那年經歷的事情，那時我途經平章縣，卻遇到了洪災與時疫，不得已暫住於縣內，因此才結識了一位情深義重的朋友，可惜當初一別後，我與他不曾再見面。」

他說到此處，看向姜菀道：「小娘子似乎對平章縣很在意，莫非有什麼舊識在那裡？但看妳的年歲，那時還尚未出生。」

姜菀想起過世的阿娘，心中有些抑鬱。「不瞞您說，我雖不曾親歷，卻聽家中親人說起過與平章縣有關的舊事。」

顧元直道：「莫非小娘子祖上曾在平章縣生活？願聞其詳。」

姜菀沈默了片刻，不知該如何開口。這段往事涉及家中隱私，她有些猶豫不決。

見她為難，顧元直溫和道：「既然涉及小娘子家事，那我就不多問了。我也只是隨口一提，小娘子不必在意。」

說罷，他便止住話頭，低頭吃起碗裡的麵。

姜菀見顧元直不再追問，便去招呼其他客人，等她忙完，就發覺顧元直已經離開了。望著牆上那幅畫，姜菀幽幽嘆息。不知她何時才能完成阿娘的心願？

第二日，姜菀再度前往縣衙，向公廚管事了解縣衙的人數與各自的喜好、忌口之物，為日後的任務做好準備。

之所以選擇接下縣衙這門活計，除了想多賺點錢，姜菀還另有一番計較。食肆若想長久做下去，如今的店面跟規模不夠，只要攢夠資金，便能擴展生意，要麼另選一處大的店面，要麼在現有的基礎上開設分店，就像俞家酒樓那樣。若想採用這種經營模式，宣揚名聲很重要。

接下縣衙的工作，便是個合適的方式。一，縣衙內的官吏眾多、人脈廣，只要能因此樹立良好的口碑，日後的路就不難走；二，有了官府的認可，姜記的招牌便猶如有了護身符。所以，為了往後的順遂，姜菀寧願目前辛苦一些。

青雲縣有縣令一人、縣丞兩人、主簿兩人，此外還有錄事、佐、史各兩人，剩下大大小小的官吏，總共有百十餘人。這麼龐大的地方，自然不可能只有幾個廚子。

姜菀事先打聽過，知道此次招的是主廚。主廚負責擬定每日的點心食單，與副廚商議好用料，再將任務分配下去，數人共同製作每日的點心。

負責接待她的公廚管事姓曹，是個胖胖的中年人，看起來很和氣。曹管事領著姜菀去了廚房，向她介紹那裡的基本格局跟器具，也向她引薦了負責點心的幾位副廚。

幾位副廚年紀各不相同，但最大的不過二十七、八歲。曹管事為他們介紹姜菀時，幾人大都笑呵呵地寒暄，只有一人面色不悅。

「這位是李師傅。」曹管事指著那人道。

此人名叫李翟，他看見姜菀後便滿臉輕視，似乎不相信她這麼個柔弱的小娘子能成為縣衙的主廚。因此，當曹管事介紹姜菀時，他乾脆將頭轉到一邊，來了個視而不見。

曹管事並未多說什麼，只笑咪咪道：「小娘子，我另有一句話要囑咐妳。雖說縣衙暫且選了妳當主廚，但妳有五日的考察期，若是這五日內有超過半數的人不滿意妳的點心，那麼我們只能另選他人了。」

關於這點，姜菀表示理解。

講完正事後，曹管事便跟姜菀閒聊了幾句，說都是姜記食肆的事。

曹管事起了頭，另外幾名副廚也跟她搭上了話——

「經營食肆是不是很累？」

「姜娘子，那個『轉盤抽獎』是不是妳最先想出來的？」

姜菀一一回答問題，很快便與眾人熟悉了起來，唯獨李翟沒加入他們的討論，而是面無表情地站在一旁。

她看了李翟一眼，正想說什麼，一位名叫蘭語的女副廚就拉了拉她的袖子小聲道：「姜娘子不必在意，李師傅一向如此，對誰都是這個樣子。」

姜菀笑了笑。「好。」

看過廚房一圈後，姜菀心中有數，向曹管事道：「可否讓我看一看從前的點心食單？」

曹管事很爽快地取了一本厚厚的冊子，說道：「小娘子儘管看就是。」

姜菀翻開點心冊子，看了看近期的單子，發覺縣衙的點心供應很有規律，每日一道甜口、一道鹹口，外加一份飲子，根據季節不同而有冷、熱之分。

曹管事見她看得認真，又道：「林縣令不喜甜食，因此每日需要單獨為他準備兩份鹹口點心；孟主簿最喜甜食，每日需要為他準備兩樣甜口點心。」

姜菀一一記在心裡，點頭說道：「我明白了，多謝曹管事。」

「小娘子若沒別的事，我就不打擾你們準備點心了。」

說完，曹管事便離開了公廚。

他一走，眾人顯然更自在一些。姜菀同他們說了些話，也更了解平日怎麼準備點心了。

大夥兒閒聊了幾句，姜菀才知道幾位副廚幾乎都是專心在縣衙做事，只有兩人跟她一樣是兼職。

「姜娘子，妳來了縣衙，那家中食肆的生意如何照應？」蘭語問道。

姜菀笑著說：「店中人手不少，還是顧得過來的。好在點心不比午食跟晚食，每日只需要空出一定的時間便能完成，等做完這邊的事，我就能回食肆了。」

蘭語不禁說道：「妳每日還要來回折騰，著實辛苦。」

姜菀彎唇笑了笑。「習慣了，就不覺得辛苦了。」

一旁的李翟哼了一聲道：「果真有幾分本事，經營食肆之餘還能攬下縣衙的差事。」

姜菀恍若未聞，輕輕欠身向其他人說道：「我初來乍到，不如各位經驗豐富，做起事來難免有所疏漏。我對這份差事十分重視，往後將與諸位共同負責製作點心，還希望大家多多指教，若是我有什麼差錯，請大家不必顧忌太多，直截了當指出便是。」

眾人紛紛微笑，有人道：「姜娘子客氣了，大家互相幫助是應該的。」

李翟忽地冷笑道：「想讓我乖乖聽妳的指揮？癡人說夢！」

說完，他哼了一聲，轉身便走。

姜菀沒想到他反應這麼激烈，抿了抿唇沒說話。

蘭語唯恐她尷尬，忙道：「姜娘子，時辰不早了，要不我們開始吧？」

「好。」姜菀感念蘭語解圍，對她一笑。「昨日我初步擬定了今後的食單，已經給曹管事過目了，各位若是沒有異議，我們便開始分工吧。」

她定下的點心是鮮肉鍋盔、紫薯米糕跟桂圓蓮子湯，但今日聽聞縣令與主簿有額外的要求，便又添了芋泥麻糬丸子跟油炸年糕。好在縣衙廚房東西齊全，這幾樣點心都做得出來。

李翟公然罷工，姜菀也沒去找他，只與其他幾人一起忙碌了起來。

和麵、洗菜、切肉、煮湯，姜菀與眾人有條不紊地進行，但餡料比例的調配與火候的掌握，幾乎都是她親力親為，幾位副廚多半是從旁協助。

幾人見她年紀雖然輕，手藝卻十分純熟，也未藉著主廚的身分避開一些雜活，心中暗暗對她點頭。

各樣點心出爐後，姜菀讓眾人依次品嚐一番，確保沒有問題，才會一一送到縣衙各人手上。

剛出鍋的鮮肉鍋盔香氣撲鼻，咬一口就直掉渣，餡料除了肉還有梅干菜，吃起來焦脆鮮香；紫薯米糕則口感細膩，色、香、味俱全，既好看又好吃。芋泥麻糬丸子清甜，芋泥清爽、麻糬有嚼勁，吃起來毫不膩味。

幾人品嚐過後，都覺得很不錯。

姜菀笑道：「多虧各位一同把關，否則還真做不出這樣恰到好處的滋味。」

等他們送完點心回到廚房，卻見李翟去而復返，正皺眉打量著剩下的幾份點心。

他聽到腳步聲，抬頭看了過來，對上姜菀的目光，輕嗤了一聲，不冷不熱地說：「妳的廚藝也不過如此。」

說完，李翟不再看她，抬步離開。

姜菀一時沒說話，一旁的蘭語則低聲道：「不就是因為沒能選上主廚嗎？整日擺出這副樣子給誰看呢。」

她向姜菀道：「姜娘子不必理他，李翟此人素來脾氣古怪、自視甚高。先前主廚之位空缺，他不甘心只做副廚，一心想拿下這個位置，卻沒能通過管事這一關，因此一直憤憤不平，才會對妳這般態度。」

姜菀眉眼微微一動。「先前縣衙內部曾有過選拔？」

蘭語道：「正是，只是我們幾人在縣衙待了多年，所做的點心口味甚少有變化，想來縣衙各位郎君已經吃膩了。碰巧新來了一位縣令，他便吩咐公廚管事自縣衙外重新挑選主廚，換一換口味。」

她繼續說道：「李翟對此頗為不服氣，堅持要爭取，但曹管事嚐過他的點心卻依舊不甚滿意，便沒應允他的請求。」

姜菀沒多說什麼，只淡淡笑道：「原來如此。」

雖未追問，然而李翟眼底的敵意跟不滿太過濃烈，讓姜菀覺得自己是不是曾得罪過他，否則他為何對自己有這般怨恨？

她暗嘆一聲，等候縣衙眾人用過點心後的反應。

第四十八章　心有不服

曹管事採納了姜菀的建議，使用類似現代的問卷調查來收集縣衙眾人對今日點心的意見。問卷格式也是姜菀設計的，每張紙上寫明問題與選項，由各人自行填寫或勾選。

等到天微微擦黑時，曹管事終於統計出了縣衙百十餘人的意見。他展開寫有結果的紙張，對姜菀道：「姜娘子，今日共有一百一十五位郎君品嚐了點心，其中一百位對點心很滿意，十位是基本滿意，另外五位覺得平平無奇、無功無過。」

「姜娘子，首日的考察妳順利通過了。」曹管事收起單子道。

姜菀鬆了口氣，道：「多謝曹管事。」

曹管事又叮囑了她幾句話，便道：「姜娘子，妳可以回去了。明日記得按時來縣衙。」

姜菀踏著滿地暮色走出了縣衙的門，由於公廚跟飯堂都在衙門西北角，因此她是從縣衙的一側小門離開的。

她剛走出去幾步，身後忽然響起一聲冷笑，在這昏暗的光線下讓人不寒而慄。

姜菀轉頭看清來人後，揚眉道：「李師傅，有什麼事嗎？」

李翟走近她，說道：「別以為妳真能在縣衙站穩腳跟，今日只是頭一回呢，咱們走著瞧！」

他打量著姜菀，怒道：「妳究竟有什麼本事，能不費吹灰之力拿下主廚的位置？若是公平競爭輸給妳，我心服口服，可偏偏妳是用那種手段才勝的！」

姜菀蹙眉，語氣冷了幾分。「此話何意？」

「裝什麼傻？」李翟哼了一聲。「妳以為憑妳那點手藝就能從一眾廚子中勝出？若不是——」

話音未落，路旁的樹葉忽然沙沙作響，緊接著一個人從幾棵樹中間鑽了出來，腳步踉蹌，嗓音猶如破鑼一般。「翟兒……」

那人的身形隱在黑暗中，且頭戴兜帽，整張臉都被遮住了。

李翟一驚，連忙看了過去。「誰?!」

「我的好姪兒，你不認得我了？」那人笑了笑，聲調透著一股陰狠。

姜菀覺得這口吻似曾相識，可是她卻對這聲音毫無印象。她無意摻和別人的家事，不再多說，轉身離開。

待她走遠，李翟才道：「你……你來做什麼？」

那人道：「如今我妻離子散，無家可歸，只能來投奔你了。翟兒，你不會讓阿叔流落街頭吧？」

「您——您做出那種事，還敢這麼說！我身在縣衙，如何能與您有所接觸！若是您連累我，我便保不住差事了！」李翟又急又氣。

「那又如何？」那人提高嗓音，露出一口黃牙道：「證物都已被我清掉，他們也只能乖乖把我放了。翟兒，你雖不是我親姪兒，但到底沾親帶故，你可不能不念情分啊，否則我少不得要同人說說當年的事了。」

李翟眼底掠過憤恨，卻只能忍氣吞聲道：「是，阿叔。」

「這才是我的好姪兒。」那人滿意一笑，又道：「方才那小娘子為何會來縣衙？」

李翟不耐煩地說道：「她是永安坊姜記食肆的店主，也是我們公廚新來的主廚，負責製作點心。」

「姜記……」那人慢慢咀嚼著這兩個字，眼底浮起陰冷。「又是她啊。」

姜菀回到食肆時，恰好趕上第一波來用晚食的客人進入店裡。她被風吹得有些頭疼，抬手揉了揉太陽穴。

「小娘子回來了！」守在櫃檯後的思菱連忙問道：「今日在縣衙還順利嗎？」

一回到熟悉的環境，姜菀頓時覺得疲憊至極。她伸手扶住櫃檯道：「還好，沒出什麼岔子。」

思菱見她臉色不太好，擔憂道：「小娘子，您怎麼了？」

姜菀只覺得外頭的寒意深入骨髓，勉強搖頭道：「我沒事。思菱，我去換身衣裳就過來，宣哥兒那邊還行嗎？」

她不等思菱回答便去了廚房，宋家姊弟正忙碌著。這會兒客人還不算多，宋宣應付得來，看來往後自己差不多這個時候回到食肆，就不會誤了正事。

姜菀換過衣裳，又喝了幾盞熱茶，才緩了過來。

客人漸漸多了起來，姜菀便讓宋鳶去招呼，自己進了廚房。

爐灶上的鍋子正冒著熱氣，煮著三鮮蕈菇湯。

三鮮蕈菇湯最重要的便是鮮味，不需要加太多重口的調味料，發揮菇類本身的味道，再適當加一些蔥花跟蒜末即可。

姜菀擔心蕈菇湯太素了，便在擬定配料時加了些蝦仁進去添點葷腥，待出鍋時再撒上一把枸杞。

廚房的櫥櫃裡放著幾個飽滿的燒賣，姜菀打算當成眾人明日的早食，但是數量還沒做夠。她趁這會兒客人略少了一些，抓緊時間把剩下的餡料包進麵皮，再捏成燒賣。

燒賣餡是糯米加上木耳末跟肉末，先將麵皮壓出花邊，再把一團餡料包進薄薄的皮中，將麵皮捏出褶皺，留出豁口。上鍋蒸熟後，餡料透過瑩白的麵皮淺淺透出一層顏色出來，香而不膩。

將剩下的餡料都包好，姜菀捶了捶腰，睏倦地打了個哈欠，從廚房裡走出去。

這會兒店內只有寥寥幾人，姜菀一眼便看見一個郎君坐在角落的案桌處，正安靜喝著湯。

那郎君看起來約莫二十來歲，眉眼俊秀，表情有些疲憊。他喝完湯，小心翼翼地將餐具挪到一邊，這才從袖袋中取出一卷書，翻到其中一頁看了看。

看完了書，他也沒急著走，而是轉頭看著身後的牆發起了呆，神色中有幾分躍躍欲試。

年輕郎君看著的那面牆，正是先前姜菀打算用來給客人作詩作畫用的。

自從姜菀把食肆角落的牆面掛上白紙，邊上擺了筆墨後，她便一直期盼有哪位才華橫溢的文人願意揮墨，卻遲遲未等到。

這位郎君伸手想去取毛筆，卻又猶豫了一下，目光在店內梭巡。

姜菀見狀，走了過去，笑道：「郎君有什麼需要嗎？」

郎君見店家來問，便道：「這兒的白紙跟筆墨能隨意使用吧？」

姜菀點頭道：「是。」

郎君如釋重負，很快便提筆蘸了墨汁，略一猶豫，便洋洋灑灑在白紙上寫下了一首詩。

姜菀大概看出他的詩句是在懷念在家鄉時優游自在的時光，末尾則隱晦地表達了對未知前路的忐忑與思索。

郎君寫罷，擱下筆端詳了一番，似乎有些不滿意。片刻過後，他轉身過去，對著姜菀一笑。「一時有感而發，便借店內的紙筆一用。」

姜菀彎唇看著那郎君，說出自己的猜想。「那麼便祝郎君來年高中吧。」

只見那郎君微微睜大了眼睛說：「您怎會知道？」

姜菀知道自己猜對了，淺淺一笑道：「我觀郎君桌旁有行囊，風塵僕僕，似乎是疲於趕路；再看郎君的詩句，字裡行間皆是懷念故土之情，顯然不是京城人士。況且，郎君隨身攜帶書卷，極為珍重愛惜，詩中又流露出對未來的迷茫，我便斗膽猜測郎君是要參加來年春闈的士子，正在為考試準備。」

她話音剛落，身旁忽然傳來一聲輕笑。姜菀回頭看去，是徐望。

他顯然在一旁聽了許久，輕輕拍了拍手掌，面露讚許道：「姜娘子說得沒錯。」

那郎君不識得徐望，卻對姜菀很佩服。「小娘子說得對，我此次跋山涉水進京，正是為了趕考。家鄉離京城有些遠，我唯恐誤了正事，便早早出發，正好雲安城這邊有一門遠房親戚願意留我暫住。」

「郎君如此刻苦，來年定能如願。」姜菀道。

郎君道了聲謝，道：「小娘子如此聰慧，不知對在下的拙作有何見解？」

姜菀連忙擺手道：「郎君高看我了，我並不甚通文理，怕是看不出這作品的意蘊。」

一旁的徐望上前幾步，細細看了他寫下的詩句，微一挑眉道：「郎君的詩寫得頗有味道，只是字句雕琢上還需下些工夫。」

說著，他指出了其中幾句的煉字問題。

那郎君聽得頻頻點頭，如獲至寶。「多謝高人指點，解開了我這幾日的難題。」

他低頭思考了片刻，又向徐望提出其他問題，徐望面帶笑意慢慢解釋，十分有耐心。

那郎君連連稱是，順手從牆邊案桌上拿起一張紙，提筆記下要點，再將寫滿字的那一片紙撕成長條，捲起後塞進袖中，對徐望拱手道：「多謝郎君。若來日我僥倖高中，定會親自來向兩位道謝。」

姜菀笑道：「若是郎君高中，那麼今日之作便是本店的鎮店之寶了，我也能藉著郎君的東風讓食肆生意更加興旺。」

那郎君靦覥一笑道：「借小娘子吉言了。」

他付了錢，便提著沈甸甸的行囊離開了食肆。

徐望欣賞著那首詩，說道：「這些字句確實很有味道。」

姜菀不太懂詩詞，聞言沒多說什麼，只客氣道：「徐教諭想吃些什麼？請坐吧。」

徐望只買了一些點心，想來是給他那位表弟帶的。他正要離開時，忽然折返回來，問道：「姜娘子是否已去縣衙做事了？」

姜菀點頭。

「一切都還適應嗎？」他問道。

「有勞徐教諭掛念，還好。」姜菀微笑。

「那就好。想來以姜娘子的本領，可以在縣衙好好做下去。」

姜菀淺笑道：「得多謝徐教諭告知我此事。」

徐望溫和一笑。「舉手之勞罷了，毋須道謝。」

他似乎還想說些什麼，卻沒有繼續，而是向她頷首示意了一下便離去。

姜菀看著他的背影，不自覺地想起今日李翟那飽含怒意的控訴。

第二日，姜菀按時去了縣衙。

李翟依舊不配合，姜菀說明了今日的點心單子後，他置若罔聞，打算拂袖而去。

「李師傅，馬上就要準備點心了，你要去哪？」姜菀問道。

李翟並未搭理她，腳步不停。

「李師傅，」姜菀道：「事到如今，我只想問李師傅是對我哪裡不滿意？若是你覺得這點心單子有問題，大可直說。」

李翟猛然轉頭。「豈敢。是我有眼不識泰山，低估了妳的本事。」

姜菀皺眉道：「我不懂你的意思。我來縣衙不過兩日，此前我們素不相識，李師傅何出此言？」

他連連冷笑道：「妳是怎麼進了縣衙，自己心裡清楚。」

蘭語在一旁聽著，忍不住道：「姜娘子自然是通過了選拔才進來的啊。」

李翟說道：「姜娘子，我閉口不提，是想給妳留幾分情面，這樣對妳我都好。若真讓我當眾說出妳那些故事來，只怕會讓妳不好看。」

他這番話讓姜菀越發疑惑，可她尚未想出頭緒，李翟就已經走了。

眾人面面相覷，還是蘭語打圓場道：「姜娘子不必在意，興許他只是隨口一說，我們還是先準備點心吧。」

姜菀有心想問個明白，但時辰已到，她不得不暫時按捺住情緒，與其他幾人合力完成今日的點心。

她今日也與昨日一樣通過了考核，曹管事笑著對姜菀說：「姜娘子，接下來三日若是妳能繼續保持這個水準，便能正式接手主廚一職了。」

「多謝曹管事。」姜菀道。

待曹管事離開後，姜菀沒急著走，而是去了公廚後院，敲開李翟所在屋舍的門。

「妳要做什麼？」李翟見是她，頓時沈了臉色。

「今日李師傅的話實在令我不明白，左右我問心無愧，你不必打啞謎了，直說無妨。」姜菀聲音微沈。

李翟沒想到她這般直接，笑道：「好，妳是打定主意想讓我昭告天下是嗎？」

他咬牙道：「我不知妳到底有什麼本事，竟能勞動縣學教諭大駕，為妳親自向縣衙進言，說姜記食肆的店主手藝絕佳、人品持重，是最合適擔任主廚的人選。」

縣學教諭？徐望？

姜菀愣住了，下意識反問道：「什麼？」

「事到如今妳還裝模作樣？」李翟嗤笑道：「縣學教諭與林縣令、孟主簿均有交情，他只需要隨口一提，這點小事輕輕鬆鬆就能解決。姜娘子，不知妳是靠什麼本事讓那位徐教諭為妳說話？」

他逼近一步道：「我既然敢說，自然也不怕妳知曉。妳若是心中有鬼，大可知會一聲，讓衙門直接把我逐出去便是，我不敢有異議。」

李翟的話，姜菀有八分不信。她跟徐望並沒有什麼深厚的交情，也不信他會為了這點微不足道的事向縣衙的官員交涉。

她說道：「不管你信不信，此事我確實不知。」

兩人正僵持著，卻聽見曹管事的聲音。「姜娘子，妳怎麼還沒走？」

「既然你堅信我是透過別的方式進入縣衙，那麼不妨問一問曹管事。」姜菀看著李翟，淡聲道。

說著，她往外走了幾步，讓院子裡的李翟能聽見她說話的聲音。「曹管事，您來得正好，我有件事想當面問一問您。」

曹管事道：「妳且說來聽聽。」

姜菀語氣自然。「我記得當初縣衙招工時，有不少人都遞了資料，想得到這門差事。說來慚愧，我覺得自己的手藝還有很大的進步空間，不知曹管事當初為何會選擇我呢？」

她帶著笑意，恍若閒聊一般。

曹管事道：「一則是姜記食肆在縣內有一定的名聲，衙門不少郎君都曾在妳家買過點心或用過飯食；二則是幾位年輕的郎君暗中走訪了幾家名氣較大的食肆跟酒樓，一一品嚐過所有點心，最終是妳的點心最受歡迎，權衡各項條件後選擇了妳。」

姜菀點點頭，又道：「林知縣與孟主簿不在衙門，不知他們是否滿意今日的點心，我擔心自己的手藝不合他們的胃口。」

曹管事笑著說道：「兩位素來不重口腹之欲，此前也不曾聽過妳的名字，但昨日都對妳的點心很滿意。」

姜菀心頭一鬆，笑道：「如此一來我便放心了，多謝曹管事。」

待曹管事離開後，她折返回去，向李翟道：「如此你總該相信了吧？」

李翟仍然狐疑道：「誰知曹管事說的是不是真話？」

姜菀反問道：「那麼你又是從何處得知縣學教諭參與了此事呢？」

李翟張了張口道：「我當然是……親耳聽到的。」

「從哪裡聽的？」姜菀靠近他。「若真如你所說，這該是椿隱秘之事，又怎會輕易被你聽去？」

李翟被問得答不出來，不由得惱羞成怒。「妳——」

姜菀點到即止，淡淡道：「李師傅，來日方長，你且看著吧。」

說完，她轉身離開了。

李翟盯著她的背影，狠狠攥了攥拳頭。

姜菀回到食肆時，比平日稍微晚了一些。她匆忙淨了手，便鑽進廚房開始準備飯菜。

沈澹過來時，姜菀剛好端著托盤自廚房出來給一位客人上菜。他便在一旁的案桌旁坐下，目光靜靜追隨著姜菀。

不知看了多久，姜菀終於騰出空閒，來到他面前問道：「沈將軍今日想吃些什麼？」

沈澹略一思忖後，說道：「今日不太餓，只要一碗湯、一小份松仁香菇及一碗米飯便可。」

他要的菜與湯正好剛剛出鍋，很快便端了上來。

等到沈澹慢條斯理吃完，店裡也沒什麼人了。

姜菀從廚房走出來，抬手揉了揉眉心。她見沈澹有些發怔，只道他在想事情，便未出聲打擾，只沈默著收拾起一旁的碗筷。
片刻後，姜菀見沈澹放下筷子，神情有些陰暗，便走過去問道：「沈將軍，怎麼了？」
沈澹輕嘆一聲，問道：「姜娘子，這些日子老師還來過食肆嗎？」
姜菀搖了搖頭說：「這幾日不曾見到顧老夫子來。」
沈澹的眉間猶如籠罩上一層薄霧，嘆道：「那日後，我正式去拜見了老師。」
姜菀一怔，道：「顧老夫子……說什麼了嗎？」
沈澹低眸道：「老師不曾多說什麼，只是問起我這些年的經歷跟往後的打算，亦關心了我的身體。」
「多年的師徒情分無法抹殺，顧老夫子心中還是掛念著沈將軍的。」姜菀寬慰道：「沈將軍不必著急，即便真的有什麼心結，也會解開的。」
沈澹輕聲道：「可我總覺得與老師之間再回不到當年了。我不知該如何對他解釋那些……過往，也不知他是否對我失望透頂了。」
「怎麼會？」姜菀柔聲道：「我去聽顧老夫子講學時，他曾說昔日有一得意弟子才思敏捷、見解獨到，常能作一些精妙文章。」
沈澹一怔。

第四十九章　危機四伏

「顧老夫子說此話時的神情，與那日見到沈將軍時一模一樣，於是我便猜測他提到的得意弟子正是您。」姜菀道。

沈澹似乎陷入某種久遠的回憶，喃喃道：「我年少時，確實曾跟著老師學習過作文之道與文章的架構技巧。」

「老師說起此事時，末尾是不是有『可惜』兩字？」沈澹忽然問道。

姜菀沒料到他猜得這麼準，一時來不及遮掩，只好點了點頭。

沈澹苦笑道：「果然。」

「沈將軍，當年究竟是什麼情況？」姜菀輕聲問道：「不知沈將軍可願告知？就當是宣洩情緒，總好過悶在心底。」

沈澹捧住尚有些溫熱的茶盞，微一沈吟，道：「此中緣故，我原本從不向旁人解釋。」

姜菀微微有些尷尬，正想說是自己冒犯了的時候，卻見他的目光轉了過來，眼底漾著滾燙的情緒——

「但若是小娘子願意一聽，那我便一一道來，畢竟……妳並非外人。」

他語氣低沈、聲音溫柔。

不知為何，姜菀被後面那句話惹得臉上一熱，心中泛起莫名的波瀾。

沈澹的視線落在前方，他微一凝神，緩緩開口道：「我自從開蒙便拜在老師門下，隨他學習經史典籍、詩詞文賦。當時的我對這一切很癡迷，老師對我也寄予厚望。他說我是他諸位弟子中最有悟性的一個，將來定然能金榜題名。

「老師十分醉心文章與學問，他一向潛心研學，編纂了不少書籍，也提出不少關於朝堂與國事的主張。他最希望的，便是我能繼承他的衣缽。」

姜菀點頭，默不作聲。

沈澹道：「老師常懷仁愛之心，最痛恨戰爭與殺戮。他年少時，遇到大景與另一國劍拔弩張，眼看便要掀起戰爭。老師祖上曾經歷戰爭的顛沛流離之苦，他推己及人，不忍看百姓受難，便毅然出使，憑藉三寸不爛之舌，成功化解困境。」

原來顧元直還有這樣一段過去……姜菀感慨道：「在那種情形下，顧老夫子能臨危不懼，實在令人敬佩。」

沈澹說：「因此老師堅信戰爭並非唯一的解決途徑，而是最不值得推崇的粗野法子。」說到此處，他的表情有細微的悵惘。「我曾將老師的主張奉為圭臬。從前我的心願便是成為像他一樣的謀士，能運用自己的權謀智慧與言語在朝堂上做出一番事業。

「然而，最終我卻與老師的想法背道而馳。他平生最厭惡戰爭，我卻一而再、再而三地投身其中；他最恨屠戮生民，我的刀劍卻沾染了無數人的鮮血。」沈澹闔眼，唇角緊抿。

姜菀沈默片刻後，低聲道：「我想，沈將軍之所以走上這條路，一定是事出有因吧？」

他頓了頓，道：「姜娘子為何如此肯定？」

「因為我觀沈將軍斷非心志不堅、意念易動搖之人。」姜菀道。

沈澹輕輕笑了笑，道：「小娘子如此讚譽，我愧不敢當。

「一切皆因我家中發生變故，我才會改變志向。」沈澹伸手覆上已經變涼的茶盞，手指緩緩收攏。「其實我知道老師並非心胸狹窄、固執己見之人。即便他曾對我感到失望，但多年過去，他一定能理解我當初的苦衷。」

「那沈將軍顧慮的是什麼？」姜菀問道。

沈澹的手指微微用力。「我一看見老師的面容，便想起他曾不辭辛勞陪我挑燈夜讀，為我講解書中難題與疑問，為我描繪日後的景象。可我終究辜負他的期望，令他的心血付諸東流。我為自己構想的人生，是在朝堂之上為君主籌謀，並不是染上一身血跡，斬殺無數人頭。」

「可沈將軍，並非只有那條路才算實現你的人生夙願。」姜菀明白了沈澹的心結所在。「即使你沒按照顧老夫子的心願跟自己最初的志向去做，但今日的你，也絕非一事無成。

「朝堂上是文臣們籌謀規劃的地方，他們自有其智慧與風骨，這是武人所不能及；然而一旦外敵來犯，威脅王朝安危，便是武人縱橫馳騁的時候。文武猶如鳥之雙翼，缺一不可，也不分孰輕孰重，所以沈將軍實在不必耿耿於懷。」

沈澹看著姜菀認真的神情，心中微微一動。他貼著茶盞的指尖似乎泛起一陣酥麻，有淡淡的熱意一點一點蔓延，延伸到了心口。

他的唇角輕輕牽動，默然良久後才道：「姜娘子的話我明白。」

只是，想令他徹底釋懷，並非一朝一夕可及。姜菀顯然也明白這一點，便道：「沈將軍不必自苦。若是心裡過不去，不如再與顧老夫子好好談一談？他身為您的恩師，定然更明白該如何開導您。」

「……容我想一想。」沈澹低聲道。

兩人安靜了片刻，店外傳來坊門即將關閉的鼓聲。沈澹從沈思中醒神，起身道：「時候不早了，不打擾姜娘子歇息。」

他微一遲疑，又補充了一句。「今晚多謝姜娘子願意聽我這番話。」

「沈將軍客氣了。」姜菀笑了笑，親自送他出門。

她見沈澹走遠，那高大的背影在瑟瑟晚風中莫名顯得有些落寞。原來看似堅強的沈將軍竟有這樣百轉千迴的心結，姜菀覺得，沈澹再也不似初見時那樣冰冷而有距離感了。

他也是鮮活、真實的。

姜菀兀自笑了笑，闔上了店門。

午後，陽光落進食肆大堂，讓清冷的空氣染上了暖意。姜菀敞開大門，讓明亮的光線照進來。

今日恰逢縣衙休假，姜菀不必過去做點心，便留在店裡準備晚食。

經過最初幾日的考驗，她昨日接到曹管事通知，告訴她能正式擔任縣衙公廚的點心主廚了。

宣佈此事時，姜菀就見李翟依舊是那副不服氣的模樣，只是他面對姜菀時少了些底氣。這幾日的點心他亦親口品嚐過，自然嚐出了姜菀的手藝，加上又有縣衙門眾官吏的認可，他即便再憤憤不平，也不得不作罷。

「小娘子，這是今晚的食單，您看一下還有沒有需要添加的菜品？」宋鳶遞來一張紙。

姜菀回過神，迅速掃視了一遍，搖頭道：「沒有了。」

她將拌了雞蛋、蓮藕、醬油跟鹽的肉餡攪拌均勻，再搓成圓圓的肉丸子，裹上一層浸泡許久的糯米，擺進蒸籠蒸半個時辰左右，出鍋前再撒上一層蔥花點綴。

蒸出來的肉丸子外型圓潤、糯米粒粒分明，緊緊覆蓋在丸子表面，色澤猶如珍珠，名為「珍珠丸子」。

宋宣則在清洗香芋，做香芋雞翅。這是一道很簡單也很下飯的家常菜，香芋可以換成尋常的芋頭，做出來的味道一樣可口。

雞翅需要用薑片在爐灶上焯水，撇去浮末，再小火煎到表面泛黃，用薑絲與黃酒去腥，加入香芋塊翻炒，依次加入調味料即可。若在燜燒過程中多加一些水，便能做出香濃多汁的雞翅。

忙碌的間隙，姜菀從廚房出來，倒了盞茶潤潤嗓子。

她正巧站在櫃檯後，一抬頭便見一行人正從食肆門口經過。那些僕從打扮的人簇擁著一個身形高䠷的女子，不疾不徐地邁步走著。

路過姜記食肆門口時，那女子轉頭淡淡看了過來，正對上姜菀的目光。她那雙丹鳳眼美麗又透著不怒自威的氣勢，眼尾上挑，神色若有所思。

女子唇角緊抿，不過片刻便轉過了頭。

姜菀放下了茶盞，卻聽身邊的宋鳶驚訝出聲。「咦，那不是——」

隨著她的話，那女子的身影徹底消失在視線中。

姜菀轉頭問道：「妳識得她？」

宋鳶道：「那位便是掌管俞家酒樓生意的俞娘子。」

原來是那位極具商業頭腦的奇女子。姜菀想著方才目睹的那張容顏，心中暗暗稱奇。

「她為何會來這裡？」思菱聽見宋鳶的話，開口問道。

宋鳶想了想，道：「眼看便是新年，正是俞娘子巡視各家分店的時候。俞娘子會掌握各家店的盈利，並根據他們的經營狀況，確定各分店管事的酬勞。」

「多勞多得？」思菱問道。

宋鳶點頭道：「可以這麼說。每家分店的盈利會上繳一部分，俞娘子再給予各店管事不同數額的獎賞，並針對店鋪進行評比，若是哪家店出現重大疏漏，便採取相應的懲罰。」

「想不到她身為女子，卻如此精通商賈之道。」思菱道。

「俞娘子確實不同尋常。」宋鳶感慨。「世人多輕視商人，俞娘子卻絲毫不怕旁人議論，常拋頭露面與人談生意。俞娘子最初接手家業時，東奔西走、四處考察，受了很多白眼，不知多少人在背後嘲笑她不自量力，連她的兄長也不相信自家妹妹。可她咬牙扛了過來，讓曾看不起她的人心悅誠服。」

即便是現代，女子做生意尚且不易，更別說是古代了。姜菀打心眼裡佩服這位俞娘子。

「瞧她離開的方向，想來已經去過咱們坊內的俞家酒樓了吧。」思菱張望了一番。「不知那家分店的經營狀況會是怎樣。」

一提到俞家酒樓，姜菀便想起那個掌櫃盧滕，以及他那張十分陰沈的臉。不知為何，她心底忽然有些不安。

或許是自己多想了吧……姜菀深吸一口氣，返回廚房繼續忙碌，思菱則趁閒暇去院子牽蛋黃出去遛一遛。

她帶著蛋黃在食肆門外散步，不少進店買點心的客人忍不住駐足，伸手去撫摸蛋黃毛茸茸的腦袋。

思菱謹記姜菀的叮囑，牢牢握緊手中的牽繩。蛋黃大概是已經習慣了，即使是對待陌生的客人，也沒露出凶狠防備的姿態，而是乖巧地趴下，任由客人們動作。

見時辰差不多了，思菱打算牽著蛋黃回去，一抬頭，卻見不遠處的街角站了一個頭戴兜帽的人，看不清面容，卻能感受到他的視線落在蛋黃身上。

那人察覺到思菱的注視，不慌不忙地轉過身，很快就消失在人群中。

這些日子鬼鬼祟祟、形跡可疑的人是不是有點多了？思菱皺眉，不敢再耽擱，立刻帶著蛋黃返回院子。

今日恰逢姜荔休課，她從學堂回來後便一頭鑽進房間，說是要把蘇夫子交代的文章背熟。

待姜荔做完功課，就伸了個懶腰從房內走出來，卻發現自己錯過了帶蛋黃散步的機會，不由得跺了跺腳道：「思菱姊姊，妳怎麼已經帶蛋黃回來了。」

思菱笑道：「如今外頭冷，三娘子就在院內同蛋黃玩一玩吧。」

姜荔點頭道：「也好。」

思菱叮囑了她幾句以後，便去大堂招待客人。

姜荔獨自一人留在院子裡，有一搭沒一搭逗弄著蛋黃。過了一會兒，她聽見熟悉的腳步聲，便頭也不抬地喚道：「阿姊，我知道是妳。」

聞言，姜菀笑了笑，先在水井旁洗了手，這才過來摩挲著她的髮頂問道：「書溫完了？」

「我已悟透了。」姜荔道。

想起歸途中姜荔說的話，姜菀道：「這次休三日？難得在家中待這麼久，想吃什麼？阿姊做。」

姜荔眨了眨眼，道：「阿姊容我想想。」

姊妹倆正說著話，思菱就從院子與大堂的連接處探出腦袋道：「小娘子，小八來了。」

小八這些日子常來尋姜菀，時不時便帶一些自己剪的紙或是摺的小玩意兒。自從他來的時候遇到姜菀遛蛋黃，便對牠產生極大的興趣，問姜菀能不能來找蛋黃玩。

姜菀見他實在喜歡蛋黃，便答應了。她叮囑周堯，在小八來時牽好蛋黃，免得發生意外。一來二去，蛋黃也熟悉了小八的氣息，對他很溫順。
周堯領著小八進院子，姜菀囑咐了他幾句，見前面實在忙得緊，便匆忙趕了過去。
她步伐邁得大一些，剛踏進大堂時腳下一滑，險些摔倒，一隻手臂及時扶住了她。
姜菀嗅到一股薄荷梔子香。她心中有數，一抬頭，果然撞上沈澹的目光。
「多謝沈將軍。」姜菀笑著寒暄。
沈澹淡淡一笑道：「用過晚食打算走，便遇見妳了。」
他斟酌了一下字句，道：「姜娘子，昨日我去見了老師。
「按照妳說的，我將心底的話都告訴他。」沈澹語氣柔和。「老師開解了我，如今我雖然還未完全解開心結，但內心已經是這麼多年來難得的平靜了。得感謝妳那日推心置腹的一番話，否則我或許還要難受些時日才敢邁出這一步。」
姜菀心頭一鬆，說道：「如此最好，沈將軍慢慢來，總會釋懷的。」
沈澹從懷中取出一本書遞給她道：「姜娘子，這是老師命我轉交給妳的。」
「這是？」姜菀仔細看著封面上的字。
「老師早年的遊記。」沈澹解釋道：「他前些日子與姜娘子提起南齊山之景，回去後一時興起，便翻出了這本冊子。他說姜娘子似乎對南齊山跟平章縣有所感懷，這本冊子裡恰有他多年前行走當地的一些紀錄，有些是尚未公諸於眾的，妳可隨意看看。」
姜菀心中感念。「煩勞沈將軍替我多謝顧老夫子。」
沈澹頷首，與她道別後便離開了食肆。

第二日，姜菀照舊去了縣衙，有條不紊地製作好點心。

今日的點心有些費時，姜菀匆匆忙完，便淨了手打算離開。她方才很專注，沒留意身後的李翟是何時進來的。

等到姜菀一轉身，就被距離自己極近的李翟嚇了一跳。「你做什麼？」

李翟的手停留在半空中，正狼狽地收回。他臉上泛著不正常的潮紅，眉宇間是顯而易見的慌亂。「……沒什麼，我只是來告訴妳，今日的點心多做了幾份。」

姜菀狐疑地盯著他，總覺得他的樣子十分詭異而可疑。她打量了一下四周，卻沒未察覺什麼異常，便淡淡道：「多出的點心如何處置，公廚自有規矩，李師傅不必來同我說。」

她一心想快點回食肆，便沒再看李翟，提步便走。

「姜娘子。」李翟忽然叫住她。

「何事？」姜菀回過頭。

他的唇角慢慢揚起一抹冷笑。「總有一日妳會明白，多事易生變，日後，妳還是少管些別人的事情吧。」

這沒頭沒腦的話讓姜菀不明所以。她心中不快，沈聲道：「李師傅不必打啞謎，若有什麼話直說便是，何必遮遮掩掩？我怎樣行事是我自己的事，與你無關。」

姜菀說完這話，便即刻離開了。

一路上，姜菀都在想著李翟的話，越想越心越慌，眼皮也跳了起來。

她加快步伐，在即將走到食肆門口時猛然聽見一陣驚恐的呼喊聲，緊接著，她看見不少客人手忙腳亂從食肆裡擠了出來，彷彿看見了什麼駭人的東西。

店裡傳出淒厲而狂躁的犬吠，一聽便是蛋黃的聲音。姜菀從未聽過蛋黃發出這種聲音，心中一凜，難道出了什麼事?!

她腳下一滑，身子險些穩不住，慌忙快步上前，卻聽到吵鬧聲中傳出尖銳又清晰的呼喊——

「來人啊！」

「食肆的狗咬人了！」

姜菀踏進食肆時，店內早已亂成一團，她慌亂地撥開人群往聲音來源處走去，這才看清了眼下的情況。

案桌被推翻，地上還散落著碗盞碎片跟尚冒著熱氣的食物，一旁的椅子上坐著一個人，衣袍下擺有被撕咬的痕跡，但並未見血。

姜菀目光一時失了焦距，茫然地四下看了一圈。

「小娘子！您回來了！」思菱喊道。

食肆幾人的聲音此起彼伏地響起，那椅子上的客人也抬起頭看了過去。

「阿姊！」姜荔奔了過來，滿臉驚慌失措、眼眶泛紅。「我……我闖禍了。」

她嗚咽著，雙肩顫抖。

痕。

「不哭，快告訴阿姊怎麼了？」姜菀心頭一緊，忙拿手帕輕柔地拭去姜荔臉頰上的淚

姜荔啜泣道：「都怪我，我沒能看住蛋黃，讓牠跑進食肆大堂，咬傷了客人。」

待姜菀轉頭一看，就見思菱與周堯正死死拽住蛋黃的牽繩。

一個僕從模樣的人正滿臉憤慨道：「我家阿郎好端端地在這裡用晚食，卻平白無故被妳家食肆的狗咬了，真是豈有此理！」

其他客人亦是面色不悅，有人直言道：「食肆中人來人往，卻養了這麼凶悍的狗，豈不是拿我們的性命玩笑？怎會有這樣的店家?!」

一些知曉蛋黃存在的客人也露出了驚懼的神色，有人輕撫胸口道：「我之前還摸過她家的狗，如此一看，真是命大！」

第五十章 有口難言

混亂中，思菱與周堯一疊聲地道歉，而蛋黃雖被制住，卻依舊狂躁不安地掙扎著，發出飽含攻擊性的吼叫聲。

「這位郎君，」姜菀趕忙上前。「請郎君放心，此事交給我處置。」

那僕從看向她，怒道：「妳這食肆每日有這麼多客人，為何還任由這樣的瘋犬在屋內亂竄？虧我家阿郎還對妳家食肆多加讚許、屢屢光顧，妳……妳……」

姜菀努力保持鎮定，道：「我剛剛不在店裡，不知到底發生了什麼事？」

宋鳶還算冷靜，上前低聲道：「小八去了院子裡，與三娘子還有蛋黃一道玩了一會兒。他離開以後，三娘子正要跟小堯重新拴好蛋黃，誰知蛋黃忽然發狂，掙脫了牽繩衝進大堂，撞倒客人的案桌與飯菜，還咬了他。」

姜菀這才想起去查探那位客人的情況，然而一看清那人，她就徹底愣住了。

「沈將軍？」姜菀驚呼出聲。「怎麼會是你？」

沈澹對她說道：「姜娘子不必擔心，我沒什麼大礙。」

那僕從聞言，道：「我已命人去請了最近的醫館郎中來為阿郎問診，若是阿郎有半分不妥，妳就等著拿自家食肆來賠吧！」

話音一落，門外便走進一個手提藥箱的人。那郎中見到沈澹，面色一變，道：「沈將軍？您——」

沈澹道：「鄔郎中，有勞了。」

宋家姊弟費了些力氣，才把圍觀的食客全疏散開來，關上食肆大門，將此起彼伏的議論聲隔絕在外。

鄔郎中放下藥箱道：「若方便，請沈將軍揭開腿部衣袍，容在下查看傷勢。」

姜菀這才看清楚，沈澹被蛋黃咬住的那一處位於膝蓋下方。由於沈澹穿著靴子，靴身一定程度上減緩了傷害，但靴子表面的布料已經破了。她不敢再看，默默轉過身去，聽見鄔郎中道了聲「得罪」，接著是窸窸窣窣的聲音，他應當是脫下了沈澹的靴子，並剪開了褲子。

片刻後，鄔郎中道：「沈將軍的腿部皮膚表面有一處細小的牙印，雖然破了皮，但未曾出血，只是傷口處發紅。」

思菱忍不住說道：「那應當無大礙吧？」

鄔郎中道：「小娘子莫要心急，且聽我一一道來。我把了脈，沈將軍的脈象很平穩，但並不代表一定無礙。根據醫書記載，某些來歷不明的犬隻會攜帶毒素，一旦毒素透過傷口進入人體，便會使人染病，且毒發不是頃刻間，而是一段時日後才會發作。因此，若是被犬隻所咬，務必好好觀察。」

「可蛋黃……我們家的狗不是野狗，養了多年幾乎沒生過病，很健康的！」思菱急急解釋。

鄔郎中說：「即使是看起來一切正常的犬隻，也可能會攜帶毒素，萬不可掉以輕心。」

這個道理姜菀明白。她輕輕對著思菱搖頭，道：「我知道郎中的意思，一切都按您說的做吧。」

鄔郎中捋鬚道：「去歲，異域傳來一種治療動物咬傷、抓傷的藥，我在病人身上用過，但只有兩次，不敢確定對沈將軍一定有效。此藥分為兩種，一種敷在患處，另一種則是口服。同時使用兩種藥，再讓傷者靜養，每日留心觀察，若是一個月後無任何異樣，便能確定無礙。」

姜菀抿了抿唇，道：「此事因家犬而起，我身為主人，理應負責。此藥便由我買下，供沈將軍使用吧。」

「小娘子，」鄔郎中溫和道：「此藥是異域之物，原料皆是珍貴且罕見的藥材，因此所需的銀錢不是小數目。」

他說出了一個數字，除姜菀之外，食肆剩下幾人皆變了臉色。

姜菀眉頭緊蹙。這個數目自己不是拿不出來，只是若花錢買藥，食肆的經營恐怕會受到巨大的影響。

然而，事到如今，她別無選擇，只能咬牙道：「我可以——」

「不必。」一直沈默的沈澹打斷她。「只是一場意外，實在不需要姜娘子為此付出如此大的代價。」

那僕從——長梧急切道：「阿郎，這原本就是她的過錯，難道我們不該讓她彌補嗎？」

沈澹低聲道：「長梧，不要為難姜娘子，只是一點皮肉傷，何必如此小題大作。」

說著，他緩緩站起了身。

鄔郎中不得不叮囑道：「沈將軍切莫掉以輕心，本朝不是沒有被犬隻咬傷後傷重不治的例子。您雖是武人，身強體健，但也要小心為上。」

「沈將軍，無論如何我都該為此事負責，」姜菀上前一步直視他。「否則我心中難安。」

長梧礙於自家阿郎的話，不敢再對姜菀說什麼，卻依舊小聲嘀咕道：「既拿不出銀錢，談什麼負責？」

鄔郎中適時道：「沈將軍，在下還有一事尚未說明。此藥雖然無害處，但將軍本就有陳年舊疾、腸胃虛弱，用藥後容易引發胃疾。在服用此藥後的這一個月內，沈將軍得在飲食上格外留心，每日務必按時用膳，少食辛辣之物。」

他看著長梧說道：「不過對沈將軍府衙裡的廚子來說，此事應當不難辦。」

只見長梧面露愁容。「沈將軍公務繁忙，常常一日只用一餐。既然郎中這麼說，那我回去後定要好好囑咐廚子備膳。」

鄔郎中嘆道：「沈將軍身為禁軍統領，身負重任，每日常伴聖上左右，本就勞心勞神，若再不注意飲食，饒是鐵打的身子，只怕也受不住。」

禁軍統領？幾人面面相覷。

姜菀雖然早知道沈澹是禁軍中人，甚至也察覺他的職位高於荀遐，卻從沒想到他竟擁有禁軍統領這般位高權重的身分。

儘管姜菀不了解朝堂之事，但根據她有限的知識，也知道禁軍統領通常都是天子心腹，掌管數量龐大的禁軍隊伍，責任與權力皆大。

鄔郎中說得太快，沈澹來不及阻攔。

沈澹對上姜菀的目光，見她難掩震驚，不由得輕嘆一聲，道：「多謝鄔郎中。」

鄔郎中朝沈澹拱了拱手便離開了。

長梧為沈澹披上外袍，說道：「阿郎，回府吧。」

沈澹頷首，往食肆外走去。

「沈將軍……」姜菀想攔住他。

「姜娘子留步。」沈澹停下步伐，回頭看著她柔聲道：「我沒大礙，妳放心便是。」

姜菀輕輕咬唇，低聲道：「若不是我疏忽大意，沈將軍也不會經此無妄之災，我……」

沈澹見她滿臉愧疚的樣子，神情掠過一絲不忍，低聲道：「姜娘子，此事或許另有隱情。」

「什麼？」姜菀抬眸看他。

沈澹道：「我對蛋黃也算是熟悉，牠怎會平白無故暴起傷人？」

「沈將軍的意思是……」

他回憶著這一晚的波折，說道：「當時我正在用飯，忽然聽見院子傳來幾聲異樣的犬吠，可以聽出蛋黃極其痛苦不安。後來蛋黃衝進大堂，正好對著我的方向而來，我以為牠是想同我玩，便未在意。」

後面的事不需要沈澹繼續說下去，姜菀也猜得到。若不是沈澹對蛋黃沒有警戒心，以他的身手，又怎會輕易被咬傷？

見姜菀越發難過，沈澹便道：「小娘子，此事或許並非表面上看起來這樣簡單。今日我尚有公務在身，明日我會來食肆同妳細說，告辭。」

門前停著沈府的馬車，沈澹上了車，很快便離開了，留下姜菀無措地站在原地，思緒奔湧不息。

若真如沈澹所說，那麼蛋黃又是因何出現這種異樣？

姜菀深吸了一口氣，轉身進入食肆，見蛋黃似乎平靜了下來，只是精神有些萎靡。

「蛋黃。」姜菀喚著牠的名字，同時緩步走近，打算查看牠的情況。

就在姜菀靠近蛋黃的一瞬間，原本無精打采的蛋黃驀地睜開雙眼，又想掙開思菱與周堯的控制，對著姜菀好一陣狂吠，聲音是她從未聽過的凶狠。

「蛋黃？你不認得我嗎？」姜菀沒想到牠會這樣，又提高音調喚了牠幾聲。

蛋黃身子頓住了，像是在努力辨認眼前的人，許久後才慢慢安靜下來。

可當姜菀再度靠近蛋黃時，又見牠躁動不安。

難道自己身上有什麼牠不喜歡的味道嗎？姜菀偏頭嗅了嗅，只能聞到從縣衙公廚帶出來的油煙味。

「小娘子，蛋黃今天不知是怎麼了，竟如此失常。」思菱是看著蛋黃長大的，從未見過牠這般。

「沈將軍是……禁軍統領？」宋鳶道：「我們得罪了他，會不會影響日後的生意？」

姜菀搖頭道：「不會，沈將軍不是那種人。只是此事他雖不計較，我們卻不能當作沒發生過。」

「可那藥……」宋鳶遲疑。

「沈將軍若執意不肯接受我們的歉意，就只能換一種方式。」姜菀深深皺眉。「但是除了付藥錢，還能怎樣呢？」

此時，鄔郎中的話躍入她腦海中。沈澹有胃疾，這一個月的飲食得萬分留神，自己何不藉機彌補沈澹？畢竟，廚藝是她最大的優勢。

姜菀閉了閉眼，長嘆道：「不然我去沈府為沈將軍準備一個月的膳食，同時照料他的胃疾。」

「可小娘子還要顧著縣衙那邊，如何抽得開身？」思菱憂心忡忡。

姜菀苦笑道：「今日之事一旦傳揚出去，縣衙那邊還會讓我當廚子嗎？」

昔日秦姝嫻之事到底是發生在縣學內，知情者不多，加上後來真凶浮出水面，又有秦姝嫻親自作證，她才得以洗刷冤屈。

可是今日之事發生在晚食時分，眾多食客乃至坊內人都看到了，蛋黃咬人一事千真萬確，想來明日坊內人人都會知道姜記食肆的狗咬傷了食客。換個角度想，倘若自己是客人，為了生命安全著想，必然再也不敢來食肆。

縣衙那種地方向來最事注重名聲與清白，出了這種紕漏，只怕會拔掉她的位置。

諸多事務在心頭縈繞，姜菀只覺得腦海中一片混亂。她有些疲憊地擺了擺手，說道：「先把蛋黃帶回去拴好，店內收拾一下吧。」

當務之急是想辦法彌補沈澹，同時就蛋黃之事給受驚的客人一個交代，設法將此事的影響降到最小。

姜荔站在一旁，抽噎著道：「阿姊，妳……妳別生我的氣，我知道錯了。」

見她如此，姜菀柔聲道：「今日之事，妳一五一十地同阿姊說清楚。」

姜荔揉了揉眼睛道：「我與小八一道同蛋黃玩鬧，周堯阿兄在一旁看著我們。小八又講了一些他在暖安院的事情，便說自己該回去了。」

她想了想，繼續說道：「小八尚未走的時候，蛋黃就有些急躁，總想掙開我。我以為牠是想活動活動，便牽著牠在院子裡遛了幾圈。等小八走了以後，我見食肆大堂人多，便讓周堯阿兄去忙。等他離開，蛋黃就越來越激動，我拽不住繩子，被牠掙開了，我只能眼睜睜看著蛋黃衝進食肆大堂，然後……」

「阿姊，」姜荔仰頭看著她。「蛋黃是生病了嗎？牠一向很乖，不會亂咬人，為什麼今晚會這麼凶狠？」

姜菀緩緩搖頭道：「阿姊也不知道。但沈將軍說有其他原因，明日等他來了以後，我會好好問他的。」

她擦了擦姜荔的眼淚，說道：「別哭了，先去漱洗吧。」

姜荔應了一聲，便離開了。

思索了片刻之後，姜菀打算去看一看蛋黃。

如今天冷，蛋黃的小木屋被搬進屋子裡面。

姜菀過去時，蛋黃正懨懨地趴在窩裡。她擔心蛋黃生了什麼病，便仔細檢查了一下牠的鼻頭、眼睛跟皮毛，並未發現什麼異樣。

在姜菀做這些事情時，蛋黃乖巧而安靜，並未再對她有過度激動的反應，幾乎要讓她覺得蛋黃傷人之事是自己的錯覺。

心頭的謎團越來越大，姜菀緩緩起身，一面走回臥房，一面努力思索著這一樁樁、一件件事情之間是否有關聯。

「小娘子，」思菱走了過來，斟酌著道：「這事會不會跟小八有關？因為正是在他離開之後，蛋黃才變了樣子的。」

「他一個孩子能做什麼？」姜菀蹙眉。

思菱思索著道：「或許他並無惡意，只是無意間做了什麼惹惱蛋黃的舉動，才會讓蛋黃這般躁動。」

「可如果是這樣，蛋黃也該在小八未走時對著他發狂才是，而不會等到小八離開才發作。平日我們把蛋黃管教得很好，牠知道食肆大堂是自己不能去的地方。」姜菀深吸了一口氣。「我倒覺得，蛋黃像是被什麼東西影響了，才會做出那些舉動。」
思菱似懂非懂地看著她，不明所以。
姜菀覺得自己彷彿找到了線索，卻又轉瞬被迷霧遮擋。她揉了揉太陽穴，道：「罷了，明日再說吧。」
這一晚，姜菀幾乎沒睡著，反覆想著姜荔的描述跟蛋黃的反應。
她想得頭暈，眼皮漸漸像壓了一座山一般沈重，半夢半醒間，一件往事忽然如一股激流般湧入她的腦海。
這般無緣無故性情大變的情況，似乎也曾發生在人的身上……
姜菀在黑暗中睜開眼，想起了葛爍跟李洪那如出一轍的模樣。
那麼，蛋黃會不會是無意間吞服或聞見某種能擾亂大腦的東西，譬如中毒、聞到迷香，才會變得那樣瘋狂？
即便景朝有獸醫，也大多是為了治家畜的病，甚少有為犬類看病的。想查清楚蛋黃究竟受了什麼刺激，還真不是一件容易的事。
直到天微亮時，姜菀才隱約有了些睡意。
她迷迷糊糊地想著，希望今日這件事能有個解答。
隔天，果然如姜菀所料，幾乎沒有客人上門。不少路過食肆的人都竊竊私語，用一種畏懼的眼神看著店內。

姜菀面對那些懷疑的目光，努力穩定心緒，一如往常做著手頭的事情。然而，她按照往日的時辰去了縣衙時，卻被曹管事攔在門外。

他不再笑容可掬，而是一臉嚴肅。「姜娘子，聽說妳家食肆昨日出了大事。妳家中的狗把聖上最看重的近臣、禁軍統領沈將軍給咬傷了？」

好事不出門，壞事傳千里。姜菀唯有苦笑道：「曹管事，那件事純屬無心之失，我──」

「姜娘子，我一向看重妳的手藝以及貴店的名聲，但妳出了這樁事，我不敢再留妳了。」曹管事面色凝重。

他在縣衙多年，對朝堂之事算是有所了解。沈澹是聖上心腹，又有累累戰功，可說是聖上身邊最得意的臣子。

然而他卻因姜記食肆而受了傷，他們若是在這風頭上繼續容忍「罪魁禍首」在縣衙做事，萬一沈將軍遷怒他們，只怕會出大事。

曹管事不敢拿自己的前途開玩笑，只能對姜菀道：「姜娘子，前幾日的工錢我會按著當初說好的付給妳，但往後妳不必再來縣衙公廚做事了。」

說完，他不等姜菀辯解，關上了門。

姜菀心中滿是無力與迷茫，她緩緩轉身往路上走，只覺得眼前的天空好像都變得晦暗了。

明明前些日子一切都穩中轉好，可事情怎會變成現在這樣？

她凝神思索，覺得當務之急是找到小八問個清楚。
正當姜菀這麼想，熟悉的聲音便在她身後響起。「阿姊！」
姜菀回過頭，見是吳小八，頓時嚴肅起來，說道：「小八，你來得正好，我有一件事想問你。」
小八尚不知昨日之事，迷迷糊糊地點了點頭道：「阿姊請說。」
「昨日你見到蛋黃時，牠是否有什麼異常？」
小八回憶了一下，搖頭道：「沒有，蛋黃活蹦亂跳的，很有精神。」
「那你同蛋黃玩鬧時，牠還算乖巧嗎？」
小八點點頭，想了想後說道：「後來蛋黃有些煩躁，我以為牠累了，便同牠道別，離開了。」
「昨日你有沒有給蛋黃餵了什麼食物？」姜菀問到了關鍵點。
小八茫然地搖頭道：「沒有。阿姊不在身邊，我不敢隨意餵牠的。」
事情似乎陷入了僵局。姜菀緊緊抿著唇，試圖從這有限的內容裡整理出什麼線索，卻毫無結果。
「那你昨日是否隨身帶了什麼東西？」
小八撓了撓頭，說道：「昨日我便是穿著這身衣裳去見蛋黃的。」
他說著，伸手進口袋裡摸了摸，忽然一愣，遲疑地抽出手，攤開手心道：「阿姊，昨日我帶了這個東西去逗弄蛋黃。」

他手心躺著一顆皺巴巴的球，是用布縫製的，上面縫了根繩子，可以拎在手裡逗弄狗。

姜菀不禁蹙眉道：「這是哪兒來的？」

——未完，待續，請看文創風1293《飄香金飯苑》3（完）

2024年8月出版

姑娘這回要使壞

文創風 1280～1282

不可能吧？老天爺良心發現了，居然這麼眷顧她嗎？
她重生已經很不可思議了，沒想到連未婚夫也重生了！
原來上輩子他也沒能善終，跟她死在了同一天，
這下可好，有人能一起商量，她不用孤軍奮戰了，
何況她還得知了一個驚世秘密，這回他們的活路更大了吧？

朝朝暮暮，相知相伴／菱昭

身為姑蘇首富唯一的女兒，青梅竹馬的未婚夫裴行昭更是江南首富獨子，
沈雲商本以為自己應該享受榮華富貴，一輩子無憂無慮到老的，
萬萬沒想到，她紅顏薄命，只活到二十歲就香消玉殞，且是被人毒死的！
只因他們招惹來了二皇子那表面仁善、內心狠毒的煞星，
對方以權勢及彼此的家族性命相逼，硬生生威脅他們小倆口退婚，
小竹馬被迫娶了二皇子的親妹妹，成了人人稱羨的駙馬爺，
而她則嫁給了二皇子的摯友，讓京城許多女子心碎嫉妒，
兩樁婚姻，四個被拆散的人都不幸福，唯一開心的只有荷包滿滿的二皇子，
可她至死都沒能明白，二皇子死死拿捏住她，究竟是想從她這裡得到什麼？
她猜是出嫁前母親鄭重傳承給她的半月玉珮，難道……那玉珮有何秘密？
無論如何，幸運重生的她決定了，這回她要盡情使壞，為自己搏一條活路！
這一次不管二皇子怎麼威脅逼迫、使盡下三濫的手段，她都堅決不退婚，
裴行昭生是她的人，死是她的鬼，誰想要他，就得從她的屍體上踏過去，
何況她吃慣了獨食，誰想從她嘴裡搶，她就是死也要咬下對方一塊肉！
當然，她心裡清楚，胳膊擰不過大腿，所以得找個能讓二皇子忌憚的人！

2024年7月出版

文創風 1274～1275

異世娘子廚師魂

只要勇於爭取，小廚娘也能成為大明星！
從雲端跌入泥裡並不是世界末日，可怕的是失去對生命的熱情。
她不但要用廚藝發家致富，更要把握得來不易的幸福……

跳脫框架鋪陳專家／顧非

如果可以，季知節希望自己穿越到古代的故事能淒美一點，
像「知名廚神出海捕撈食材時不幸葬身大海」之類的，
偏偏她就是被幾顆荔枝給噎死，丟臉丟到姥姥家了。
只不過，與其糾結是怎麼「過來」這裡的，
不如專注於解決眼前的困境——舉家遭到流放，溫飽都成問題。
幸虧她有那麼一點本事，能靠做些吃食生意賺錢，
不僅是自個兒的親人，還拉拔同樣落難的未婚夫江無漾一家，
讓大夥兒刮目相看不說，甚至對她肅然起敬。
然而，季知節萬萬沒想到，她所做的一切竟引發連鎖效應，
在改變自身命運的同時，也捲入了推翻朝廷的漩渦……

花開兩朵，仍屬一枝／小粽

2024年7月出版

攀龍不如當高枝

再次見到前世夫君，她並非平心靜氣，
可他對往事一無所知，那現在的他又有何錯呢？
如今她已不拘泥兒女情長，只在意同為女子的未來，
而她，將會成為這世上第一株專給女子棲息的良木。

文創風 1276 1

曲清懿前世母妹早亡，父親任由繼母侵吞應屬於她的財產。
本想還能與愛人小侯爺——袁兆偕老一生，卻因身分之差遭構陷，
最終只能委屈為妾，見袁兆再娶正妻，而後孤守空閨而亡。
這世母亡後，她不與父親回京，而是留在外祖家守著妹妹清殊，
妹妹平安長大，性子外放歪纏，卻時時顧念她，最見不得她受委屈，
因此這輩子她的願望，便是保護妹妹周全，使她一世喜樂。
但她得先回到京中奪回屬於自己的權利，才能擁有力量守護，
並在這性別歧視的世道中，逐步為女子鋪路，方能真正完成願望！

文創風 1277 2

穿越後孤兒清殊成了個幸福姊寶，雖說生活中沒有冷氣、冰箱，
又有封建制度的威權，但獲得的親情填滿了她的生活。
在她看來，人無論在哪裡都相同，總是好人占多數，
連傳言不好惹的淮安王世子——晏徽雲，也不過是面冷心熱，
見她們姊妹在雅集宴上受欺侮，嘴上嫌煩，卻願意當靠山幫忙。
小事有姊姊幫，真有人刻意找碴也有世子靠，她日子過得安逸，
整日只顧著吃喝玩樂，在學堂與看得順眼的貴女來往，
直到姊姊遭逢意外、生死不明的消息傳來，她才從安樂中驚醒……

文創風 1278 3

清懿沒想過，這輩子在生死關頭救她的人會是袁兆，
但她清楚，能這樣不知不覺害她的就是前世那位正妻——丞相嫡長女，
她察覺對方身上有些玄妙，袁兆亦想藉此打探丞相一派隱私，
於是雅集宴上她展露潑墨畫梅絕技，並與袁兆配合意圖激怒對方，
可這回「正妻」遲遲未出手，顯然那古怪力量不能隨意使用，
於是她加緊商道的擴展以及設立學堂的事，等再收到袁兆的消息，
卻是他上元節狀告丞相黨羽勾連外敵，反遭貶為庶人一事。
對此事她並不擔憂，她知道他會歸來，而這輩子她也有自己的理想！

文創風 1279 4 完

清殊被選中擔任小郡主的伴讀，在宮中感受到階級的壓抑，
也因禍得福，與晏徽雲互通了心意，為此她深感自己的幸運。
儘管晏徽雲得前往關外駐紮，但權威的庇護使她在宮中如魚得水。
無奈她泡在蜜罐子中長大，忽略了腐朽貴胄的底線，因而被騙遭綁，
所幸對方一時不敢來強，她便迂迴應對，冷靜等到姊姊出手相救。
可她脫逃後不願息事寧人，因為有其他受害者早已慘遭玷污，
這時，她已不在意世俗的眼光，也不在乎是否影響她與晏徽雲的親事，
因為她明白，當隻不咬人的兔子得到的不會是尊重，只會是壓迫！

文創風 1292

飄香金飯菀 2

國家圖書館出版品預行編目資料

飄香金飯菀 / 凝弦著. --
初版. -- 臺北市 : 狗屋出版社有限公司, 2024.09
冊 ; 公分. --（文創風 ; 1291-1293）
ISBN 978-986-509-555-0（第2冊 : 平裝）. --

857.7　　113011259

著作者　凝弦
編輯　連宓均
校對　陳依伶
發行所　狗屋出版社有限公司
地址　台北市104中山區龍江路71巷15號1樓
電話　02-2776-5889～0
發行字號　局版台業字845號
法律顧問　蕭雄淋律師
總經銷　知遠文化事業有限公司
電話　02-2664-8800
初版　2024年9月
國際書碼　ISBN-13　978-986-509-555-0

本著作物由北京晉江原創網絡科技有限公司授權出版

定價290元
狗屋劃撥帳號：19001626
網址：love.doghouse.com.tw　E-mail：love@doghouse.com.tw
版權所有．翻印必究　倘有倒裝、缺頁、污損請寄回調換